카지노

카지노

초판 1쇄 발행 | 2010년 7월 20일
개정판 1쇄 발행 | 2022년 12월 21일

지은이 김진명
발행인 한명선

편집 김수경
마케팅 김예진 **관리** 박미실 **디자인** 모리스

주소 서울시 종로구 평창길 329(우편번호 03003)
문의전화 02-394-1037(편집) 02-394-1047(마케팅)
팩스 02-394-1029
전자우편 saeum98@hanmail.net
블로그 blog.naver.com/saeumpub
페이스북 facebook.com/saeumbooks
인스타그램 instagram.com/saeumbooks

발행처 (주)새움출판사
출판등록 1998년 8월 28일(제10-1633호)

ISBN 979-11-92684-23-9 03810

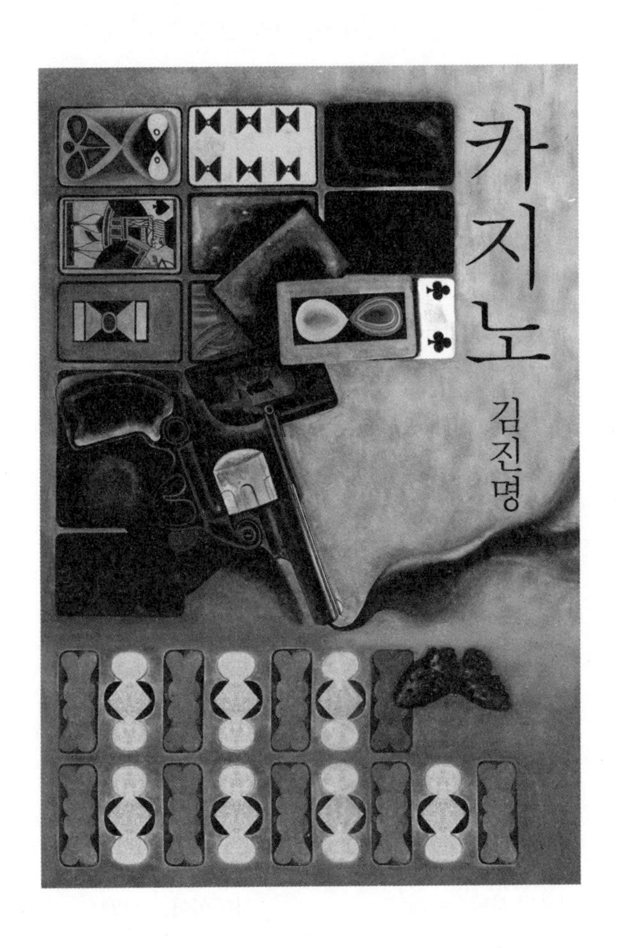

새움

차례

작가의 말

인간은 늘 일탈을 꿈꾼다. 반복되는 일상에서 단 며칠만이라도 빠져나와 자유를 만끽하고 싶어 하는 직장인의 소박한 일탈에서부터 아예 이 사회의 빡빡한 메커니즘을 다 벗어버리고 해방공간에서 숨 쉬고 싶은 본질적 일탈까지, 인간의 잠재의식 저 깊은 곳에는 일탈 본능이 항상 도사리고 있다.

그리고 그 일탈의 저편에 카지노가 있다. 이 카지노라는 공간은 사회의 모든 장치들 중에서 인간의 본능을 가장 강렬하게 자극하는 곳이다. 멀리서 번쩍이는 카지노의 불빛은 인간의 의식을 일탈시키다 못해 마비시켜버리는 마성을 지니고 있다. 그리하여 사람들은 불을 보면 달려드는 나방처럼 본능적으로 이 카지노에 쇄도하곤 하는 것이다.

카지노 안에서는 어떤 일이 벌어지고 있는 것일까?

모든 의식과 절차를 생략한 채 바로 돈으로 승부를 거는 이 혼돈의 공간에서 사람들은 존재의 본질을 훨씬 더 적나라하게 드러낸다.

특히 욕심이라는 어쩔 수 없는 본능이 어떤 모습으로 인간을 지배하고 삶을 추락시키는지를 가장 분명하게 볼 수 있다. 욕심은 이성을 마비시키고 사람을 미치게 만들지만 카지노에서 사람들은 곧잘 이 사실을 망각한다. 아니, 망각 정도가 아니라 너무나 쉽사리 욕심의 포로가 되어 자신을 망치기 일쑤다.

일상으로부터의 일탈을 꿈꾸며 카지노에 발을 들여놓았다가 거대한 인생 항로로부터 영원히 이탈하고 마는 숱한 사람들을 보면서, 나는 작가로서 한 번쯤 사람과 사회와 돈에 대해 이야기하고 싶었다.

사실 이 사회도 카지노와 다를 바 없다. 카지노가 직접적으로 돈을 겨루는 것에 비해 사회는 여러 단계를 거치기는 하지만, 기본적으로 돈과 인간의 관계가 난마처럼 꼬인 곳이라는 점에서 그렇다.

살다 보면 우연이든 아니든 카지노와 만날 기회가 있을 것이다. 나는 독자들이 카지노를 만났을 때 인생의 한 재미있는 장치쯤으로 생각하고 편안하게 즐길 뿐 그 함정에는 빠지지 않기를 바란다.

또 한편으로는 인생을 살아가면서 인간과 돈의 관계를 어떻게 설정할 것인가에 대해서도 한 번쯤 생각해볼 수 있는 기회가 되기를 기대한다.

너무 당연한 얘기지만, 돈과 인간의 관계에서는 항상 인간이 돈을 지배해야 한다는 것이 변함없는 나의 생각이다. 돈에 집착할수록, 욕심을 낼수록, 그리하여 돈에 지배당하게 되는 그 순간 인간은 자신의 참모습을 잃어버린 채 붕괴하고 마는 것이다.

때로는 가난이 가져다주는 자유로움이 물질의 풍성함보다 훨씬 값진 것임을, 이 소설을 통해 독자들이 느낄 수 있다면 더없는 보람이겠다.

그 삭막한 공간 카지노에서도 인간다움을 잃지 않으려 애썼던 홍동연을 생각하며 글을 마친다.

2010년 여름, 제천 용두산 자락에서

김진명

운명을 찾아서

비행기가 싱가포르를 떠나 목적지인 네팔의 카트만두 국제공항에 착륙할 때까지 청년은 말이 없었다. 스튜어디스가 기내식과 음료수 서비스를 위해 의중을 물었을 때도 대답 대신 고개만 가로저었을 뿐이었다. 그는 줄곧 무언가를 생각하며 창밖에 펼쳐지는 구름의 바다에 시선을 두고 있었다.

옆 좌석의 여자 역시 말이 없기는 마찬가지였다.

외국인들만 탄 비행기에서 옆 좌석 승객이 같은 한국인이었으니 인사 한마디 정도는 나눌 법도 했건만 청년은 끝내 아는 체를 하지 않았고, 여자 역시 청년과 마찬가지로 자신의 세계에 빠져 침묵하고 있었다.

마침내 비행기가 착륙한다는 기내 방송이 흘러나왔다.

"네팔엔 처음이세요? 그럼 내가 안내 좀 해드릴까요?"

네팔 공항에 도착한 비행기가 콩코스에 연결되고 승객들이 자리에서 일어설 즈음 정작 여자에게 말을 걸어온 사람은 창가 쪽에 앉아 침묵하고 있던 청년이 아니라 좁은 통로를 사이에 두고 건너편 줄에 앉아 있던 중국계 남자였다.

여자의 외모는 사내라면 누구라도 한 번쯤 말을 걸어보고 싶을 만큼 매력적이었다. 오뚝한 코에 가느다란 목선의 타고난 미모 외에도 여자에게서는 어딘지 모르게 범접하기 어려운 기품이 품어져 나왔다. 중국계 사내는 이미 탑승할 때부터 이 미모의 여자를 눈여겨보고 있었던 것이다. 그러거나 말거나 여자는 제법 있어 보이는 젊은 사내의 수작에 눈길조차 주지 않고 빠른 걸음걸이로 막 열린 비행기 문을 빠져나갔다. 창가 쪽에 앉아 있던 청년도 자리에서 일어나 천천히 비행기를 빠져나갔다.

바탄두라 호텔의 프런트 데스크에서 청년과 여자는 다시 만났다. 흔치 않은 우연이었지만 역시 둘은 누구도 아는 체를 하지 않았다. 싱가포르에서부터 다섯 시간 이상을 같이 앉아 오면서도 한마디 말조차 나누지 않은 두 사람이고 보면 그게 더 자연스러운 편일지 몰랐다.

"계산은 카드로 하시겠습니까?"

청년은 묵묵히 고개를 가로젓고는 지갑에서 현금을 꺼냈다. 달러였다.

"방은 4층입니다."

키를 건네받은 청년이 엘리베이터를 향해 걸음을 옮기는 사이 여자도 체크인을 마쳤다. 직원이 필요한 이런저런 질문을 던졌지만 여자는 여전히 무슨 생각에선가 헤어나지 못하고 별로 대답을 하지 않았다.

"7층입니다."

청년은 방에 들어서자마자 창의 블라인드를 걷었다.

"음."

장엄한 백색의 바다가 시야를 압도해 들어왔다. 히말라야였다.

청년은 눈 덮인 히말라야를 보며 긴 숨을 내쉬었다. 청년의 얼굴에 깊은 감회가 서렸다.

"왔구나!"

청년의 입에서 짧은 독백이 뱉어졌다. 청년은 그 자리에 서서 오래도록 눈 덮인 히말라야를 올려다보았다.

방에서 나와 엘리베이터를 타고 로비로 내려온 청년의 눈에 여자가 보였다. 비행기 옆 좌석에 앉았던 미모의 젊은 여자. 무슨 사연이라도 있는지 오는 내내 꼼짝도 않고 생각에 빠져 있던 바로 그 여자였다. 여자는 몇몇 한국인 사내들과 이야기를 나누고 있었다. 남자들은 여자에게 뭔가를 열심히 설명하고 있었는데, 그들의 말을 듣고 있는 여자의 얼굴은 깊은 슬픔에 잠겨 있었고 간혹 사내들의 말을 믿을 수 없다는 듯 고개를 가로저었다.

청년은 그들을 지나쳐 벨맨에게 다가갔다.

"무엇을 도와드릴까요?"

벨맨의 물음에 청년은 단도직입적으로 말했다.

"권총을 구하고 싶은데……."

그러면서 청년은 담뱃값을 치르듯 태연히 달러 한 장을 내밀었다. 벨맨은 청년의 얼굴을 잠시 쳐다보다 재빨리 주위를 살피고 지폐를 받아 넣었다. 그리고는 호주머니를 뒤져 전화번호가 적힌 명함 한 장을 내밀었다.

"이름은 카루입니다. 이 사람을 찾아가면 됩니다. 그는 언제나 카지노에 있어요. 택시를 타세요. 가깝습니다."

벨맨은 줄을 지어 기다리고 있는 택시를 불러 뒷문을 열어주고는 깊숙이 고개를 숙였다. 지금껏 받아오던 잔돈푼과는 다른 '무게 있는 팁' 때문일 터였다.

택시에서 내린 청년이 들어선 카지노의 게임 룸 안은 손님들로 북적거렸다. 청년은 각종 게임이 한창인 테이블에는 눈길조차 주지 않고 라운지로 갔다.

"카루를 찾는다고요? 무슨 일이죠?"

청년이 대답 대신 내민 명함을 받아 쥔 건달 하나가 청년의 얼굴을 힐끗힐끗 보며 전화기 버튼을 눌렀다. 그리고는 뭐라 뭐라 속삭이더니 건달이 말했다.

"금방 온대요."

청년은 의자에 앉아 맥주 한 잔을 시켰다.

얼마 안 있어 중키에 다소 비만한 체구의 사내 하나가 다가왔다.

"내가 카루요. 권총을 원한다구?"

청년은 잠자코 고개를 끄덕였다.

"특별히 원하는 기종이 있소?"

"금년 4월 15일 여기서 자살한 사람 기억해요?"

"누구? 한국계 미국인 말이오?"

"맞소."

"이름이 앨런이었던가?"

"그렇소."

앨런이라는 이름에 청년의 음성이 약간 흔들렸다.

"기억은 나는데…… 그런데 왜 그러시오?"

"그 사람이 썼던 권총을 구할 수 있겠소?"

"물론. 그건 내 총이었으니까."

"그걸 주시오."

"75달러요. 사용 후 수거됩니다."

"아니, 살 겁니다."

"……?"

카루가 의아한 눈빛으로 다시 청년을 살폈다.

"여기서는 아무도 총을 사지 않소. 잠시 빌릴 뿐이지. 빵! 한 방이면 모든 게 끝이오. 뒤는 없어요. 빌려도 충분한 걸 왜 굳이 사려는 거요?"

카루는 머리에 총을 대고 방아쇠를 당기는 시늉을 하며 말했다.

청년은 대답하지 않았다. 카루는 청년을 위해 기어코 친절을 베풀고야 말겠다는 듯 다시 한 번 물었다.

"정말 살 거요?"

청년은 말없이 고개를 끄덕였다. 카루는 할 수 없다는 듯 고개를 젓고는 내뱉듯이 말했다.

"좋소. 150달러 내시오."

청년은 아무 말 없이 지갑에서 100달러짜리 지폐 두 장을 꺼내 카루에게 주었다. 카루가 거스름돈을 주려 하자 청년은 손을 내저었다.

"고맙소."

청년의 씀씀이에 신이 난 카루는 자리에서 일어나 청년에게 따라오라는 손짓을 했다. 청년은 카루의 뒤를 따라 카지노를 빠져나와 뒷골목으로 들어갔다.

"이거요. 탄환은 세 발. 더 필요하시오?"

청년은 고개를 가로저었다.

"자, 사용법을 알려주겠소."

그러나 청년은 다시 한 번 고개를 가로저었다.

"사용법을 아시오?"

청년이 묵묵히 고개를 끄덕이자 카루는 확인하듯 물었다.

"바탄두라 호텔에 묵고 있는 거 맞소?"

청년은 아무 대답 없이 등을 돌려 걸어갔다. 청년의 뒷모습을 지켜보던 카루는 자신도 모르게 고개를 가로저었다. 그가 거래한 수많은 사람들 중에서도 청년은 아주 특별한 부류의 인간이었다.

어느 남매

여자는 호텔에서 만난 사람들과 함께 경찰서장을 찾아갔다.

"실종된 김석준과는 어떤 사이요?"

"누나예요."

"누나?"

경찰서장의 예리한 눈길이 여자를 훑었다. 그는 아마도 여자가 실종자의 애인 정도 될 걸로 생각했던 모양이었다.

"이제까지의 수색 경과를 설명하겠소."

서장이 고갯짓을 하자 대기하고 있던 담당 실무자가 차트를 펴 들었다. 여자의 얼굴에 긴장감이 서렸다.

"김석준은 정확히 10일 전 오후 한 시쯤 카지노를 나선 후 실종됐습니다. 목격자에 따르면 그는 투숙하고 있던 호텔로 돌아가지 않고 에베레스트로 걸어 들어갔다고 합니다. 그가 산에 오른 지 얼마 지나지 않아 급작스런 강풍과 눈보라가 몰아쳤습니다. 이후 조사한 바에 따르면 등반을 마치고 내려온 팀들 가운데 혼자 등반하던 김석준을 본 사람들은 없었습니다."

"그 애는 등반을 하는 아이가 아니에요!"

항의하듯 여자가 말했다.

"아무튼 우리는 몇 사람의 한국인들로부터 실종 신고를 받고 출국 여부를 확인했습니다만 그는 네팔을 떠나지 않았습니다. 그가 산으로 올라가는 걸 본 목격자가 나타나 우리는 헬기를 동원해 산을 수색했지만……."

실무자는 여자의 얼굴을 흘낏 보고는 설명을 계속했다.

"성과를 거두지 못했습니다. 우리는 목격자의 말에 따라 구조대원들을 김석준이 올랐다는 길을 따라 올려 보내기도 했습니다. 그러나 끝내 그를 찾지 못했을 뿐만 아니라, 그의 어떤 소지품이나 흔적도 찾을 수 없었습니다."

실무자는 다시 한 번 흘긋 여자를 살폈다.

"우리의 오랜 경험에 비추어볼 때 김석준은 자살하러 에베레스트로 올라갔습니다. 따라서 살아 있을 가능성은 전무합니다."

실무자는 말을 마치고는 헛기침을 했다. 방은 깊은 침묵으로 빠져들었다. 한동안의 침묵을 깨고 여자의 목소리가 방 안에 울려 퍼졌다.

"그럼 수색이 중단됐단 얘긴가요?"

"그렇습니다."

실무자는 단호한 목소리로 대답했다.

"사람이 죽었다는 확실한 증거를 찾지 못했잖아요?"

"수색을 더 하느냐 않느냐를 결정하는 것은 죽었다는 증거가 아닙니다. 그런 증거는 찾을 수 없을 때가 더 많아요. 살아 있다는 판단이 들지 않을 때 수색을 마치는 겁니다. 그것이 우리의 원칙입니다."

"누가 그런 판단을 하죠?"

"물론 우리 구조 전문가들입니다."

"아니에요. 이번에는 그 전문가들이 틀렸어요. 저는 동생이 살아 있다고 확신해요. 어디선가 구조의 손길을 애타게 기다리고 있을 거예요. 그런 동생의 모습이 보인다구요."

여자의 목소리에 물기가 묻어 나왔다.

"……"

"구조대를 다시 보내야 해요. 동생은 절대로 죽지 않았어요."

여자는 간신히 울음을 삼키고 있었다.

잠자코 이런 모습을 지켜보던 서장은 고갯짓으로 실무자를 내보내고는 착잡한 표정으로 말문을 열었다.

"혈육의 죽음을 받아들이는 일이 쉽지는 않을 거요."

"아니에요. 동생은 분명히 살아 있어요. 이것은 가족으로서의 육감이에요."

"우리의 원칙은 확고해요. 살아 있다는 판단이 들지 않는 상태에서 수색을 다시 할 수는 없소."

"왜 못하는 거죠? 적어도 아직 죽었다는 증거는 어디에도 없잖아요. 동생이 나를 부르는 소리가 내 귀에 쟁쟁해요. 왜 저의 육감은 판단의 근거로 삼지 않는 거죠?"

"미안하오. 다른 일이 있어서 이만 실례하겠소."

서장은 자리에서 일어났다.

"안 돼요! 수색은 재개되어야 해요!"

"그 사람은 등반을 하러 에베레스트로 올라간 게 아니오. 그건 아까 당신도 인정하지 않았소? 동생은 등반을 하지 않는다고 말이오."

"……."

"그는 스스로 올라간 거요. 파카 한 벌도 입지 않고 말이오. 죽을 자리를 찾아간 거란 말이오."

"그럴 리가 없어요. 그 애가 왜 죽는단 말이에요!"

"그는 카지노에서 돈을 다 잃었소. 알아듣겠소? 돈을 다 잃었단 말이오. 그보다 확실한 이유는 없소."

서장은 화난 표정으로 밖으로 나가버렸다. 급기야 여자의 울음이 터져 나왔다.

"수색은 계속돼야 해요! 수색을 해야 한단 말이에요. 그 애는 살아 있어요. 분명히 살아 있다니까요!"

히말라야처럼

청년은 호텔 식당에서 저녁식사를 마치고는 방으로 올라갔다. 그리고는 의자를 끌어 창 앞으로 옮겨 앉았다. 히말라야의 거대한 모습이 눈에 들어오자 청년의 얼굴에 어딘지 모를 편안함이 자리 잡았다.

청년은 천천히 과거의 기억들을 떠올렸다.

기억은 사람을 동반했다. 그리고 청년이 떠올린 사람들은 항상 어떤 배신의 분위기를 띠고 있었다. 청년은 그 배신의 분위기에 너무나 익숙했다. 자신 역시 남에게 어떤 종류의 배신을 안겨주며 살아왔을 거라는 생각이 들었다.

배신이란 청년이 온 정열을 바쳐왔던 그 세계에서는 가장 기본적인 생존의 수단이었다. 따라서 청년은 어떤 배신도 원망하지 않았다. 배신을 대하는 유일한 해법은 오로지 용서뿐이었다.

"마치 히말라야처럼."

청년의 입에서 자신도 모르게 혼잣말이 흘러나왔다.

그러나 그 배신으로 점철된 인생에서 단 한 사람, 그 길을 완전히 거꾸로 간 사람이 있었다.

"앨런!"

청년은 떨리는 목소리로 한 사람의 이름을 불렀다. 그의 눈가가 젖어들었다.

똑똑똑.

청년은 눈살을 찌푸리며 의자에서 일어났다. 찾아올 사람이 있을 턱이 없었다.

"누구요?"

청년은 문으로 다가가며 물었다.

"벨맨입니다."

청년은 문을 열었다.

"카루 씨가 보내서 왔는데요."

"……."

"하나 잊어버린 것이 있다고 해서요."

"뭐요?"

"방아쇠를 당길 때 한 번에 두 번 당기라고 전해달라고."

"뭐라고?"

"한 번 당겨서 안 죽는 경우도 있대요. 그러니 아예 두 번 당기라고. 그러면 확실하대요."

청년은 천천히 고개를 끄덕였다. 황당하게 들리긴 했지만 어쩌면 아주 중요한 얘기일지도 몰랐다. 청년의 웃는 모습을 본 벨맨의 입에서 다시 한 번 당돌한 얘기가 튀어나왔다.

"카루 씨가 부탁이 있대요."

"뭐요?"

"여기 사인 좀 해달래요."

"뭐지?"

"사신 총을 일이 끝난 후에 카루 씨에게 준다는 내용의 약정서 같은 거예요. 꼭 부탁한대요."

청년은 황당한 부탁이 어처구니없었지만 역시 황당한 조언에 대한 사례라도 하듯 웃는 낯으로 벨맨이 내민 종이에 사인을 했다.

"언제까지 계실 거예요?"

"글쎄, 여기서 며칠 시간을 보낼 거야."

벨맨은 고개를 끄덕이고는 문을 닫았다.

카지노의 대부

경찰서에서 돌아온 여자는 서둘렀다.

"셰르파들이 최소한 다섯 명은 필요해요. 헬리콥터까지 해서 사흘간 2만 달러가 든다는군요."

여자의 부탁으로 사설 수색팀 구성에 필요한 것들을 알아보고 온 현지 관광회사의 직원 카몬이 고개를 절레절레 저으며 말했다.

"그렇게나 많이요?"

"최소 비용이래요. 도중에 경비가 더 발생할 가능성이 큰데 그때그때 안 주면 나자빠지는 놈들이라 현금을 지니고 있어야 한답니다."

"출발은 바로 할 수 있대요?"

"네. 돈만 지불되면요."

여자는 머릿속으로 셈을 해보았다. 가지고 온 돈 1만 달러에 신용카드로 현금서비스를 받으면 모두 1만 5,000달러 정도는 될 것 같았다.

"최대한 모아봐도 1만 5,000달러 정도밖에 안 되겠어요."

"한 푼도 깎아줄 수 없다고 배짱이던데……."

카몬은 딱하다는 듯 고개를 저었다.

"참, 헬리콥터 주인에게 부탁해보는 것은 어떨까요?"

"그가 누구죠?"

"돈이 굉장히 많은 사람이에요. 카지노의 대부죠."

"해줄까요?"

"잘하면 가능성이 있을지도 몰라요."

여자는 카몬의 안내를 받아 기꺼이 알란두한의 집을 찾아갔다. 카몬은 그 집의 집사에게 찾아온 이유를 열심히 설명하고 알란두한을 만나게 해달라고 간청했다.

"저 여자가 한국에서 왔나?"

집사는 거만한 표정으로 카몬에게 물었다.

"네. 실종된 사람의 누나예요."

"누나라……."

집사는 여자의 모습을 날카롭게 곁눈질하고는 고개를 끄덕였다.

"따라오시오."

집사는 여자와 카몬을 데리고 앞장서서 걸었다.

"앉아서 기다리시오."

집사가 사라진 후 10분쯤 지나자 사십대 중반의 몹시 비만한 사내 하나가 느릿한 걸음으로 들어왔다. 그는 눈자위를 희번덕거리며 연신 여자의 얼굴과 몸을 훑었다. 여자는 기분이 상했지만 참을 수밖에 없었다.

"얘기는 들었소. 나는 에둘러 말하는 걸 딱 싫어하는 사람이오. 바로 말하겠소. 당신의 요청을 받아들이겠소. 내가 수색팀을 꾸려주지. 헬리콥터와 셰르파들 모두를 대면 2만 달러가 넘게 들겠지만 당신이 가진 돈 1만 5,000달러에 해주겠단 말이오."

자신의 말대로 알란두한은 직설적인 사람이었다. 여자는 조금 전까지의 불쾌함을 잊고 진심으로 고마움을 느꼈다.

"마음이 급할 테니 지금 바로 준비시키겠소."

"고맙습니다."

무서운 게임

청년은 카지노에 들어섰다. 검색대를 통과해 걸어 들어가는 동안 사람들이 힐끗거리는 걸로 보아 외국인들이 잘 오지 않는 카지노인 모양이었다. 카지노로 들어선 청년의 표정은 어제와는 사뭇 달랐다. 지금껏 그를 덮고 있던 무거운 분위기는 사라지고 없었다. 그는 이제 경쾌하기까지 한 발걸음으로 라운지로 걸어가서는 맥주 한 잔을 청했다.

"여기 카지노는 처음인 것 같군요."

옆 좌석에 앉아 있던 사내 하나가 청년에게 말을 붙여왔다.

"네."

"어디서 오신 분이죠? 한국인?"

"그래요."

"여기는 외국의 산악인들이 가끔 오곤 하지요. 나머지는 네팔의 꾼들이고요."

청년은 고개를 끄덕였다. 그도 그럴 것이 세계적인 도박사들이 네팔의 이 자그마한 카지노에 올 이유는 전혀 없는 것이었다.

"무슨 게임을 하세요?"

"나는 게임을 하러 온 게 아니오."

사내의 물음에 청년이 답했다.

"게임을 하러 온 게 아니라면 카지노엔 왜 온 거죠?"

"글쎄요. 그냥 구경 온 걸로 해두죠."

"허허, 카지노에 구경하러 오는 사람도 다 있나요?"

사내를 따라 청년도 웃었다.

"평소엔 무슨 게임을 하세요?"

"바카라."

"바카라?"

상대방은 고개를 가로저으며 말했다.

"무서운 게임이죠, 바카라는."

사내의 얼굴에 두려움과 갑갑함의 기색이 번졌다.

"바카라를 알고 나면 다른 도박들은 다 시시해져요. 그것에 맛들이고 나면 다른 게임은 할 수가 없단 말이오."

맥주를 한 모금 들이켠 사내가 다시 말을 이었다.

"참 이상한 일이오. 바카라라면 동전 던지기처럼 세상에서 가장 단순한 도박 같은데 그게 왜 가장 어려운 건지……. 신비한 일이오."

청년이 고개를 끄덕였다. 사내는 청년이 나이답지 않게 마치

달관한 듯한 표정으로 고개를 끄덕이자 비웃음을 깨물며 물었다.

“호호, 무슨 의미인지나 알고 고개를 끄덕이는 거요?”

청년이 옅은 웃음으로 대답을 대신했다.

“당신은 좀 이상한 사람이군. 뭔가를 아는 듯도 하고 모르는 듯도 한 게……. 그런데 정말 게임은 안 할 거요?”

“네.”

“그럼 여기서 맥주만 마시겠다는 거요?”

“네.”

“우습군. 맥주를 마시러 카지노에 오는 사람이 있다니.”

정말 청년은 오랜 시간을 라운지에 앉아서 게임에는 전혀 신경을 쓰지 않고 맥주를 홀짝거리며 추억에 잠길 뿐이었다. 청년은 그렇게 며칠을 보내고 있었다.

신체포기 각서

여자는 수색팀으로부터 전해져 오는 소식을 애태워 기다리다가 알란두한이 찾는다는 전갈을 받았다. 여자는 카몬과 함께 카지노로 급히 달려갔다. 알란두한은 카지노의 VIP 전용 응접실에서 여자를 맞았다.

"앉으시오. 뭘 마시겠소?"

"생각 없어요."

잔뜩 긴장해 있는 여자를 바라보다 알란두한이 말했다.

"계약된 사흘간의 수색 작업이 끝났지만 별다른 성과는 없소. 유감이오."

여자는 입술을 지그시 깨물었다.

"나로서도 더 이상 어쩔 수 없소. 철수 지시를 내려야겠소."

이제 동생이 살아 있을 일말의 가능성도 없었다. 여자는 고개를 떨구었다. 눈물이 핑 돌았다.

그때였다. 알란두한의 부하가 들고 있던 무전기에서 다급한 목소리가 터져 나왔다.

"여기는 수색대, 여기는 수색대. 본부 나오라!"

부하는 얼른 무전기를 알란두한에게 넘겼다.

"말하라!"

"주인님! 실종자의 소지품이 발견되었습니다."

"뭐라구? 그게 정말인가?"

"그렇습니다."

"거기 위치는?"

"명상의 호수 위쪽 약 500미터 지점입니다."

"세상에! 그렇다면 실종자가 거기까지 올라갔다는 얘기야?"

"그렇습니다."

"음!"

알란두한의 입에서 신음이 튀어나왔다.

"소지품은 뭐지?"

"여권과 지갑입니다."

"여권?"

"어떻게 할까요? 수색을 계속할까요?"

"기다려! 연락하겠다."

그는 무전기를 옆의 부하에게 넘기고는 여자에게 상황을 설명했다.

"네? 뭐라고요?"

"실종자가 산으로 꽤 높이 올라가서는 여권을 버렸다는 얘기야."

그는 언제부턴가 여자에게 말을 놓고 있었다.

"그 애가 그 부근에 있다는 얘기 아니에요?"

"그렇겠지."

"그러면 수색을 계속하실 거죠?"

"아니. 수색은 끝났어."

"그 애가 있어요! 거기에 있어요! 수색을 계속해야 해요!"

그러나 알란두한은 고개를 저었다.

"죽었어. 보나 마나."

"괜찮아요. 죽었어도 괜찮아요. 나는 그 애를 찾아야만 해요."

"비용이 너무 많이 들어."

알란두한은 냉정한 사람이었다. 그는 한 번 안 된다고 하면 그걸로 끝이라는 느낌이 들게 하는 사람이었다.

"돈이 그렇게나 중요해요?"

"중요하지."

"좋아요. 나는 서장을 찾아갈 거예요. 가서 여권이 발견되었으니 수색을 해야 한다고 말할 거예요."

"나도 아가씨 편에서 생각을 해주고 싶어. 하지만 여권과 지갑이 버려져 있다면 사람이 죽었을 가능성이 더 큰 거 아니야?"

"나는 그렇게 생각하지 않아요. 그 애는 틀림없이 살아 있어요. 그렇게 쉽사리 죽을 아이가 아니에요."

"어떻게 생각하든 그건 아가씨 자유지만, 나는 수색대를 철수시키겠어."

"안 돼요!"

여자의 다급한 목소리가 터져 나왔다. 하지만 알란두한은 자리에서 일어났다.

"서장에게 가든 어떻게 하든 그건 마음대로 하고, 이제 나를 찾아오지는 마."

여자는 알란두한의 소매를 잡고 그를 자리에 앉혔다.

"서장은 해줄 거예요. 새로운 사실이 발견되었잖아요."

"그러니까 그에게 가서 얘기하라고!"

여자의 목소리가 애원조로 변했다.

"당신은 어떻게 하면 수색을 계속해줄 거죠?"

"돈을 내."

"얼마를요?"

"2만 달러. 사흘을 연장하지."

"뭐라고요? 어째서 비용이 더 많아지죠? 1만 5,000달러에 사흘간 하지 않았나요?"

"추가 비용이 많이 나왔어. 앞으로 더 나올 테고. 좌우간 2만 달러를 갖고 오기 전에는 나를 찾지 마."

여자는 급히 머릿속으로 계산을 해보았다. 지금 수색팀을 철수시키면 끝이었다. 서장이 지금 와서 수색을 해줄 리는 만무했다. 그나마 알란두한은 돈을 주면 움직일 사람이었다.

"포기하세요. 여권을 버렸다는 건 동생이 이제 삶의 의지를 버렸다는 얘기잖아요."

카몬이 여자의 소매를 잡아당겼다.

"아니에요. 그 애는 살아 있어요. 나를 기다리고 있다고요. 좋아요. 2만 달러 내겠어요. 당장 수색을 시작해요. 한순간도 망설일 수 없어요."

여자의 말에 알란두한이 흠칫 놀랐다. 여자에게 돈이 없다는 것을 그는 누구보다 잘 알고 있었다.

"알다시피 요금은 선불이야."

"지금은 없어요. 한국에서 부치도록 할 거예요."

"한국에서?"

"네. 지금 곧 연락할게요."

"그건 안 돼!"

"왜요?"

"시간이 맞지 않아. 한국에서 아무리 돈을 빨리 부친다 해도 여기 도착하면 이미 수색 작업은 끝난 뒤야."

"날 못 믿겠다는 뜻이군요."

"당연한 거 아냐? 돈을 보내겠다고 하고 빌려가서 연락을 끊은 놈이 한둘이 아냐. 그것도 몇 백 달러밖에 안 되는 잔돈푼조차 말야. 세계적인 등산가라는 놈들도 그래. 그런데 내가 널 어떻게 믿지?"

"그럼 어떻게 하라는 거예요?"

"지금 현금을 갖고 있지 않은 한 방법은 없어."

알란두한은 극도로 냉정했다. 여자는 매달리며 애원했다.

"돈은 분명히 부칠게요."

"안 돼!"

"분명히 부친다고요!"

"안 된다니까!"

"부탁이에요. 제발 수색을 계속해주세요!"

알란두한은 여자를 물끄러미 바라보다가 큰 선심이라도 쓰듯이 말했다.

"정 그렇다면, 네 몸을 맡겨."

"뭐라고요?"

"네 몸 말야."

"……?"

"네 몸을 내게 내놔. 돈을 갚을 때까지."

"……"

분노와 절망이 깃든 여자의 표정을 무시한 채 알란두한이 자리에서 일어났다.

"결심이 서면 찾아와."

부들부들 떨리는 몸으로 카지노를 나선 여자는 그길로 서장을 찾아갔다. 그러나 서장은 요지부동이었다. 이제 그녀를 만나는 것조차 노골적으로 귀찮아했다. 어렵사리 호텔로 돌아온 여자는 방에서 목 놓아 울었다. 한참을 울던 여자는 비장한 표정으로 다시 호텔을 나와 택시를 타고 알란두한에게로 향했다.

"여기 사인을 해."

여자는 알란두한이 내민 종이를 보았다.

"뭐죠?"

"정확히 사흘 후에 돈을 갚겠다는 차용증이야. 돈을 못 갚으면 내 집에 와 있겠다는 각서야. 사인을 하고 여권과 비행기 표를 맡기면 수색을 계속하겠어."

"사흘?"

"예스 노로만 대답해. 할 거야, 안 할 거야?"

카몬이 여자의 소매를 넌지시 잡아당겼다. 그는 여자의 행동이 이해되지 않았다. 이미 죽은 게 분명한 사람 때문에 이러는 게 안타까웠다. 무엇보다 꺼려지는 건 상대가 알란두한이라는 사실이었다.

하지만 여자는 카몬의 경고를 무시했다. 이미 연락을 해두었으니 한국에서 송금이 오지 않을 리 없었다. 여의치 않으면 경찰이 있으니 큰 문제는 없으리라는 생각에 마음이 급한 여자는 끝내 서명을 하고 말았다.

수색팀은 꼬박 사흘을 더 대대적인 수색을 벌였다. 그러나 실종자의 행방은 찾아낼 수 없었다.

"수색은 끝났어. 네 동생은 죽었어. 시신을 찾지는 못했지만 죽었다는 사실만은 틀림없어."

여자는 이제 동생의 죽음을 받아들이지 않을 수 없었다. 아니, 죽음이야 어느 만큼 받아들인 상태였지만 시신이라도 찾을 수 있길 바랐던 마지막 희망마저 버려야 했다.

"흑!"

여자는 어두운 호텔 방에서 혼자 두 손으로 얼굴을 감싸 쥐고 울음을 터뜨렸다. 울음은 시간이 지남에 따라 가느다란 흐느낌으로 변해갔다. 어떻게도 해볼 수 없는 이 상황이 너무나 싫었다. 여자의 흐느낌은 오래 계속되었다.

"돈은 어디 있어?"

수색이 끝나자 여자는 처절할 정도로 차디찬 현실에 부딪치고 말았다. 알란두한의 목소리는 냉혹하기 짝이 없었다.

"한국에서 돈은 부쳤어요. 오는 중이예요. 여기는 다른 나라와는 달리 시간이 더 걸린대요. 은행에 확인해보세요."

그러나 여자의 생각은 애초부터 터무니없이 순진한 것이었다.

"그럴 줄 알았어. 호텔로 사람을 보내지."

내던져진 운명

알란두한을 대신해 호텔에 나타난 사내는 보기만 해도 소름 끼치는 얼굴을 목 위에 달고 있었다.

"누구나 그러지. 조금만 기다려달라고. 하지만 모두 거짓말로 판명되거든. 이상해. 왜 사람들은 마지막 순간까지 거짓말을 할까?"

"알란두한 씨를 만나게 해주세요."

"흐흐, 넌 돈을 갚을 때까지 노예야. 알았어?"

"뭐라고요? 노예? 말조심해, 당장 경찰에 신고할 거야!"

"웃기는군. 경찰에 가서 돈 2만 달러를 못 갚았으니 보호해 달라고 해봐. 뭐라 그러나. 참고로 알려줄까? 이 나라에서는 그 정도 돈을 빌려서 갚지 않는 인간은 죽여도 죄가 안 돼. 2만 달러란 그렇게 큰돈이야. 알겠어? 게다가 너는 몸으로라도 갚겠다고 서약까지 했다는 걸 벌써 잊었나? 하루 시간을 주지. 돈을 마련해놔."

여자는 급히 경찰을 찾아갔지만 소용이 없었다.

“설마 돈을 빌려준 사람이 찾아오지도 못하도록 해달라는 건 아니겠죠?”

경찰 간부는 여자의 신변보호 요청에 싸늘한 목소리로 대답했다.

여자는 그날 밤 취하도록 마셨다.

다음날 아침 여자는 문을 두드리는 소리에 잠이 깼다. 머리가 흔들렸지만 일어나지 않을 도리가 없었다.

“누구세요?”

무의식중에 물었던 여자는 다음 순간 흠칫했다. 이 시간에 이렇게 문을 두드려댈 수 있는 사람들이란 그 무지막지한 채권자밖에 없었다. 여자는 문을 열지 않았다. 그러자 밖에서 온갖 욕설이 들려왔다. 여자가 프런트 데스크에 연락을 하자 매니저가 올라왔다.

“손님, 웬만하면 다른 손님들을 생각하셔서 호텔을 좀 옮겨 주시지요.”

여자는 오히려 죄송하다고 사과를 해야 했다. 매니저가 떠나간 뒤 빚 독촉이 시작됐다.

“아직 돈이 안 왔어?”

“…….”

“이게 왜 대답이 없어?”

사내는 대뜸 여자의 머리채를 휘어잡았다. 여자가 무식하기 짝이 없는 자를 상대로 해볼 수 있는 일이란 아무것도 없었다.

사내는 여자를 침대 위로 홱 내던졌다.

"아아악!"

"입 다물어, 이년아!"

여자는 태어나 처음 당해보는 폭행에 정신이 나갈 지경이었다. 그러나 다음 순간 여자는 이런 폭행이 문제가 아니라는 사실을 깨달았다. 상대는 자신을 강간할 것 같은 기색이었다.

"생각 같아서는 이 자리에서 해치워버리고 싶지만 참는다. 알았어? 하루 더 시간을 주지."

여자는 아무 말도 하지 않았다.

그날 밤 여자는 죽음을 생각했다. 자신이 네팔까지 와서 이런 상황에 처한 것은 실종된 동생과 함께 죽어야 하는 운명인 것처럼 여겨졌다. 일단 자살을 한다고 생각하니 기분이 한결 가벼워졌다.

여자는 자포자기의 심정으로 혼자 술을 마시고는 혼미한 정신으로 엘리베이터로 다가갔다. 한 사람이 안에서 정지 버튼을 누른 채 그녀가 타길 기다리고 있는 모습이 보였다. 낯이 익은 한국 청년이었다. 여자는 엘리베이터 안에 발을 들여놓았다. 4층에 엘리베이터가 멎고 청년이 내리려 할 때 취한 여자의 입에서 낮은 목소리가 흘러나왔다

"자살을 해야 하거든요. 방법 좀 알려주실래요?"

"……."

"이대로 잠들어서 그냥 깨지 않았으면 좋겠어요. 너무 괴로워요. 죽고 싶어요. 정말 죽을 수 없나요?"

여자는 취한 중에도 자신이 유치한 영화 대사 같은 말을 쏟아내고 있다고 느꼈다. 하지만 그것은 진심이었다.

엘리베이터 문이 닫히려 하자 청년이 버튼을 눌렀다. 여자는 취중에도 자신이 남이 듣기에 너무 부담스러운 말을 쏟아내고 있다고 생각했다. 보통 사람이라면 만취한 여자가 자살 운운하는데 엘리베이터 문을 잡고 있지는 않을 터였다. 그러나 청년은 계속 버튼을 누르고 있었다. 여자는 그런 것조차 느끼지 못했다.

"아침이 되면 문을 두드리는 마귀 같은 인간들이 있어요. 내일 아침에는 정말 깨고 싶지 않아요. 이대로 떠나고 싶단 말이에요."

말을 마침과 동시에 여자는 몸을 가누지 못하고 쓰러졌다.

청년은 여자를 부축해 자신의 방으로 데려가서는 침대에 눕히고 자신은 여자의 핸드백에서 키를 찾아 7층으로 올라갔다.

그러나 다음날 아침은 아무도 문을 두드리지 않았다.

자살 유혹

청년이 방문을 두드리자 여자는 조심스럽게 문을 열었다. 청년은 불안에 떨고 있는 여자와 같이 아침을 먹고 히말라야 기슭으로 걸어 올라갔다. 푸른 삼림 속으로 난 길을 한참이나 걸어 올라가는 동안 물기를 잔뜩 머금은 짙은 안개가 두 사람을 감쌌다.

"아직도 자살하고 싶나요?"

청년이 물었다.

"……"

여자는 대답하지 않았다.

푸른 삼림이 끝도 없이 펼쳐진 건너편 산 위로 태곳적부터 쌓였을 만년설을 덮고 있는 히말라야의 연봉들이 보였다. 두 사람은 한동안 말없이 숲속을 걸었다.

"왜 죽으려 하는지 얘기해줄 수 있나요?"

여자는 망설이다 힘없는 목소리로 청년에게 자신이 처한 상황을 이야기했다.

이야기를 다 듣고 난 청년이 말했다.

“돈 문제만 해결되면 떠나세요. 동생의 시신을 찾는 일은 포기하고요.”

“…….”

“찾는 일이 쉽지도 않겠지만 무엇보다도 동생은 여기 그냥 두는 게 나을 거예요. 본인도 그걸 원했기 때문에 여권을 먼저 버린 거예요. 더 이상 자신을 찾지 말라는 뜻이에요. 이 세상에 와서 잃을 만큼 잃었겠지요. 마지막 순간을 네팔에 와서 맞았다면 말이에요.”

“네팔에 온 게 무슨 특별한 의미라도 있을까요?”

“이곳은 인생의 마지막 도박을 하러 오는 곳이지요. 도박으로 모든 걸 잃은 사람들이 마지막 남은 몇 푼마저 잃고 난 뒤 자살하기 위해 택하는 곳이 바로 여기 네팔이에요.”

“왜 하필 여기죠? 자살하는 데도 특별한 장소가 필요한가요?”

“회한 많은 삶을 보낸 사람일수록 마지막 순간에는 위안 받고 싶어하는 것 아닐까요? 영원하고 절대적인 어떤 것으로부터 말이에요.”

청년은 눈 덮인 히말라야를 올려다보며 말을 이었다.

“저 희디흰 만년설 속에 자신을 묻어버리고 싶은 건지도.”

“정말 내 동생이 죽기 위해 이곳에 왔을까요?”

“등산가가 아니라면 굳이 네팔까지 올 리가 없었겠죠.”

“…….”

"동생이 평소 카지노에 깊이 빠져 있었나요?"

여자는 잠시 머뭇거리다가 말없이 고개를 끄덕였다.

"카지노 도박으로 망가진 사람들의 소원 같은 거예요, 네팔에서의 죽음은. 주변에 참회하는 거지요. 저 눈을 보며 용서 받았다는 마음을 갖게 되고요."

여자의 목소리에 울음이 스몄다.

"정말 착한 아이였는데……."

"그랬을 겁니다. 늘 착하고 여린 사람들, 남에게 강짜 같은 건 놓을 줄 모르는 사람들이 자살해요. 동생은 자신의 흔적을 남기고 싶지 않았을 거예요."

여자가 흐느끼기 시작했다. 청년은 한동안 여자를 내버려두었다. 청년은 여자와 자신의 처지가 아주 비슷하다고 생각했다. 앨런도 여자의 동생과 같은 모습으로 여기 네팔로 왔을 터였다.

'아아, 앨런!'

청년은 마음속으로 앨런을 불렀다. 여자의 동생에 비해 앨런의 죽음은 더욱 비참한 것이었다. 앨런의 몸은 눈 속에 묻힌 게 아니라 탄환에 의해 훼손되어 사람들의 눈에 띄었던 것이다. 그 사실이 청년의 가슴을 더욱 고통스럽게 했다.

히말라야의 정상에 찬란한 햇빛이 비치기 시작할 무렵, 청년은 여자의 어깨에 손을 살짝 얹으며 나직한 목소리로 말했다.

"이제 해결하러 갑시다."

여자는 울음을 그치고 놀란 표정으로 물었다.

"네? 뭘요?"

"돈 말이에요."

"네?"

"그놈들에게 2만 달러만 주면 문제는 해결되는 거 아닙니까? 가서 그자를 만납시다."

"무슨 말씀이세요? 알란두한을 만나자는 말씀이세요?"

"네."

"돈 있으세요?"

"없어요."

여자는 실낱같은 기대를 품었던 자신에게 실소를 머금었다.

"그럼 그 사람들을 만나도 헛일이에요. 제가 얼마나 시달렸는지 모르실 거예요. 은행에서 2만 달러가 오고 있는데도 말이에요. 당장 현금이 없이는 어떤 얘기도 안 되는 사람들이에요."

"그런 자들에 대해서는 너무도 잘 알고 있어요."

"그런데 왜 만나세요?"

"일단 만나봅시다."

"저는 싫어요. 그 사람들을 만나는 게 무서워요."

"그렇다고 피하는 게 해답이 될 것 같아요?"

"그건 아니지만……."

"그렇다면 만나는 거예요."

청년은 앞장을 섰다. 여자는 돈이 없는 한 어떤 기대도 해선 안 된다는 것을 잘 알면서도 청년의 뒤를 따랐다.

의뢰인

청년이 여자와 함께 간 곳은 경찰서였다. 그는 서장에게 약간의 돈을 내밀고는 무언가를 의논한 후 경찰서를 나섰다. 두 명의 형사가 청년과 여자의 뒤를 따랐다. 청년은 알란두한의 집으로 갔다.

"주인님은 바빠요."

"돈 문제로 왔다고 해요."

"모두가 돈 문제로 그분을 만나지요."

"돈을 갚으러 왔다는 얘기예요. 이 여자분의 채무 말이에요."

"돈을 가지고 왔어요?"

"문제를 해결할 수 있는 준비가 되어 있어요."

알란두한의 집사는 의아해 하는 표정으로 들어갔다가 나와서는 일행을 안으로 안내했다.

알란두한은 호기심 어린 눈빛으로 형사들을 데리고 들어온 청년을 지켜보았다.

"당신은 누구야?"

"그런 건 중요한 게 아니고, 내 의뢰인에게 받아야 할 돈이 얼마요?"

"의뢰인? 당신의 정체가 궁금해지는군."

"돈을 받을 겁니까, 안 받을 겁니까?"

청년이 거친 목소리로 말을 받자 알란두한은 잠시 그를 노려보았다.

"오늘 저녁까진 2만 4,000달러. 내일 저녁이면 2만 8,000달러를 갚아야 해."

"뭐라고요? 나는 그런 약속 한 적 없어요!"

여자가 소리쳤지만 알란두한은 여자의 말에는 상관하지 않고 청년만 뚫어지게 노려보았다.

"좋아! 그럼 모레까지 3만 2,000달러를 갚으면 되겠군."

청년의 입에서 뜻밖의 말이 흘러나왔다. 단호한 목소리였다.

"그래주면 고맙지."

"나쁜 인간!"

여자의 입에서 욕설이 튀어나왔다.

"뭐라고! 나는 분명히 헬리콥터를 보냈고 셰르파들을 보냈어. 일이 잘 안 됐다고 그렇게 말하면 안 되지."

알란두한은 여전히 청년에게 의심스러운 눈길을 보내고 있었다.

"당신, 다시 이 여자분에게 엉뚱한 놈을 보내거나 협박을 하면 외교 문제로 비화될 줄 알아. 분명히 얘기하지만 돈은 돌려주겠어. 이자가 얼마가 되었든 말이야."

알란두한은 기분 나쁜 미소를 지었다.

"당신! 내가 하나 충고하는데, 괜한 정의감에 이끌려 이런 일에 끼어드는 건 참으로 어리석은 짓이야. 당신이 빠지고 여자가 나와 우호적인 관계를 가질 마음만 있다면 문제는 해결돼. 무슨 말인지 알겠어?"

"모레까지 3만 2,000달러 주겠어. 갑시다."

집을 나온 후 형사들이 돌아가자 여자는 근심 어린 표정으로 물었다.

"그자와 그렇게 함부로 약속을 해도 문제가 없겠어요?"

"어차피 문제는 이미 생긴 거잖아요."

"그래도……."

"지금은 아무 말도 필요 없어요. 오직 부딪쳐야 할 순간이에요."

여자는 더 이상 아무 말도 할 수 없었다. 청년이 무엇을 하려는지 알 순 없었지만 행동 하나하나가 심상찮게 여겨졌다.

"지금 얼마 있어요?"

청년의 갑작스런 질문에 여자는 다시 한 번 힘이 빠졌다. 알란두한 앞에서 3만 2,000달러를 돌려주겠노라고 큰소리쳤던 청년이 자신에게 얼마가 있는지를 묻다니. 여자는 그러나 내색하지 않고 대답했다.

"500달러요."

"줘요."

청년의 목소리에는 거부할 수 없는 무언가가 있었다. 여자는 어차피 아무 의미 없는 돈이라고 생각하며 500달러를 내밀었다.

"내게 6,000달러가 있으니 합해서 6,500달러예요. 6,500달러란 7,000달러에 가까운 겁니다."

여자는 무슨 말인지 알아들을 수가 없었다.

"하지만 우리는 지금 최소한 100달러라도 더 만들어야 해요. 6,500은 6,000달러보다야 안전하지만 500달러로 끝이 맞추어지는 것도 바람직하지 않아요."

"……?"

"언제나 자투리가 중요한 법이에요. 그래서 프로는 돈의 끝을 맞추지 않습니다."

"네? 무슨 말씀이세요?"

"5,000달러란 금액은 위험합니다. 인간의 의식이란 정돈을 좋아하기 때문에 6,000달러라는 개념은 5,000달러나 7,000달러와 맞추어지게 마련입니다. 이것은 게임의 단위를 크게 만들어서 위험하지요. 500도 끝이 맞추어지는 금액이에요. 그래서 피하는 법입니다."

여자는 청년이 도대체 무슨 소리를 하는지 알 수 없었다.

"자, 같이 100달러를 더 마련해봅시다. 내게 잔돈이 한 60달러 정도 있을 거예요."

"제게 40달러가 있어요."

"잘됐네요. 이리 주세요."

청년은 6,600달러로 끝이 맞추어지자 흡족한 모양이었다.

"이것은 이제 7,000달러나 다름없어요. 7,000달러란 1만 달러의 영역에 속하는 돈이에요."

여자는 여전히 청년의 말을 납득하기 어려웠다.

"자, 이제 갑시다."

청년이 앞장서서 간 곳은 카지노의 객장이었다.

"지금은 500달러 단위로 잘라야 합니다. 즉, 일곱 번을 해서 1만 달러를 만드는 거지요."

"……?"

"조용히 옆에 앉아 구경하세요."

청년은 돈을 모두 칩으로 바꾸었다. 카트만두의 조그만 카지노에서 청년이 바꾼 칩은 대단한 액수였다. 하이 벳 전용의 테이블에 앉아 있던 손님들이 모두 청년이 앉을 자리를 만들어주느라 몸을 움직였다. 그러나 청년은 아무런 표정 없이 이들을 지나쳐 걸어갔다.

"아니!"

사람들은 모두 놀라지 않을 수 없었다. 청년이 가서 앉은 곳은 카지노에서 가장 베팅액이 작은 테이블이었다.

"미니멈 벳이 얼마요?"

청년은 아무 감정이 실리지 않은 목소리로 딜러에게 물었다.

"5달러입니다."

"맥시멈은?"

"500달러입니다."

청년은 고개를 끄덕이며 칩을 모두 앞에다 쌓았다.

"도대체 뭘 하자는 거지?"

"글쎄? 돈 자랑하는 거 아냐?"

청년이 카지노에 들어올 때부터 일거수일투족을 살피던 알란 두한의 부하들은 그의 행동을 이해할 수가 없었다. 그들은 알란 두한에게 전화를 걸었다.

"놈이 카지노에서 돈을 따려 할 거라고 짐작은 했지만 그런 미친 짓은 도저히 이해할 수 없군. 6,600달러를 가진 놈이 미니멈 5달러, 맥시멈 500달러 테이블에 앉았단 말이야? 도대체 놈의 의도가 뭐야? 하여튼 지금 거기로 갈 테니까 너희들은 한시도 눈을 떼지 말고 놈을 감시해!"

"네, 알겠습니다."

청년은 6,600달러어치의 칩을 쌓아놓은 채 5달러나 10달러 베팅을 계속했다. 100달러나 200달러 벳을 해도 됐을 곳에서조차 작은 베팅으로 시간을 보냈다. 그동안 옆에서 같이 게임을 하던 사람들은 많이 따거나 전부 잃거나 승부가 났지만 청년의 칩은 뚜렷하게 늘지도 줄지도 않았다. 그러나 한 가지는 확실했다. 그것은 청년의 칩이 느낄 수 없는 속도지만 조금씩 늘어나고 있다는 사실이었다.

차츰 시간이 흐르자 오랜 세월을 카지노에서 일해온 사람들조차 이해하기 어려운 상황이 눈앞에서 벌어지고 있었다.

"이게 우연일까?"

"우연이 이렇게 계속될 수는 없는 거 아냐?"

"도대체 뭐야? 설명할 수 없는 현상이잖아."

청년의 앞에는 시간이 갈수록 칩이 계속 쌓여가기만 했다. 처음에 100~200달러가 쌓일 때는 그럴 수도 있겠거니 했지만 칩은 계속 늘어만 갔다. 그 쌓여가는 속도가 이제 처음과는 비교도 안 될 정도로 빨라지고 있었다.

"저것 봐. 이제껏 위험한 순간이 한 번도 없었어."

바카라

칩이 꾸준히 쌓여 1만 달러가 넘어가자 사람들은 완전히 새로운 이 게임 방법에 경외의 눈길을 보내기 시작했다.

"저건 도박이 아니야!"

누군가 얘기하자 모두 고개를 끄덕였다.

"저건 사람이 아니지. 인간으로선 저렇게 할 수 없는 거 아냐?"

다시 사람들은 고개를 끄덕였다.

"저 사람은 도박의 본질을 뒤집고 있어."

"무슨 소리야? 어려워서 못 알아듣겠어."

"도박의 본질은 운이야. 운이 좋으면 이기는 거고 나쁘면 지는 거야. 그런데 저 친구를 봐. 운과는 아무런 상관이 없는 도박을 하고 있단 말이야. 아무리 나쁜 패도 저 사람에게는 영향을 주지 못하잖아. 무서운 사람이야."

게임을 구경하던 사람들 모두가 한마디씩 해댔다.

청년은 정확히 3만 2,000달러를 채우고 나서 자리에서 일어났다. 뒷전 사람들 틈에서 그 광경을 구경하던 알란두한은 놀라서 눈이 튀어나올 뻔했다. 그가 딴 돈 3만 2,000달러가 문제가 아니었다. 그동안 100달러로 100만 달러를 이긴 사람도 수없이 보아 온 알란두한이었다. 그런 그에게조차 눈앞에서 펼쳐진 청년의 게임은 도저히 믿기지 않는 승리였다.

"으음! 설마 이게 필연일 리가?"

그러나 우연이라고 여기기에는 모든 것이 너무 정연했다. 시간과 정비례해 정확히 올라가는 액수. 위험이라고는 한순간도 없었던 완벽한 게임. 알란두한 역시 자신이 생각했던 도박에 대한 개념이 완전히 흔들리는 것을 느꼈다.

청년이 여자와 함께 3만 2,000달러를 들고 찾아왔을 때 알란두한은 예전처럼 위세를 부리지 못했다. 단순히 3만 2,000달러를 들고 왔다면 어떤 핑계를 대서라도 돈을 받지 않았을 것이다. 여자는 알란두한이 생각하기에 10만 달러 이상의 가치가 있었다. 아니, 그 이상의 가치가 있는 게 분명했다. 여자에 대한 탁월한 후각을 갖고 있는 그로서도 처음 보는 그런 여자였다. 하지만 지금 알란두한의 모든 관심은 청년에게 가 있었다.

알란두한이 진심 어린 목소리로 말했다.

"감동했소이다."

"약속을 지켰을 뿐이오."

"아니, 내 말은…… 그보다 하나 물어봐도 되겠습니까?"

"그 전에 돈부터 받아요."

청년은 돈을 지불한 다음 영수증을 받고 나서야 담담한 목소리로 대답했다.

"얘기해봐요."

"어떻게 하면 돈을 딸 수 있습니까?"

그렇게 묻는 알란두한의 태도에는 비굴함이 가득했다. 청년은 가만히 알란두한의 얼굴을 쳐다보다 물었다.

"당신은 1만 달러로 100달러는 딸 수 있나요?"

"그거야 어린아이도 할 수 있는 거 아닙니까?"

"그럼 됐어요."

청년은 알란두한의 어리둥절해 하는 표정을 뒤로하고 카지노를 나섰다. 알란두한은 뭔가를 알 것 같기도 하고 모를 것 같기도 한 표정으로 고개를 갸웃거리며 사라져가는 청년과 여자의 뒷모습을 바라보았다.

스페셜리스트

청년은 찬 맥주를 주문해서 한 잔 쭈욱 들이켜고 나서 밖을 보았다. 테라스 너머로 히말라야의 장엄한 모습이 한눈에 들어왔다. 여자는 남자 등 뒤의 테라코타에 눈길을 모았다. 엉뚱하게도 그림은 예수를 찾아가는 세 사람의 동방박사를 담고 있었다. 여자는 찬 맥주를 한 모금 마시며 몸을 떨었다. 맥주가 차가워서라기보다는 방금 겪은 현실의 무게가 비로소 다가왔기 때문이었다.

"게임을 시작하기 전에 이길 줄 알고 계셨던 건가요?"

여자의 질문에 청년은 묵묵히 고개를 끄덕였다.

"바카라라고 했죠? 모두들 그 게임이 그렇게나 어렵다는데 어떻게 이길 줄 알고 계셨던 거죠? 게임을 해보기 전에는 이길지 질지 모르는 거 아닌가요? 이해가 가질 않아요."

청년은 가볍게 웃었다.

"꼭 이겨야 하는 게임이라면 저는 이기죠. 그러나 궁극적으로 승자가 될 수는 없어요."

"이해가 안 가요. 그렇게 훌륭한 기술을 가졌으면서도……. 기술이란 늘 반복되는 거 아닌가요?"

"그럴듯하네요."

"그런데 왜 진다는 거예요? 100미터를 15초에 달릴 수 있는 사람은 늘 그 속력으로 달릴 수 있잖아요. 몸이 쇠약해지기 전에는 말이에요."

"그렇겠지요."

"한 번 아니라 세 번 네 번을 반복해서 이길 수 있다면 그건 이미 기술이에요. 한두 번 질 수는 있겠지만 그 정도 실수는 어느 기술자에게나 있는 거 아닌가요?"

"그렇겠군요."

"그런데 승자가 될 수 없다는 건 무슨 뜻이에요?"

"도박은 질 수밖에 없으니까요."

"제가 잘 몰라서 그렇겠지만 무슨 말인지 도통 이해가 안 되네요."

"그럴 거예요."

청년은 여자를 위해 자세히 설명을 하려 들지 않았다. 그는 다시 맥주 한 모금을 마신 후 여자에게 물었다.

"이름을 물어도 되겠어요?"

"김은교, 촌스런 이름이에요."

"내가 듣기에는 상당히 세련된 이름 같은데요."

"그래요?"

"동생을 찾아 여기까지 온 거나 모든 것을 걸고 동생의 종적을 찾으려 한 거나 여하튼 감동적이었어요."

"늦었지만 너무나 감사드려요. 성함은요?"

"이서후."

"특이한 이름이네요."

두 사람은 한동안 아무 말 없이 맥주를 홀짝거렸다. 여자가 창밖으로 고개를 돌리며 말했다.

"기분이 좋네요."

"왜요?"

"이제껏 제가 전혀 몰랐던 세계와 접한 것 같아서요."

"누구에게나 남이 이해할 수 없는 세계가 있잖아요."

"이제까지는 그런 생각을 하지 못했어요. 사람이란 다 똑같이 사는 줄 알았거든요. 일하고 돈을 모으고……."

"나는 저축을 싫어해요."

"왜요?"

"돈에 대한 집착은 인간을 약하게 만드니까요."

두 사람은 별말 없이 맥주를 마셨다. 그 무서운 굴레를 벗어난 지금, 마음 같아서는 샴페인이라도 터뜨리고 싶었지만 여자는 그럴 수 없었다. 여전히 동생의 일이 가슴 한편을 짓누르고 있는데다 눈앞의 청년에게는 어떻게 할 수 없는 무거움이 있었기 때문이었다. 그 무거움의 정체가 무엇인지 알 수는 없었지만 쉽사리 범접할 수 없는 것임에는 틀림없었다.

"이제 일어날까요?"

"네."

두 사람은 엘리베이터에서 헤어졌다. 청년은 4층에서 내리고 여자는 7층까지 올라가야 했다.

"언제 떠나나요?"

"내일 비행기가 있어요."

"그럼 이것이 마지막 인사로군요."

"서후 씨는요?"

청년은 대답이 없었다.

"한국에는 언제 오시나요?"

청년은 뭔가 말하려는 듯하다 말없이 돌아섰다.

엘리베이터 문이 닫히려 하자 은교는 급히 손을 뻗어 문을 잡았다.

"이대로 헤어질 수는 없어요. 돈도 갚아야 하고 감사 인사도 제대로 못 드렸잖아요."

청년은 고개를 저었다.

"안 돼요. 그러면 저는 평생 부담감에서 벗어나지 못할 거예요. 한국에 오시는 날짜가 불분명하다면 연락할 수 있는 방법이라도 알려주세요."

"없어요."

"세상에 연락처 없는 사람이 어디 있어요. 연락처를 주시지 않으면 갈 수 없어요."

은교는 몇 번이나 닫히려는 엘리베이터 문을 손으로 잡아내다 급기야는 엘리베이터에서 내렸다.

"은교 씨가 전화번호를 주세요. 내가 연락할 테니."

"안 돼요! 서후 씨는 절대로 연락을 안 하실 것 같아요. 제게 연락처를 주셔야만 해요."

은교의 완강한 태도에 서후는 망설이다 결국 지갑에서 명함 한 장을 꺼냈다.

"써본 지 너무 오래된 건데…… 한 장 남아 있군요."

명함을 건네받은 은교는 다시 엘리베이터에 발을 디뎠다.

"안녕히 주무세요. 내일 다시 인사드릴게요."

방으로 돌아온 은교는 샤워를 했다. 어제 아침까지만 해도 자살밖에는 길이 없다고 생각하던 자신이 이렇게 가벼운 마음으로 샤워를 할 수 있다는 게 믿기지 않았다.

은교는 침대에 누워 서후에 대해 생각했다. 그는 자신이 만난 사람들 중 가장 이해할 수 없는 사람이었다. 그의 세상은 보통 사람들과는 판이하게 달랐다. 우선 세상을 보는 시각이 달랐고 살아가는 방법이 달랐다. 은교는 침대에서 일어나 지갑에서 서후가 준 명함을 꺼냈다.

Specialist Seohoo Lee

명함만으로 보아서는 무엇을 하는 사람인지 알 수 없었다.

Seohoo Lee란 그의 이름 앞에 붙어 있는 스페셜리스트가 무엇을 말하는지 알 수 없었다. 전문 해결사란 뜻일까? 은교는 잠시 영화의 한 장면을 떠올렸지만, 그런 직업을 의미하기에는 명함이 그 지질이나 디자인 면에서 매우 특별했다. 명함을 보며 은교는 그가 수수해 보이는 겉모습과 달리 이 세상의 온갖 호사스러움을 다 맛본 사람일지도 모른다는 생각을 했다. 그렇지 않다면 자신을 위해 게임을 시작했을 리도 없을 것이고, 설사 이겼다 하더라도 3만 2,000달러를 고스란히 내놓지도 않았을 것이다. 게다가 그는 아무런 대가도 바라지 않았다. 그는 보통 사람과는 확연히 다른 삶을 살아왔음에 틀림없었다.

은교는 자신이 이렇게 안락한 침대에 누워 있다는 사실에 대해 새삼스럽게 서후에게 감사하는 마음이 들었다. 내일 날이 밝으면 같이 이른 아침식사를 하자고 전화해야겠다 생각하며 은교는 눈을 감았다.

최후의 도박사

일찍 눈을 뜬 은교는 여느 때와 같이 자리에서 바로 일어나지 않았다. 오늘은 요 며칠간의 아침과 너무도 달랐다. 아늑한 기분을 좀 더 느껴보고 싶었다.

"서후!"

은교는 입속으로 조그맣게 서후의 이름을 불러보았다. 그는 너무나 특이한 사람이었다. 카트만두로 오는 비행기 안에서 옆자리에 앉아 있던 서후의 모습을 떠올렸다. 뭔가 보통 사람과는 다른 분위기가 느껴졌던 청년. 깊숙한 눈매와 날카로운 콧날은 그가 점잖으면서도 사물에 대한 판단이 만만치 않은 사람이라는 느낌을 주었다.

은교는 문득 자신은 오늘 비행기를 타고 카트만두를 떠나야 한다는 사실을 떠올리며, 서후는 무슨 일로 카트만두에 왔을까, 언제 떠나는 것일까 생각해보았다. 그러다 은교의 뇌리에 한 줄기 불길한 생각이 섬광처럼 스쳤다.

그는 카트만두에서 하는 일이 없었다. 관광을 하지도 등산을 하지도 않았고 카지노 게임을 하는 것 같지도 않았다.

'이곳은 도박사들이 마지막으로 찾아오는 곳이죠.'

그가 한 말이 귓전에 맴돌았다.

뭔가 이상하다고 생각하던 은교의 입에서 갑자기 신음이 새어 나왔다.

"아!"

은교는 후닥닥 일어나 전화기를 들었다. 불길한 예감대로 서후는 전화를 받지 않았다. 몇 분 간격으로 계속 신호를 보내던 은교는 아무렇게나 옷을 걸치고 세수도 하지 않은 채 서후의 방으로 뛰어 내려갔다.

역시 서후는 방에 없었다.

그날 오후 은교는 어쩔 수 없이 싱가포르 항공 비행기에 몸을 실었다. 비행기를 타기 직전까지 호텔로 계속 전화를 걸었으나 서후는 받지 않았다. 비행기를 타고 있는 내내 서후에 대한 생각이 머리를 떠나지 않았다.

은교는 싱가포르에 도착하기만을 초조하게 기다렸다.

비행기가 공항에 도착하자마자 은교는 급히 달려가 전화기를 들었다. 서후는 여전히 전화를 받지 않았다.

"오늘 아침 일찍 나가신 후로 돌아오지 않으셨어요."

"거기 지금 깊은 밤이잖아요."

"네. 밤 열한 시가 좀 넘었어요."

"아!"

은교는 한참을 망설이다가 결국 한국행 비행기를 타지 않았다. 서후의 실종을 알게 된 지금 그냥 돌아가는 것은 어딘지 비겁하다는 생각이 들었다. 은교는 다음날 아침 일찍 카트만두로 들어가는 비행기를 예약했다.

'왜 나는 내 생각만 했을까?'

밤은 너무나도 길었다. 은교는 몇 번이나 네팔의 호텔로 전화를 걸었지만 서후는 받지 않았다. 새벽같이 공항에 나간 은교는 비행기가 출발하자 자신도 모르게 속으로 뇌었다.

'아아! 제발 살아 있어요, 제발!'

카투만두로 돌아온 은교는 서후의 행방을 찾았지만 어디에서도 그의 모습을 볼 수 없었다. 그러다가 우연히 호텔의 벨맨으로부터 그의 소식을 들었다.

"네? 그분이 권총을 구입했다고요?"

"그렇습니다."

벨맨은 아무런 감정도 실리지 않은 목소리로 대답했다.

"왜요?"

은교는 불길한 생각을 떨치지 못하고 날카로운 목소리로 물었다.

"그걸 몰랐어요?"

"뭘요?"

"그는 도박사예요. 여기에 와서 최후를 맞고 싶어 하는 도박사들이 아주 많죠."

서후로부터도 똑같은 말을 들었었다. 그러나 그때 자신은 동생만 생각했었다.

"이 호텔은 '자살 호텔'이란 별명이 있어요. 자살하고 나면 모든 걸 다 처리해주죠. 대신 보증금을 많이 받아요. 현금으로만 말이에요. 그분도 보증금을 내셨어요."

그토록 우려했던 사실을 벨멘으로부터 확인받고 나자 은교는 몸서리가 쳐졌다. 벨맨은 은교의 그런 심정을 아는지 모르는지 말을 이었다.

"도박사들은 저 희디흰 설산을 바라보면서 한 많은 인생을 접죠. 창문을 열고 하염없이 히말라야를 바라보며 회한과 슬픔에 찬 눈물을 흘리다 어느 순간 자신이 아는 모든 사람에게 마음속으로 작별을 고하고 방아쇠를 당기지요. 아무리 도박으로 망가진 사람들이라지만 그들의 마지막은 너무 안됐어요."

은교의 목소리가 떨려 나왔다.

"그분은 이겼잖아요. 소문 못 들었어요? 모두가 그의 실력에 놀랐다고요."

"3만 달러요? 도박사에게 그 정도는 아무것도 아니죠. 엄청난 돈을 오랜 세월에 걸쳐 잃었을 거예요. 돈의 액수가 아니라 절망이 사람을 죽이는 거예요. 그분 모르긴 해도 아마 지금쯤 차디 찬 설산 어딘가에 쓰러져 있을 거예요."

은교는 더 이상 그 자리에 서 있을 수가 없었다. 간신히 버티며 말했다.

"그의 방문을 열어주세요."

"그건 안 됩니다."

"왜요?"

"아직 그의 시신이 발견된 게 아니니 들어갈 수 없어요."

"부탁입니다. 혹시 모르니 한번 보게만 해주세요. 같이 올라가면 되잖아요."

은교가 지갑에서 적지 않은 돈을 꺼내 쥐어주자 벨맨은 주변을 두리번거리다 고개를 끄덕였다.

다행히 그는 방 안에 없었다. 최악의 상황까지 상상했던 은교는 안도감에 한숨을 내쉬며 그의 짐을 살폈다. 그의 방 안에 남겨진 것은 한 권의 책과 간단한 옷가지가 전부였다. 그리고 권총이 있었다. 아직까지 총은 사용되지 않았지만 그는 자살하러 온 것이 분명했다. 은교는 충격으로 쓰러질 것 같은 몸을 간신히 지탱했다.

"혹시 모르니까 여기서 기다리겠어요. 그가 올 때까지."

"안 돼요. 잠깐 보겠다고 그랬잖아요. 지금 바로 나가지 않으면 나는 여기서 쫓겨나요. 어서 나가요."

"자살하려는 사람을 두고 어떻게 가요?"

"그는 죽은 게 분명합니다. 총을 사용하지 않고 설산 어딘가에 묻혀 있겠죠. 어서 나가세요."

벨맨이 강제로 밀어내는 와중에 은교는 유품이랄 수 있는 그의 책 한 권을 핸드백에 집어넣었다. 그리고 그 자리에 자신의 명함을 놓았다. 벨맨은 아까 받은 돈 때문인지 그 정도는 눈감아 주었다.

로비로 내려온 은교는 그곳에서 한참을 서성이다 비행기 시간에 맞추어 택시를 잡아타고 공항으로 향했다.

강요된 사랑

보석상 정금당 앞에 벤츠 한 대가 와서 멎었다. 차문이 열리고 큰 키에 핸섬한 남자와 콧날이 오뚝하고 목선이 아름다운 여자 한 쌍이 내렸다.

"정금당이야. 우리 어머니가 혼수를 하셨고 어머니의 어머니도 이곳에서 하셨다니 우리 집안으로서는 유서 깊은 곳이지."

남자가 여자의 손을 잡아끌며 말했다. 남자는 삼십대 초반임에도 순수한 패기보다는 노회한 허세가 느껴졌다.

"사람들이 다이아 다이아 하지만 젊은 여자에게는 다이아몬드가 어울리지 않아. 젊은 여자의 보석은 따로 있어."

두 사람이 가게 안으로 들어서자 종업원들이 남자를 알아보곤 일제히 허리를 굽혔다. 남자는 그런 그들을 무시한 채 자기 말을 이었다.

"바로 푸른빛의 사파이어지. 아는 사람만 아는 사실이지만 말이야. 뭐 그렇다고 사람들을 탓할 수는 없지. 그들에게는 무엇보다 환금성이 중요하니까. 언제라도 돈으로 바꿀 수 있어야 한다는 말이지. 하지만 난 그런 사람들을 경멸해."

여자는 거의 듣고 있는 것 같지 않았지만 스스로의 말에 도취된 남자의 톤이 높아졌다.

"인생은 돈이 다가 아니야. 사랑하는 사람에게 보석을 사주면서 그것을 환금성과 연결시키는 그런 인간들은 사랑을 할 자격도 없어. 아니, 사랑뿐 아니라 세상을 살 자격이 없어. 순수, 무엇보다 그 순수함이 중요한 거 아니겠어?"

멋있는 말이었다. 하지만 호기로운 남자와는 달리 여자는 별다른 감정을 나타내 보이지 않았다.

"사파이어를 보여줘! 서민들의 다이아몬드나 늙은이들의 루비가 아닌, 이 세상에서 가장 아름다운 여자를 위한 푸른 빛깔의 사파이어 말이야!"

남자의 이 말을 기다리고 있었다는 듯 보석상은 금고에서 몇 개의 사파이어 반지와 팔찌, 목걸이들을 꺼내 테이블 위에 늘어놓았다.

"사장님, 아프리카 수단에서 갓 도착한 사파이어입니다. 사장님이 오신다고 해서 진열장에는 아예 내놓지도 않았습니다. 단골손님이라도 오셔서 보고 달라시면 난처하니까요."

그는 보석 가게에서 젊은 시절을 보내며 수많은 부자를 다루어본 사람답게 젊은 부자의 자만심을 한껏 북돋우며 비위를 맞추고 있었다.

"잘했어!"

남자의 호탕한 목소리와 달리 가뜩이나 어둡던 여자의 표정에 날이 섰다. 여자는 남자의 교만함에 질려 있던 차에 보석상의 값싼 아양을 대하자 혐오감마저 느껴졌던 것이다.

"은교, 오로지 너를 위한 보석이야. 뭐든 골라. 내 마음의 선물이니까 말이야."

"아뇨. 부담스러워요. 받지 않겠어요. 이런 곳에 올 거면 미리 말하지 그랬어요?"

은교의 목소리는 달뜬 남자와 달리 착 가라앉아 있었다.

"부담스럽다? 전혀 그럴 필요 없어. 도대체 뭐가 부담스럽다는 거야? 돈? 아까 내가 말했지. 사랑하는 사람에게 하는 선물이라면 그까짓 돈이 뭐가 중요하냔 말이야."

"작게 얘기해요."

"너를 위해 준비한 선물이라니까, 나 송병준이 너 김은교에게 선물하는 거야, 순수하게. 그거면 된 거야. 부담가질 거 없어. 순수한 마음이라니까."

송병준의 입에서는 순수라는 말이 계속 흘러나왔지만 그의 표정 어디에서도 순수함은 느껴지지 않았다.

"받지 않을래요."

남자가 놀란 얼굴로 여자를 쳐다봤다.

"왜 그래? 왜 내 성의를 받지 않겠다는 거지? 이미 우리는 한

가족이나 마찬가지잖아."

송병준의 말에 은교는 입술을 지그시 깨물었다.

"좋든 싫든 우리는 이미 운명적으로 결합되어 있어. 알잖아."

은교는 당장이라도 뛰쳐나가고 싶었다. 아니, 뛰쳐나가려 했다. 그러나 그 순간 아버지 어머니의 모습이 떠올랐다. 더불어 송병준 아버지 송 회장의 모습도.

"약속은 지킬 거예요. 하지만 꼭 보석을 받아야 하는 건 아니잖아요."

은교의 그 말에 송병준의 안색이 무섭게 바뀌었다.

"약속이라구? 약속을 지킨다?"

그의 입가에 의미를 알 수 없는 미소가 떠올랐다.

"내가, 이 천하의 송병준이 단순히 약속을 지키기 위한 대상에 불과하다는 말이야? 그 약속 때문에 오늘도 나를 만났다는 얘기인 거야?"

그의 표정이 조금씩 일그러지기 시작했다.

"은교, 넌 정말 알 수 없는 여자야. 나를 따르는 많은 여자들을 마다하고 오직 너만을 바라보고 있는데, 넌 나를 그저 약속 때문에 어쩔 수 없이 만나고 있다고 말하고 있는 거야, 지금?"

두 사람을 지켜보던 보석상은 슬그머니 자리를 피했다. 그만큼 상황이 험악해 보였다.

"그 약속이란 걸 누구보다 저주하는 사람이 바로 나야. 나야

말로 그 약속의 희생자란 말이야. 무슨 말인지 알겠어? 게다가 나를 그 그물로 옭아맨 것은 나나 우리 아버지가 아냐. 바로 너와 네 아버지 아냐?"

은교는 더 이상 그의 말을 듣고 있을 수가 없어서 조용히 자리에서 일어났다. 수치심과 분노로 가슴이 두근거렸지만 간신히 억제하며 출입구로 향했다.

"가는 건가? 그래, 가고 싶으면 가! 하지만 이것 하나만은 분명히 해둬. 약속을 깬 건 너야. 이제 다시는 나를 찾지 마!"

송병준의 격한 목소리를 뒤로하고 은교는 조용히 정금당을 빠져나왔다. 은교는 울면 안 된다고 이를 악물었지만 의지와 상관없이 눈물이 흘러내렸다.

아버지는 사업상 파트너였던 송 회장에게 카지노에 빠져 있던 동생 때문에 큰 빚을 지고 있었다. 그러던 차에 우연히 자리를 함께하게 된 이후부터 송병준은 은교를 마음에 두기 시작했고, 아버지 역시 둘이 맺어졌으면 좋겠다는 바람을 숨기지 않았다. 송 회장은 한걸음 더 나아가 은교를 따로 불러 부족한 아들을 살펴달라는 어려운 부탁까지 했다.

혼자 얼마를 걸었는지 모른다. 핸드백 속에서 울리는 휴대폰 소리에 은교는 간신히 정신을 차렸다. 송병준이었다. 은교는 잠시 망설이다 목소리를 고르고 전화를 받았다.

"지금 아버지께 전화를 걸었어. 아버지가 허락하셨어."

"무슨 얘기예요?"

"너희 아버지께서 가져가신 돈, 그 전부를 면제해드렸어. 알아, 무슨 얘긴지? 넌 이제 내게 어떤 의무감도 없어. 이제 모든 건 네 자유의지에 달렸어. 나를 억지로 만날 필요가 없단 뜻이야."

"……."

"그러니 이제 내게 와. 네 자유의지로 말이야."

은교는 조용히 휴대폰의 플립을 덮고 핸드백 속에 넣었다.

아버지의 채무를 면해주겠다면 고맙다는 마음이 들어야 할 텐데 이상하게도 그 말이 너무도 역겹게 들렸다. 휴대폰은 계속해서 숨 가쁜 신호음을 토해냈지만 은교는 더 이상 전화를 받지 않았다.

생명의 전화

“저 좀 도와주세요.”

수화기에서 흘러나오는 목소리의 주인은 젊은 남자였다. 그럼에도 칠순 노인처럼 힘이 없었다.

“무슨 일이신가요? 안심하고 편하게 말씀해보세요.”

은교는 애써 밝은 목소리로 물었다.

“하, 한국으로 돌아가게 해줘요.”

“네?”

“여, 여기 홍콩인데 한국으로 돌아가게 해줄 수 없나요?”

그는 자신감을 잃고 있는 게 분명했다. 이곳으로 걸려오는 전화치고 사정이 딱하지 않은 경우가 드물었지만 이번 전화는 더욱 쉽지 않을 것 같은 예감이 들었다.

“어떤 어려운 일이 있으신데요?”

“잡히면 죽거든요.”

“네?”

“지금 도망쳐 나왔어요. 중국 놈들한테 잡히면 죽어요.”

상대의 목소리는 떨려 나왔다.

"마음을 놓으시고 차분하게 말씀하세요."

"마, 마카오 카지노에서 빚을 안 갚고 도망 나왔어요. 여권은 뺏기고요."

역시 도박중독자의 전화였다.

"홍콩의 우리 영사관으로 가세요. 임시 여권을 마련해줄 거예요."

"물론입니다. 여, 영사님께서 여권을 다시 만들어주신다고 했어요. 그런데 한국에 돌아갈 비행기 표가 없어요."

"가족은 없어요?"

"이, 있지만 가족은 비행기 표를 끊어주지 않아요."

"친구는요?"

"친구도 마찬가지예요."

은교는 금세 상대가 어떤 상황에 처해 있는지 짐작이 갔다.

"이, 이번에 돌아가면 다시는 카지노를 안 다닐 거예요. 제, 제발 한국에 돌아가게 해줘요."

은교는 뭐라 할 말이 없었다. 이런 경우 이곳 센터에서 직접 자금을 지원해주지는 않았다. 그러므로 그에게 비행기 표를 사주려면 사비를 터는 방법밖에 없었다. 옆에서 상황을 알아챈 동료가 얼른 전화를 끊으라는 손짓을 했지만 은교는 차마 그럴 수 없었다.

"다, 다시는 카지노 도박을 하지 않을래요. 다시는요."

입술을 꽉 깨물고 있던 은교는 수화기를 타고 들려오는 애절한 목소리에 그만 두 눈을 감아버렸다. 동생의 모습이 떠올라서였다.

"이름과 여권 번호를 불러주세요."

은교는 상대가 불러주는 것들을 천천히 노트에 받아 적었다.

"첵랍콕 공항의 대한항공 카운터로 가세요. 항공료는 여기서 지불해두겠어요."

"고맙습니다. 그런데 항공료를 저에게 직접 보내실 수는 없나요?"

"그건 안 돼요."

"제발 그렇게 해주셨으면 좋겠는데요."

"그건 절대로 안 돼요."

"제발요. 밥도 사 먹고 숙박료도 지불해야 하거든요."

은교는 더 이상 대꾸하지 않고 전화를 끊어버렸다.

"그것 봐. 도박을 하는 놈들은 늘 저 모양이야."

"……."

"절대로 도와줘선 안 돼. 도와주는 건 오히려 그들을 더 불행하게 만드는 일이야. 지금 이 인간도 결국 동정심에 호소해서 도박할 돈을 타내려 한 거 아냐. 도대체 넌 왜 저런 사람들의 청을 냉정하게 자르지 않는 거니?"

"……"

"남들이 다 싫어하는 도박 전화를 전담해서 받는 것도 그렇고 말이야. 무슨 특별한 사연이라도 있는 거니?"

은교는 동료의 의심스러운 질문을 뒤로하고 자리에서 일어나 옥상으로 올라갔다. 방금 걸려온 전화는 다시 한 번 은교의 가슴을 아프게 도려냈다.

이런 전화가 걸려올 때마다 은교는 동생 석준이 떠올라 어떻게든 돕지 않고는 견딜 수 없었다. 카지노에서 나와 산으로 혼자 자살하러 올라간 동생의 마음이 어땠을까 생각하면 도움을 요청해오는 사람들의 전화 한 통 한 통이 다 안쓰러웠다. 은교는 동생의 죽음을 겪은 뒤로 하던 공부를 중단하고 이렇게 생명의 전화를 받는 일을 하고 있었다.

석준을 생각하면 함께 떠오르는 또 한 명의 얼굴이 있었다.

카지노 도박으로 인해 역시 자살이라는 극단적인 길을 간 사람. 자신을 위기에서 구해준 은인이기도 했던 그의 이름은 이서후였다. 그는 거기서 정말 죽은 것일까? 그 의문은 일 년이 지난 지금까지도 항상 은교를 따라다녔다.

마지막 강의

"모든 카지노 게임에 적용되는 말이겠지만, 특히 바카라에 이기기 위해서는 우선 마음을 비워야 한다. 기본적으로 선량해야 한다."

도박에 관한 철학, 특히 바카라에 대한 최 교수의 정의는 독특했다.

"왜 그렇다고 생각하나? 각자의 생각을 말해봐라."

강의를 듣고 있던 넷 중 하나가 대답했다.

"쓸데없는 감정에 휩쓸려서는 안 되기 때문입니다."

"쓸데없는 감정은 방해가 된다? 상당히 일리 있는 대답이군. 또 다른 사람?"

마지막까지 남은 네 명의 수강생 중 유일한 여자인 혜기가 손을 들었다.

"말해봐라."

"카지노 게임을 하는 데는 부드러움과 섬세함이 매우 중요하다는 걸 깨달았습니다. 그런 것은 선량한 사람만이 지닐 수 있는 형질이기 때문입니다."

"훌륭한 대답이다. 그렇다. 갬블러에게 가장 중요한 덕목은 선량함이다. 흔히들 승부 근성이니 뭐니 하는데, 그건 작은 승부에나 해당되는 말이고 카지노를 상대로 하는 진짜 도박에서는 무엇보다도 착한 심성이 중요하다."

또 다른 수강생 한 명이 나섰다.

"잘 이해가 안 됩니다. 그런 추상적인 면보다는 운과 기술, 그리고 절제력 같은 것이 더 중요한 것 아닙니까?"

"모두가 중요하다. 그러나 그 모든 것을 조화롭게 하는 것이 심성이다. 그래야 탐욕과 아집으로부터 벗어날 수 있다. 선함은 나 이외의 존재와 조화를 이끌어내는 것이다."

"거참!"

질문했던 수강생은 고개를 갸우뚱거렸다.

"인간에게 가장 어려운 일이 바로 도박이다. 따라서 도박에는 완전한 조화가 필요하다. 카지노 게임을 도박처럼 해서는 결코 이길 수 없다."

"도박을 도박처럼 하지 않으면 어떻게 해야 합니까?"

"카지노 게임은 공부처럼 해야 한다. 뜨거운 미역국을 한 사발 가득 떠서 밥상에 옮겨놓는 조심스러움과 몇 십 번이고 불어서 식혀 먹는 신중함이 필요하다."

"크게 이기기 위해서는 때가 왔을 때 위험을 감수하고 베팅해야 하는 거 아닙니까? 그에 더해 얼마간의 운이 따를 때 크게 이기는 거 아닙니까?"

"그것은 필패의 길이다. 열 번 중 아홉 번을 이기더라도 한 번 지면 모든 걸 잃을 수 있는 게 카지노 게임이다. 카지노 게임은 그날 얼마를 땄느냐가 아니라 어떻게 땄느냐가 중요한 것이다. 결과보다는 과정이 중요하다는 말이다. 그래서 카지노 게임은 공부처럼 해야 하는 것이다."

"그렇다면 카지노 게임에 있어서 운이나 재수란 무엇입니까?"

최 교수의 대답은 단호했다.

"그런 것은 없다."

"네? 도박에서 제일 중요한 게 운이 아닙니까?"

"그것은 하수들의 생각이다. 끊임없이 자신을 갈고 닦는 공부라고 여긴다면 거기에 운이 끼어들 틈은 없다."

"하지만……."

"도박사는 끊임없이 자신을 돌아보아야 한다. 한 판을 맞히고 못 맞히고는 우연이다. 그 숱한 우연의 바다를 헤엄치면서 자신만의 조화를 통해 필연을 만들어내는 것, 그것이 도박사의 몫이다."

"교수님, 그럼 현실적으로 도박사는 어떤 조건을 갖추어야 합니까?"

"진정한 도박사는 내면의 힘을 길러야 한다."

"내면의 힘이라면 무얼 말하는 겁니까?"

"돈이나 지식, 지위, 소질, 외모, 권력 같은 것을 외면이라 할 수 있다. 도박사에게 이런 것은 한낱 허상일 뿐이다. 성실, 정직, 진지함, 겸소함, 선량함, 효, 이런 것들이 내면의 힘이다. 이런 것들을 자신의 카지노 인생에 조화시킬 때 진정한 도박사라 할 수 있을 것이다."

"그러나 실제 카지노 게임은 돈에 휘둘리는 일이 아닙니까?"

"그렇다. 늘 흔들리기 때문에 이런 내면의 덕목이 중요한 것이다. 카지노 게임을 하다 보면 어느 날은 많이 딸 수도 있다. 어느 달의 성적이 좋을 수도 있고 어느 해에는 좋은 승수를 기록할 수도 있다. 그러나 전체를 두고 볼 때 그것은 작은 부분이다. 카지노 게임을 평생 해야 하는 사람에게는 그런 성적보다 카지노 게임과의 조화, 습관 이런 것이 무엇보다 중요하다. 특히 바카라 도박사는 이런 것을 갖추지 못하면 무서운 비극을 맞을 수밖에 없다. 바카라는 그만큼 무서운 게임이다. 아무리 많이 이긴 경험이 있다고 해도 한 번 무너지면 순식간에 자신의 모든 걸 잃을 수 있다. 그리고 그때까지 포기하지 못하게 만드는 것이 바카라 게임이다. 바카라는 인간에게 내려진 천형이라는 게 내 생각이다."

"그렇다면 도박사에게 근성이란 오히려 방해가 됩니까?"

"승부사 기질이니 승부 근성이니 하는 말들은 모두 죽음으로 이끄는 말들이다. 지금 이 순간부터 그런 말들은 모두 잊어라. 도박사는 끊임없이 비겁해야 한다. 그 바닥 없는 욕망의 무저갱으로부터 헤어나야 한다. 승부 근성이니 기질이니 하는 말들은 그 무저갱에서 들려오는 악마의 목소리다."

선원에서나 들을 수 있는 말들이 최 교수의 입에서 쉴 새 없이 흘러나왔다.

"이제 네 사람은 마지막 강의를 들었다. 이로써 제군들의 카지노 수업은 모두 끝난 것이다. 지난 2년간 정말 수고들 했다. 마지막 남은 관문을 통과하고 훌륭한 도박사가 되길 기원한다. 이상."

최 교수가 말을 마침과 동시에 네 명의 수강생이 동시에 일어나 허리를 굽혀 인사했다.

"수고하셨습니다."

이상한 평가

그것이 비록 하나의 시험이라 해도 이제 2년간의 학습을 마치고 마침내 실전에 투입되는 네 명의 학생들은 흥분하지 않을 수 없었다. 원래가 모두 카지노 게임엔 일가견이 있던 이들이었지만 학습 기간 동안은 실제 게임에 임하는 것은 철저히 통제되어왔던 것이다. 그들은 마치 수능시험을 마친 고3 학생들처럼 들뜨지 않을 수 없었다.

"와우, 정말 수녀원에서 빠져나가는 기분이네요."

홍일점인 혜기가 환호성을 지르며 말했다. 이십대 초반으로 보이는 그녀의 얼굴에는 해방감과 함께 강한 자신감이 자리 잡고 있었다.

"수녀원이 다 뭐야? 감옥살이를 한 기분이구만."

모두가 한마디씩을 했다.

"아니, 감옥보다 훨씬 어둡고 무거운 곳이었어. 그렇지 않냐, 정민아?"

정민이라고 불린 남자가 고개를 끄덕였다.

"후후, 2년 동안 갈고닦은 솜씨를 이제 선보일 때가 왔어. 태호야, 오늘 밤 다 뒤집어버리자고!"

태호와 정민은 삼십대 초반으로 같은 연배인 듯했다. 모두가 그런 결의를 다지고 있는 와중에도 한 사내는 묵묵히 자신의 생각에 빠져 있었다.

"그런데 왜 한혁인 말이 없어?"

혜기가 다정한 목소리로 입을 다물고 있는 청년에게 물었다. 평소에도 말수가 적은 한혁이었지만 오늘따라 그의 침묵이 태호의 신경을 건드린 모양이었다.

"저놈은 언제나 초를 친단 말이야, 재수 없게!"

태호가 즉각 타박했지만 정민이 조금 전 흥분하던 모습과는 달리 낮은 목소리로 말했다.

"한혁이의 신중함이 맞을 거야. 오늘 밤은 정말 중요한 밤이야. 우리가 보내온 2년이 물거품이 되느냐 술거품이 되느냐가 바로 오늘 밤의 몇 시간에 달려 있으니 말이야."

"누가 뭐래도 나는 해낼 거야. 나는 해낸다고!"

사나운 눈빛의 태호가 다시 한 번 결의를 보였다.

그날 밤 네 사람은 정선의 강원랜드 VIP 룸 앞에 모였다.

"너희에게 주어진 시간은 두 시간이다. 각자 지정된 테이블에 앉아라. 나머지는 모두 개인의 자유의지다. 지금으로부터 정확히 두 시간 후 게임 룸을 벗어나 5층 현관에 대기 중인 스타크래

프트에 올라라. 정확히 두 시간 후다!"

한 사나이가 이들에게 지침을 내리고 슬며시 자리를 떠났다.

그로부터 두 시간 후 5층의 현관 앞에서 대기 중이던 스타크래프트는 조용히 강원랜드를 벗어나고 있었다. 자동차 안에는 운전사 말고 다섯 사람이 타고 있었다. 그들은 바로 두 시간 전 VIP 룸 입구에서 뿔뿔이 흩어졌던 네 사람과 이들을 인솔했던 사나이였다.

자동차가 영월, 제천을 거쳐 동서울 톨게이트를 지날 때까지도 이들은 아무 말이 없었다. 분위기는 무겁게 가라앉아 있었다.

"고생들 했지?"

자동차가 강변로에 접어들자 비로소 사나이가 입을 열었다. 그러나 조금은 과장된 듯한 사나이의 밝은 음성도 차내의 가라앉은 분위기를 바꿔놓지는 못했다.

"왜들 이러는 거야?"

사나이가 물었지만 누구도 먼저 입을 열려 하지 않았다. 모두가 자신의 게임 결과에 만족하지 못하는 듯했다.

이윽고 서울로 들어선 자동차는 한남동의 한 저택 안으로 미끄러져 들어갔다.

잠시 후 그들은 이태리제 샹들리에가 휘황찬란한 대저택의 거실로 안내되었다. 오십대의 사내가 그들을 맞았다.

"학장님, 안녕하셨습니까?"

학장이라 불린 사내는 인사를 하는 한 사람 한 사람에게 미소를 건넸다.

학장을 중심으로 그들은 소파에 앉아 약간의 담소를 나누었다.

"자 그럼, 오늘 치른 게임 결과를 각자 이야기해보도록 하자. 태호부터 할까?"

학장의 지목에 태호가 천천히 자리에서 일어났다. 그의 다리가 가늘게 떨렸지만 거기에 주목하는 사람은 아무도 없었다.

"시드머니 3,000만 원으로 시작을 해서 5,700까지 올렸었는데 마지막에 3,000이 내려갔습니다. 시간이 문제였습니다. 10분만 더 있었으면……."

그가 아쉽다는 듯 학장을 바라봤다.

"그럼 2,700을 이겼다는 이야긴가?"

학장의 감정 없는 목소리가 태호의 말을 잘랐다.

"네, 결과적으로는."

"그래, 아깝구나. 시간이 조금만 더 있었어도 훨씬 나았을 게임인데."

학장의 말에 긴장으로 떨려 나오던 태호의 목소리가 안정을 찾았다.

"그렇습니다. 정말 아깝습니다."

"정민이는 어땠나? 얘기해봐."

"네, 저는 6,000만 원을 땄습니다. 정확히 두 배입니다."

정민이 기고만장한 얼굴로 말했다. 태호의 게임 결과를 봤을 때 자신이 승자임에 의심의 여지가 없는 것이었다.

"그래?"

"네. 고비가 한 번 있었지만 평소 배운 대로 침착하게 넘겼습니다. 어려운 그림에서는 기다리고 기다렸다가 좋은 그림에서 무섭게 업어 쳤습니다."

"잘했군."

"이제 게임에 대해 확실히 알 것 같습니다. 결국 게임은 자신있게 해야 한다는 것을 저는 확실히 깨달았습니다. 모두 학장님의 가르침 덕입니다."

"다음은 혜기 차례구나."

학장은 별반 감정이 실리지 않은 목소리를 뱉어냈다.

"저는 500만 원을 이겼어요."

"500이라? 왜 그렇게 적지?"

"시드머니 3,000에 두 시간이라는 시간을 염두에 두고 오늘 목표를 500으로 잡았었습니다."

"그랬구나. 다음은 한혁이군."

한혁이 일어나 별다른 표정 없이 말했다.

"저는 200을 잃었습니다."

학장의 눈이 강렬한 빛을 내뿜었다.

"잃었다고? 과정은?"

"별게 없습니다."

"그림이 나빴나?"

"아닙니다."

"주변 사람들은?"

"……."

"가장 크게는 얼마를 쳤나?"

"40을 쳤습니다."

"적게는?"

"10을 쳤습니다."

"그림이 안 좋았다는 이야기군. 솔직히 말해보게."

"네."

"함께 게임을 한 사람들은 거의 다 잃었겠군?"

"네."

이제 마지막 테스트가 끝난 것이다. 네 사람의 말을 듣고 학장은 잠시 눈을 감았다. 그들이 어떤 게임을 했는지는 이미 보고를 받고 있었다. 태호, 정민, 혜기는 저마다의 표정으로 학장의 입에서 무슨 말이 나올지 바라보고 있었고, 한혁은 그냥 정면을 응시하고 있었다.

마침내 학장이 말했다.

"이제 두 사람은 여기에 남을 것이고 둘은 일상으로 돌아갈 것이다. 그에 대해 처음 약속한 대로 불만은 없겠지?"

"예."

모두가 한목소리로 대답했다.

태호가 마른침을 삼켰다.

학장은 한쪽에 서 있던 사나이에게 눈짓으로 남을 자를 표시했다.

"알겠습니다."

사나이가 공손히 고개를 숙이며 대답했다.

"자, 다들 나가세."

사나이가 네 사람을 데리고 나가려 하자 학장이 손을 내저었다.

"아니야. 여기서 해."

"네."

사나이는 담담한 목소리로 결과를 발표했다.

"윤혜기, 최한혁은 남고 김태호, 신정민은 나와 함께 나간다."

"아니!"

"뭐라고요? 잘못된 거 아닙니까? 거꾸로 됐잖아요!"

태호와 정민이 거세게 항의했다. 그들의 눈은 학장을 향해 불타오르고 있었다. 그러나 학장은 말이 없었다.

"학장님, 뭔가 잘못되지 않았습니까? 저희는 각각 2,700만 원과 6,000만 원을 이겼습니다. 그러나 혜기는 500을 이겼을 뿐이고 저 친구는 오히려 200을 잃었습니다. 그런데 저들이 합격이고 우리가 불합격이라니요? 승복할 수 없습니다."

학장은 여전히 말이 없었다.

"농담이시죠, 학장님?"

학장은 말없이 고개를 가로저었다.

"아니라고요? 그런 법이 어디 있습니까? 카지노 게임이란 많이 따면 딸수록 잘하는 게 아닙니까? 상대적으로 성적이 좋은 사람을 떨어뜨리는 시험이 세상에 어디 있습니까?."

학장은 빙긋이 웃으면서 자리에서 일어났다.

"학장님!"

학장은 말없이 등을 돌려 안으로 들어갔다. 그 뒤를 정민의 악에 받친 목소리가 쫓았다.

"학장님! 이건 말도 안 됩니다. 저는 받아들일 수 없습니다, 학장님!"

학장이 뒤도 돌아보지 않고 사라지자 태호가 바닥에 침을 타악 뱉었다.

"에이, 씨팔! 그래, 오히려 잘된 거 아냐? 나도 이젠 배울 만큼 배웠고 어디서든 돈을 딸 수 있으니 떠나면 되는 거라고. 두고 보라고! 누가 더 잘되나! 이제 곧 재벌이 탄생하는 거야! 바카라 재벌 말이야!"

바카라 학교

다음날 혜기와 한혁은 학장을 따라 홍콩행 비행기에 몸을 실었다.

“어젯밤 생각해보니까 그동안 제가 제일 부실했던 학생이 아니었나 하는 생각이 들었어요.”

“무슨 소리지?”

“그냥 멋모르는 범생이였던 것 같아요. 아무 개성도 없이 그냥 시험 성적을 좇아 공부만 하는 그런 학생 말이에요.”

“후후, 그게 나쁜가?”

“그런 건 아니지만……. 학장님은 도대체 어떤 기준으로 저희를 평가하신 건가요?”

“글쎄.”

“사실 많이 놀랐어요. 저는 당연히 제 앞의 두 사람이 남게 될 줄 알았거든요.”

“그 친구들은 도박사가 될 자질이 없어. 지난 2년간 그렇게 학습을 시켰는데도 결코 바카라에 이길 수 없다는 사실을 그들 스스로가 증명해 보였으니까."

"잘 이해가 안 되는데요?"

"어제의 게임은 500을 이기는 게임이었어. 그런데 수천을 이겼으니까."

"……? 그럼 여기 한혁이는요? 따기는커녕 잃기까지 했는데……."

"카지노 게임은 항상 이길 수 있는 게 아냐. 한혁이는 주어진 상황에서 최선을 다했어. 지는 게 이기는 것보다 어려울 때도 있는 게 도박이다."

"역시 이해하기가 쉽지 않네요."

"후후, 너희들은 앞으로 이기는 게임은 얼마든지 할 수 있다. 재능에 더해 그동안 고도의 기술을 연마했으니까. 그러나 그렇기 때문에 보통 사람들보다 훨씬 더 위험한 거다. 바카라 게임에서 기술을 익혔다는 것은 이제 막 걸음마를 배운 것과 같은 거다."

"그럼 이제부터 뭘 하는 거죠?"

"뛰는 법을 배워야지."

"뛰는 법이요?"

"그래, 너희들은 이제 인생을 보게 될 거다."

"인생이요?"

"그래."

비행기는 첵랍콕 공항에 착륙했다.

우 학장이 택시를 잡기 위해 서자 혜기가 의아해 하며 물었다.

"우린 마카오로 가는 게 아니었나요?"

"가기 전에 우선 홍콩에서 볼 게 있다."

우 학장은 홍콩의 택시 기사에게 퀸엘리자베스 병원으로 가 달라고 말했다.

"안녕하십니까?"

병원 현관에서 일행을 기다리고 있던 중국인이 우 학장과 반갑게 인사를 나누었다. 중국어에 능통한 우 학장은 그와 자유롭게 대화를 나누었다.

"자, 올라가시죠."

일행이 엘리베이터를 타고 다다른 곳은 수술실이었다. 수술실 침대 위에는 전신 마취에 든 두 사람이 누워 있었다.

"자, 얼굴을 봐둬라."

혜기와 한혁이 중국인들 얼굴에 무슨 특징이라도 있나 하고 수술 대기자들의 얼굴을 살피고 있는데 우 학장이 두 사람을 재촉했다.

"가자."

"아니, 벌써 일이 다 끝난 거예요?"

"그래."

우 학장은 안내했던 중국인에게 약간의 돈을 건네고 앞장서서 서둘러 병원을 빠져나왔다.

"오늘 저녁은 둘이서 홍콩의 밤을 실컷 즐겨라. 나는 따로 만날 사람이 있어."

우 학장이 볼일을 보러 가고 한혁과 혜기는 침 샤 쓰이의 한 바에 마주 앉았다.

"건배할까?"

혜기의 제의에 둘은 잔을 부딪쳤다.

"난 정말 꿈만 같다. 마지막까지 내가 남게 되리라고는 생각도 못했는데. 그것도 너와 함께 말야."

한혁은 아무 말도 하지 않았다.

"난 정말 나도 노력하면 너 정도 수준이 될 수 있을까 항상 걱정스러웠거든. 그만큼 너는 뛰어났으니까. 그런데 너랑 단둘이 이렇게 학장님의 제자로 홍콩에 올 수 있게 되었다니……. 아직도 정말 꿈만 같다."

혜기는 신이 나서 떠들었지만 한혁은 여전히 말이 없었다.

"넌 언제나 똑같구나. 그래도 오늘은 좀 편하게 한잔 마시자. 오늘 하루, 딱 오늘 하루만은 모든 걸 다 잊어버리고 자축할 수도 있잖아. 사실 지난 2년간 우리 얼마나 힘들었어?"

한혁이 그제서야 고개를 들고 혜기를 바라봤다.

"그럴게."

한혁은 조금 전과는 달리 선선하게 혜기의 말을 받아들이고 나서는 단숨에 술을 들이켰다.

마카오의 프로들

다음날 아침 그들은 헬리콥터를 타고 마카오로 건너갔다. 대부분의 사람들이 홍콩에서 마카오로 들어갈 때는 배를 탄다. 자신들도 당연히 배를 타리라고 생각했었는데 헬리콥터를 타게 되자 혜기는 우 학장이 그동안 자신들의 노고에 대해 특별 대접한다고 저 좋을 대로 생각했다. 그러나 우 학장에게는 달리 생각이 있었던 모양이었다.

"도박사란 배와 헬리콥터가 있을 때에는 반드시 헬리콥터를 타야 하는 법이다."

"예? 돈이 넉넉지 않을 때도요?"

"돈의 많고 적음은 개인적인 기준이다. 본인의 판단에 달렸겠지만 진정한 도박사들은 결코 비행기 삯을 아껴 그걸 카지노 게임 밑천으로 쓰지 않는다. 도박사는 항상 일등석을 타는 법이지."

혜기가 반문했다.

"수중에 1,000만 원이 있는 사람이 라스베이거스로 가면서 일등석에 700만 원을 쓰고 나머지 300만 원을 들고 카지노로 들어가야 한다는 말씀이세요?"

"나는 그렇게 했다."

혜기는 이해하기 힘들었다. 아무튼 우 학장이란 사람은 행동 하나하나가 보통 사람들과는 분명 다른 데가 있었다. 한혁과 자신을 뽑은 최종 관문에서의 심사 기준만 봐도 그는 결코 보통 사람이 아니었다.

헬리콥터가 착륙하자 두 사람의 중국인이 마중 나와 있다가 일행을 반갑게 맞았다.

"우 대가, 어서 오십시오. 참으로 오랜만에 뵙습니다."

"반갑소, 왕우."

왕우라고 불린 자는 우 학장에게 꼬박꼬박 대가라는 호칭을 붙였다. 한혁과 혜기는 두 사람이 게임을 하면서 만난 사이라는 것을 미루어 짐작할 수 있었다. 혜기는 우 학장의 카지노 게임 실력이 얼마나 대단하기에 대가라고 불릴까 궁금했다.

왕우는 세 사람을 식당으로 안내했다. 식당은 뜻밖에도 '동대문'이란 이름의 한국 식당이었다.

"한국인들은 매운 음식을 먹지 않으면 힘을 못 쓰지 않습니까."

왕우가 웃으며 말했다. 동행한 중국인도 거들었다.

"예전에 우 대가도 늘 한국 식당만 찾지 않으셨습니까."

왕우는 우 학장을 세심하게 배려한 것이었다.

"하하, 오늘은 그냥 구경삼아 온 건데 뭘 그러나?"

"호, 정말 게임을 하지 않을 생각이십니까?"

"그래, 이번엔 그저 구경만 할 참이야."

"잘됐군요. 그럼 이번에는 제가 재미있는 데로만 골라서 모시겠습니다. 그런데 이 젊은이들은 누굽니까?"

"조카들이야."

"아, 조카들이 인물이 참 좋습니다. 그럼 두 사람은 남매?"

그러나 세 사람 중 아무도 대답을 하지 않았다.

"하하, 알겠습니다, 알겠어요. 역시 우 대가는 거짓말을 하지 못하시는군요. 우리는 그래서 우 대가를 좋아합니다. 우 대가는 이분들을 견학시키러 오셨군요."

우 학장은 빙그레 웃었다.

"하지만 유감인데요. 모처럼 한잔 크게 모시려 했더니. 견학을 오셨다면 게임을 보여드려야 하겠군요."

왕우는 우 학장의 의도를 알아채고는 세 사람을 리스보아 카지노로 안내했다.

"마카오에도 이제는 좋은 카지노들이 많이 생겼습니다. 리스보아가 독식하던 시대는 지나갔지요. 하지만 아직도 볼만한 게임이 곧잘 벌어집니다."

왕우는 VIP 전용 게임장으로 세 사람을 안내한 다음 지배인과 간단히 대화를 나누고는 돌아와 이곳 분위기를 전했다.

"요즘 유덕화는 좀 뜸하고 성룡이 와서 많이 풀고 간다는군요. 그 친구는 영화 촬영에서 받은 스트레스를 주로 여기 와서 풀지요. 결국은 더 큰 스트레스를 안고 가는 편이지만요."

"하하하!"

우 학장이 소리 내어 웃었다.

"유감스럽게도 오늘은 큰손들이 보이지 않는다는데요. 하지만 볼만한 게임이 하나 있는 모양입니다."

왕우는 저편 바카라 테이블에 앉아 있는 청년 하나를 가리켰다. 한국 사람임을 한눈에 알아볼 수 있었다.

"지금 한국 돈으로 미니멈 200만 원에서 맥시멈 5,000만 원짜리 게임을 하고 있는 모양입니다. 잔 베팅으로 엎치락뒤치락하는 모양인데 저 젊은이는 거의 베팅을 하지 않고 있습니다."

"그렇군."

우 학장이 대답했다.

"저 젊은이는 한 판에 7억까지 베팅을 할 수 있다고 합니다. 부모가 돈이 좀 있지요. 지금 7억을 앞에 쌓아놓고 있어요."

혜기는 이제 이십대 후반쯤으로 보이는 청년 앞에 놓여 있는 일곱 개의 칩을 보는 순간 자신도 모르게 신음이 뱉어졌다. 저 조그만 칩 하나가 1억이라니.

"저 젊은이는 신중하기로 소문이 나 있지요. 결코 경솔하게 베팅하는 법이 없습니다. 기다리고 기다리다 결정적인 순간에 몇 번 베팅을 하는 게 그의 방식이랍니다. 거의 헛손이 나가는 법이 없어 카지노 측에서도 긴장하는 상대인 모양입니다."

과연 그랬다. 청년은 칩을 앞에 쌓아두고는 두 손으로 턱을 괸 채 결정적인 순간을 노리는 맹수같이 두 눈을 빛내며 펼쳐지는 카드를 노려보고 있었다.

"저 침착함을 좀 보십시오. 보통 젊은이 같지 않습니다."

왕우는 놀랍다는 듯 고개를 흔들었다. 혜기 역시 고개를 끄덕였다. 저렇게 참으려면 엄청난 인내심이 필요하겠다는 생각이 들었다. 한혁은 별 표정의 변화 없이 왕우가 전하는 말을 옆에서 듣고 있었다.

"오늘은 더욱 신중한 모양인데 한 판에 승부를 보려는 모양입니다. 확실한 찬스라고 생각될 때 한번에 지르겠지요."

"7억을 다요?"

혜기가 깜짝 놀라 물었다. 왕우가 고개를 끄덕였다.

어느새 곁에 와 있던 지배인이 왕우의 설명을 도왔다.

"벌써 세 슈째 저렇게 기다리고만 있습니다. 인간의 인내력이 아니죠."

혜기는 다시 고개를 끄덕였다. 혜기는 이제껏 이런 게임을 본 적이 없었다. 태산처럼 버티고 앉아 세 슈를 흘려보내고 있는 그가 두렵게 느껴지기조차 했다.

"저 친구가 베팅하는 걸 보려면 밤을 꼬박 새워야 할지도 모르겠군요. 저렇게 고리눈을 뜨고 말이에요."

왕우가 웃으며 농담을 던지는 순간이었다. 마침내 청년이 일곱 개의 칩을 들어 플레이어에 찍었다. 지든 이기든 게임 내용과는 전혀 무관한 딜러였지만 이 순간만큼은 긴장하는 모습이 역력했다.

딜러는 먼저 청년에게 카드 한 장을 던졌다. 그리고 자신 앞에 한 장, 다시 청년에게 한 장, 다시 자신이 한 장을 가졌다. 청년은 매우 신중하게 카드를 쬐었다. 첫장은 6, 다음 것은……. 그냥 펼치면 1초도 안 걸려 알 수 있는 패를 청년은 거의 10분이나 쬐고 있었다. 두 번째 카드는 그림이었다. 바카라에서 킹이나 퀸 같은 그림이나 숫자 10은 모두 0이다. 따라서 젊은이의 카드 숫자는 6이었다.

"식스!"

청년의 목소리가 허공을 갈랐다. 그 목소리에는 두 가지 심리상태가 담겨 있었다. 식스라서 그나마 다행이라는 생각과 그보다 높지 못한 것에서 오는 불안심리.

딜러는 기다렸다는 듯 무심하게 카드를 홱 뒤집었다. 두 카드의 합은 7이었다.

"뱅커 세븐!"

딜러는 무심한 척 플레이어에 놓여 있는 7억 원어치 칩을 냉큼 집어가버렸다.

"어머!"

혜기는 자신도 모르게 터져 나오는 소리를 가까스로 낮추었다. 청년도 표정의 변화를 보이지 않은 채 자리에서 일어나 바로 나가버렸다.

"안됐군요. 그렇게나 기다리고 기다려서 한 베팅인데."

왕우가 웃으며 말했다.

"오래 기다리기만 해서 반드시 이긴다면 지는 사람이 없겠지요."

혜기는 좀 부끄러운 생각이 들어서 한혁을 보았다. 한혁의 표정엔 역시 변화가 없었다.

"재미있는 구경을 했군."

우 학장이 왕우를 돌아보며 말했다.

노름꾼의 말로

그날 밤 우 학장은 두 사람을 데리고 밤새 게임을 구경했다. 그리고는 그때그때 이해를 돕는 설명을 해주었다. 한국에서는 없던 일이었다.

"마카오식 바카라는 매우 공격적이야. 아까 그 젊은이도 결국 공격적 베팅을 한 거지. 좋은 그림에서 승부를 건 거야. 결과는 패했지만."

"그런 식으로 했을 때 승률은 어떤가요?"

"승률? 후우, 그렇게 해서 이길 수 있다면 세상에는 바카라 재벌이 줄을 섰겠지."

"그런데도 왜 그렇게 하죠?"

"그렇게라도 해야 하니까."

우 학장의 대답은 사뭇 냉소적이었다.

다음날 왕우는 어두운 표정이 되어 자신의 차로 일행을 어느

우중충한 건물로 데려갔다. 우 학장과 미리 이야기가 된 듯했다. 건물의 한 층은 완전히 트여 있는 방이었는데, 그 안에는 수십 명의 남녀가 섞여 도박을 하고 있었다.

"아무리 봐도 비참한 광경입니다."

왕우는 고개를 돌렸지만 우 학장은 한혁과 혜기가 등을 돌리지 못하도록 뒤에서 가로막았다.

"저 사람들을 봐."

우 학장이 손으로 가리키는 사람은 바로 이틀 전 홍콩의 병원에서 봤던 사람들이었다.

"어머!"

혜기는 비명과 함께 두 손으로 얼굴을 가렸다.

"눈을 떠! 봐야만 해!"

우 학장은 평소와 달리 무서운 음성으로 혜기와 한혁을 압박했다. 제대로 통풍이 되지 않아 열기가 뿜어져 나오는 탓에 사람들은 거의 러닝셔츠 차림이었는데, 드러난 그들의 신체는 거의 성한 곳이 없었다. 모두의 몸에는 생채기가 그대로 남아 있거나 고름 딱지가 더덕더덕 붙어 있었다.

"왜 다들 저런 모습이죠? 왜 저런 상처가 나 있어요?"

"노름꾼의 말로다. 저들의 상처는 다 수술로 생긴 거지. 바로 엊그제 홍콩에서 수술 받는 걸 우리 두 눈으로 똑똑히 봤잖아. 저자는 한 달 전 허파를 떼어내고 이틀 전 다시 콩팥을 떼어냈어."

"왜 저렇게……."

혜기는 짐작을 하면서도 굳이 물었다. 왕우가 대답했다.

"장기를 헐값에 파는 겁니다. 도박이 하고 싶어서 말입니다. 허파든 콩팥이든 팔 수 있는 건 다 파는 거죠. 엊그제 수술을 하고는 손에 쥐어진 위로금 몇 푼으로 저렇게 도박을 하는 거랍니다. 도박을 하고 있을 때는 통증도 못 느껴요."

"인간의 장기가 몇 푼밖에 안 되나요?"

"저들은 장기를 팔아도 자신들 손에는 푼돈 몇 푼 쥘 뿐입니다. 목돈은 아예 손에 만지지도 못해요. 모든 거래는 채권자에 의해 이루어지기 때문이지요."

"경찰은 가만있나요?"

"경찰이요? 수술은 저들이 간절히 원해서 이루어지고 있습니다. 채권자가 얼마나 무서우면 장기를 팔겠습니까?"

세 사람은 말이 없었다.

"저들이 모두 전에는 상당한 부자였다고 하면 믿으시겠어요?"

"네?"

"모두들 부자였습니다. 가족과 세상으로부터 버림받고 저렇게 비참하게 죽어가는 자들이 모두 한때는 대단한 부자였어요."

왕우는 몇 번이나 그들이 부자였다는 사실을 힘주어 강조했다. 눈앞에 펼쳐진 그 광경은 지옥이 따로 없었다.

"잘못 길들여진 도박꾼의 말로다. 똑똑히 봐두어야 한다."

우 학장이 다시 한 번 말했다.

매우 특별한 전화

"어제 아버님께 너무 무례했던 건 아닌지 모르겠어."

하얏트 호텔 테라스에 은교와 마주 앉은 송병준은 그 어느 때보다 부드러운 목소리로 말했다. 어제 저녁 그는 무작정 은교의 집으로 찾아가 자신에게 은교를 달라고 무릎을 꿇었었다. 갑작스런 그의 행동에 은교의 아버지도 크게 싫은 표정은 아니었다.

"장인어른께 잘 말씀드려줘."

송병준이 그래도 어딘가 달라졌다는 생각에 은교의 마음도 조금 가벼워졌다.

"장인어른의 기대에 어긋나지 않게 널 사랑할 거야. 우리가 모자랄 게 뭐가 있어? 너는 누가 뭐래도 이 세상 최고의 신붓감이고, 난 그런 널 사랑할 자격이 있어. 나만 믿고 따라와."

은교는 이 사람과 결혼하게 될 것 같은 예감이 강하게 들었다. 자신을 이렇게까지 사랑한다면 자신도 좋은 점을 보려고 노력할 참이었다.

"시간이 흐르면 자연스러워질 거예요."

"고마워."

"이제 그만 일어나요."

"그럴까?"

병준은 미끄러지듯이 은교 옆으로 다가와 그녀가 의자에서 일어나는 것을 도왔다.

"집으로 갈 거야? 바래다줄게."

"괜찮아요."

"아냐. 내 차를 타고 가. 나는 가볼 데가 있어."

은교는 고개를 가로저었다.

"안 돼! 기다려. 이 송병준의 아내가 될 사람이 저런 길거리 택시를 타고 다닌다는 건 용납이 안 돼."

송병준이 과장스런 제스처를 써가며 기사를 호출하려는 참이었다.

삐리리리.

은교의 휴대폰이 울었다. 창에 뜬 번호는 생소한 것이었다. 남에게 거의 휴대폰 번호를 알려주지 않는 은교에게 전화가 걸려오는 경우는 드물었다. 은교는 잠시 망설이다가 받았다.

"김은교 씨죠?"

"네. 그런데요."

"오랜만이군요."

"누구신데요?"

"이서후입니다."

"네?"

은교는 가슴이 뛰는 것을 느꼈다.

"기억하시나요?"

"그럼요. 아!"

자신도 모르게 목소리가 떨려 나왔다.

"살아 계셨군요."

"네?"

"저는……."

"아, 제가 죽은 줄 알았군요."

"죄송해요. 저는……."

"괜찮습니다."

"다음날 호텔로 돌아가 봤더니……."

"그러셨군요."

은교는 그의 목소리를 듣다 보니 당시의 감정이 되살아나 코가 찡해지면서 목소리까지 잠겨버렸다. 은교의 통화를 엿들으면서 송병준의 표정이 무섭게 변하고 있었다.

"전화라도 한번 주시지 그러셨어요."

"미안합니다."

"지금 어디 계세요? 만날 수 있나요?"

"지금 한국에 와 있습니다."

"어디신가요? 서울인가요?"

"강원도 영월입니다."

"네? 영월이요?"

"저는 영월도서관에서 일하고 있습니다."

"정말 종잡을 수 없는 분이네요. 도서관이라니요."

"그렇게 됐습니다."

"제가 내일 갈게요. 드릴 것도 있고요."

"줄 거라니요?"

"제가 빚진 게 있잖아요."

"아닙니다. 그것 때문에 전화한 건 아닙니다. 은교 씨는 제게 빚진 게 없어요."

은교는 전화로 할 얘기가 아니라고 생각했다.

"하여튼 제가 내일 찾아갈게요."

"일도 있으실 텐데……."

"아니에요. 이렇게 연락이 됐는데 한시라도 빨리 뵈어야죠."

"그럼 기다릴게요."

통화가 끝나길 기다리고 있던 병준이 조각상처럼 굳어진 얼굴로 물었다.

"너무나 다정한 통화로군. 무슨 일이지?"

"별일 아니에요."

"죽으려 했다구? 은교가 호텔로 돌아가? 도대체 누구기에 그런 대화를 할 수 있는 거지? 내가 모르는 일이 있는 거야?"

병준이 흥분해서 물었지만 은교는 담담하게 말했다.

"나중에 말씀드릴게요. 지금은 묻지 마세요."

"영월로 간다구? 사회봉사 일인 모양인데 전화 상담 이외에 직접 사람을 만나기도 하나? 빚을 지다니, 그건 또 무슨 말이야? 설마 그자와 무슨 일이 있었던 건 아니겠지?"

은교는 꼬치꼬치 캐묻는 병준을 따돌리듯이 걸음을 빨리하여 호텔 입구에 서 있던 모범택시에 올라타버렸다.

"미안해요. 다음에 얘기할 기회가 있을 거예요."

재회

다음날 은교는 일찌감치 집을 나섰다. 내비게이션에 강원도 영월도서관을 입력하자 세 시간 남짓 걸리는 것으로 기록되었다. 영동고속도로를 달리다가 이정표를 따라 중앙고속도로에 들어서자 치악산의 풍치가 한눈에 들어왔다.

그가 살아 있었다니. 정말로 죽었던 사람이 살아 돌아온 것처럼 반가운 마음에 은교는 자기도 모르게 자꾸만 액셀러레이터를 밟아댔다. 속도위반임을 상기시키는 내비게이션 경고음에 퍼뜩 정신을 차려 속도를 조절하면서 은교는 서후라는 사람에 대해 생각하고 또 생각했다. 죽지 않았다면 그는 그동안 어떻게 지낸 것인가? 보통 사람들의 삶과는 완전히 다른 삶을 살아가는 그가 이번엔 어째서 지방의 작은 도서관에서 일하고 있다는 것인가?

자동차는 제천을 거쳐 영월에 도착했다. 은교는 시계를 보았다. 너무 이른 시간이어서 장릉에 들어가 산책을 하다 시간을 맞추어 점심 때 영월도서관 앞에 도착했다. 서후의 휴대폰 번호를 누르는 은교의 손길이 가늘게 떨리고 있었다.

"저예요."

"어디세요?"

"도서관 앞이요."

"하하, 정말 오셨군요. 금방 나갈게요. 아니, 이리 들어오세요. 책들을 보여드리고 싶군요."

서후의 목소리는 밝았다.

"책이요? 네, 좋아요."

은교는 전화를 끊으며 역시 서후라는 사람은 알 수 없는 사람이라고 생각했다. 자살을 생각하고 히말라야까지 갔던 사나이. 돈 몇 천만 원을 아무렇지도 않게 생각하는 사나이. 그런 그가 갑자기 이런 시골 도서관에서 일하고 있는 것도 그렇거니와, 이렇게 오랜만에 만나면서 아무렇지도 않게 책을 보여주겠다니.

은교는 두근거리는 가슴으로 도서관 안으로 걸음을 옮겼다.

"오랜만이군요."

고개를 숙이고 걷던 은교는 밝고 투명한 목소리에 고개를 들었다. 서후가 웃음을 머금고 서 있었다. 히말라야에서 보았던 그 서후였다. 밝은 햇살에 드러난 피부가 해맑아 보여 현실감이 느껴지지 않았다.

"아!"

"잘 있었어요?"

"서후 씨!"

"건강해 보이네요."

"이렇게 건강하신데 저는……."

"들어가시죠."

서후는 은교를 서고로 안내했다.

"의외로 책이 많은데요."

"여러 사람들의 뜻이 모여 생긴 곳이죠."

"도서관에 오면 세상의 지식들이 이렇게 정연하게 늘어서서 사람을 기다려준다는 사실을 생각하곤 해요. 참 고마운 일이죠."

"아, 은교 씨도 그런 생각을 해요? 나는 매일 그런 기분으로 이곳에 빠져 사는데."

"그런데 도서관에서 일한다니 너무 뜻밖이네요."

"세상과 동떨어져서 서가에 꽂힌 책들을 보며 하루하루를 지내는 것도 큰 행복이지요."

"행복하세요?"

"네."

"이런 일을 하실 거라고는 전혀 생각하지 않았는데……. 살아있다면 카지노에 있을 거라고 생각했는데."

"물론 카지노를 다녀요."

"네? 그럼 지금도 도박을 하신다는 얘기예요?"

"그렇습니다."

"도서관에서 일하면서요?"

"네."

은교는 웃었다. 여전히 카지노 게임을 한다는 말이 실망스러웠지만 그의 솔직함 때문인지 아주 편안한 느낌을 받았다. 그 편안함은 아마도 함께 죽음의 고비까지 갔던 그때의 서후가 아직 존재한다는 사실을 확인한 데서 오는 것일 터였다.

"서후 씨는 그때나 지금이나 이해하기 어렵네요."

"사실 저란 사람은 알고 보면 아주 단순해요."

처음 봤던 그대로 서후는 이해하기 힘든 사람이었다. 어제 그가 지방의 도서관에서 일한다는 말을 들은 후 은교는 머릿속으로 그의 변한 모습을 수십 가지로 상상해봤었다. 그러나 그는 전혀 달라진 게 없었다. 여전히 신비롭고 편안하고 좋은 사람이었다.

"이거 받으세요."

은교는 핸드백을 열고 봉투를 찾아 내밀었다.

"이게 뭐죠?"

"그때 그 돈이에요. 3만 2,000달러에 해당하는 돈이에요."

서후는 웃었다. 그리고는 봉투를 손등으로 물리쳤다.

"끝난 일이에요. 돈을 받으려고 했던 일도 아니고……. 그때 그 돈은 내 돈이 아닙니다. 무엇보다 그런 마음으로 전화한 게 아니에요."

"그래도……."

"한번 만나보고 싶었어요. 옛날 일들을 하나하나 꼽아보다 떠올린 거죠. 어떻게 지내시나 하고 말이에요."

"그렇더라도 이 돈은 받으세요. 그래야 제 마음이 편할 것 같아요. 무언가에 잡혀 있는 것 같은 기분에서 벗어날 것 같아요."

"하하, 저의 아무것도 은교 씨를 붙잡지 않아요. 자, 나가서 점심이나 같이 해요. 그 돈으로 점심 사세요."

은교는 한동안 망설이다 돈을 다시 핸드백 속에 집어넣었다. 서후의 몸짓이나 말투는 겉으로만 사양하는 것이 아니었다.

"차를 좀 타고 나가도 되겠어요?"

"네."

서후는 은교를 자신의 승용차에 태우고는 도서관을 나섰다. 얼마를 달린 차는 한 허름한 식당 앞에 멈추었다. '쌍용식당'이란 옥호가 걸려 있었다.

"보긴 이래도 이 집이 인근에 꽤 소문난 집이에요."

서후가 음식을 주문하자 미리 준비되었던 것처럼 바로 나왔다.

"맛있네요."

"다행입니다."

식사가 끝나고 나자 은교가 물었다.

"하나 물어봐도 돼요?"

"뭐죠?"

"아직 도박을 한다고 했잖아요."

"네. 저는 카지노를 떠날 수 없어요."

"그런데 왜 도서관에서 일을 하세요?"

"카지노 게임을 하기 위해서죠."

서후의 말에 은교는 이해할 수 없다는 표정으로 고개를 저었다.

"저는 그때 이후 사회봉사를 하고 있어요. 주로 도박으로 고통받는 사람들의 전화 상담을 하고 있어요. 그러다 보니 알게 되었는데 한 번 도박에 빠진 사람은 거의 대부분 직장도 가정도 다 잃을 만큼 망가지더군요. 그런데 서후 씨는 도박을 하기 위해 직장을 가졌다니, 그것도 시골 도서관 사서라니요."

"그런가요?"

서후는 웃으며 가볍게 응수했다. 그리고는 더 이상 설명을 하려 들지 않았다.

"왜 설명을 안 하세요?"

"말을 해도 이해하기 어려울 것 같아서요."

"그래도 얘기해주세요."

서후는 미소를 지어 보이더니 잠시 생각을 정리하는 듯했다.

"카지노 게임을 바라보는 시각차의 문제인데……."

"말씀해보세요."

"카지노 게임은 쉬우면서도 참 어려운 일이에요. 카지노 게임을 정말 일처럼 해도 이기기 어렵죠. 그러니 카지노 게임 외에 다른 직업을 가진 사람이 놀이처럼 해서는 기본적으로 이길 수 있는 경우가 거의 없어요."

"그럼 직업을 버리고 카지노 게임만 하면 이길 수 있다는 얘기인가요?"

"하하, 그렇게 들릴 수도 있겠네요. 아무튼 제대로 카지노 게임을 하려는 사람에겐 다른 직업이 방해가 되겠죠. 그래서 카지노 게임에 빠진 사람들은 직장까지 버리게 되죠."

은교는 고개를 끄덕였다.

"문제는 은교 씨 말대로 그럼 다른 일은 않고 카지노 게임만 하면 이길 수 있냐는 것인데, 사실 그렇지 않아요. 그렇게 카지노 게임만 전문적으로 하게 되면 내면이 피폐해져요. 내면이 피폐해지면 도박을 이길 수 있는 힘을 잃게 돼요. 자기모순이죠."

은교는 고개를 끄덕였다.

"알 듯 모를 듯 하네요. 그래서 일을 하신다는 건가요? 원래는 무슨 일을 했었나요? 원래 도서관 사서였나요?"

"그저 도서관에서 시간을 많이 보냈죠. 조용히 책 속에 파묻혀 이 세상의 모든 지식을 섭렵하고 싶어 했죠."

"그래서 지금 지식을 섭렵하고 있는 건가요?"

"아니, 지금은 아니에요. 지식의 섭렵보다는 삶의 균형을 잡고 있어요."

"삶의 균형이라면 뭘 말하는 거죠?"

"도박과 인생의 균형 말이에요."

"그게 가능한가요."

"그래야 지지 않아요. 도박에서나 인생에서나……. 이제 그런 얘기는 그만두죠. 일어날까요?"

은교가 계산을 치르고 식당을 나섰다.

돌아오는 차 안에서는 더 이상 도박에 대한 이야기가 나오지 않았다.

은교는 영월을 떠나 서울로 돌아오는 내내 다시 만난 서후를 생각했다. 다소 추상적이긴 해도 도박에 대한 그의 사고는 역시 보통 사람의 그것과는 많이 달랐다. 그것이 옳든 그르든 그 나름의 철학을 가진 듯했다. 첫 만남 때도 느낀 것이었지만 그와 대화를 나누면 유쾌했다. 일 년이란 시간이 흘러 다시 만난 지금도 그 느낌은 조금도 달라지지 않았다. 은교는 유쾌한 여행이었다는 생각을 하며 서울로 진입했다.

일장춘몽

"부장님."

"왜?"

"최근에 대단한 놈 둘이 나타났습니다."

"대단한 놈이라…… 어떤 놈들인데?"

"정체는 뚜렷하지 않습니다만 승률이 대단합니다. 거의 전승입니다."

"매일 오나?"

"네. 거의 매일 옵니다. 하루에 적게는 수천, 많게는 수억씩 꼬박꼬박 이겨 갑니다."

"어디 게임 기록을 한번 줘봐."

강원랜드 영업부장 최낙영은 태호, 정민의 기록철을 받아들고는 꼼꼼히 살폈다.

"보름간 한 놈은 7억, 또 한 놈은 8억을 이겨 갔습니다."

한참 게임 기록을 살피던 부장은 천천히 고개를 끄덕였다.

"그림을 잘 보는 놈들이군."

"그렇습니다. 그림을 아주 안전하게 보는 놈들입니다."

"알았어."

"그냥 둬도 괜찮을까요?"

"놔둬. 그림은 좀 보지만 게임이 급하잖나?"

"그렇긴 합니다만……."

"바카라가 그림 맞혀서 이기는 게임인가?"

"……."

"놔둬, 이긴 것과 똑같은 방식으로 질 놈들이니."

그러자 과장이 끼어들었다.

"부장님, 이놈들이 움직이는 걸 보니 돈 좀 따고 나서 필리핀 같은 데로 나가려고 하는 것 같던데요. 거기 가서 다 풀어버리면 어떡하죠?"

"필리핀으로 나간다?"

"네. 그쪽으로 오가는 놈들하고 어울리는 것 같았어요."

"그래? 그럼 땡겨버려."

"알겠습니다."

부장의 지시를 받은 과장은 바로 직원 한 명을 불렀다.

"요즘 딜러 중에 누가 제일 예뻐?"

"김은영이하고 서인숙이가 돋보입니다."

"그 둘을 그놈들 게임에 집어넣어. 그리고 자네는 그놈들 좀 치켜세워줘."

"알겠습니다."

그날 오후 동서울 톨게이트를 출발하는 BMW 승용차 안에서 태호는 정민과 통화를 하고 있었다.

"어디쯤 가고 있어?"

"지금 막 영월고개 넘었어. 장릉인데."

"어, 잘됐다. 그 장릉 앞에 간장게장 하는 집 있잖아."

"그래, 그 집 죽이지."

"거기 게장 아도 치자."

"그래, 좋은 생각이다. 안 그래도 입맛 없어 죽을 판인데."

"그런데 너 혼자 가냐?"

"아니, 여자애 하나 데리고 가."

"야, 그 우 학장 하던 말 벌써 잊어버렸냐? 카지노 게임에 여자는 금물이라 그랬잖아."

"에이, 그 우 학장인지 뭔지가 지껄이던 말은 잊어버린 지 오래야. 그런 개떡 같은 놈들이 어딨어? 몇 천만 원 딴 놈은 불합격이고 오히려 잃은 놈을 합격시키는 게 어딨냐구. 그런 놈들이 바카라를 뭘 알아?"

"하긴 병신들이지."

"그건 그렇고, 오늘 때리고 나면 어디 바람이나 쐬러 나가자. 필리핀을 가든 사이판을 가든 하자구."

"좋지. 애들은 깔삼한 것들로 네가 준비해."

"그깟 애들이 문제겠어? 한 다스씩은 못 데리고 가, 게임만 이기면?"

"하여튼 오늘 한판 하고 뜨자구."

"그래. 너 올 때까지 기다릴게."

"알았어. 나 지금 톨게이트니까 세 시간 안에 들어갈 거야."

"카메라 졸라 많으니까 조심해."

"쓰발, 100장이든 500장이든 찍으라 그래. 바카라 한 판만 제대로 찍으면 오히려 돈이 남는다, 남아."

"하긴."

태호는 전화를 끊으며 기사에게 툭 내뱉었다.

"영월까지 두 시간대로 끊어!"

태호와 정민은 저녁 무렵 바카라 테이블에 앉았다. 게임을 시작하기 전에 직원 하나가 웃으며 인사를 건넸다.

"두 분 정말 대단하시던데요. 직원들이 모두 두 분 게임만 보고 있어요."

"그래?"

"아마 그동안 강원랜드에서 게임한 분들 중에 제일 나을 거예요."

"그야 당연하지. 우리는 여기 널려 있는 어스레기들하고 달라."

정민이 찡그리며 말했다.

“야, 또 그 우 학장인지 뭔지가 하던 말 생각난다.”

“후, 누가 칭찬을 하면 도망치라 그랬지.”

“그래, 근데 나는 기분만 좋다.”

“아, 게임 이기면 됐지 뭔 말들이 그렇게 많은 거야?”

“우 학장 그 양반 바카라를 제대로 한번 해본 적은 있대?”

“몰라. 서울 안 가본 놈이 가본 놈보다 더 잘 안다고 하잖아.”

“그러게 말이야.”

두 사람은 보통 때보다 기분이 훨씬 좋았다.

“야, 오늘 애들도 다 예쁜데. 넌 이름이 뭐냐?”

“김은영인데요.”

“네 별명은 앞으로 미스 강원랜드다.”

환하게 웃는 딜러를 보며 두 사람은 어깨를 으쓱거렸다.

“야, 너 한 달에 얼마 받아?”

“얼마 못 받아요.”

“그래? 그럼 이거 때려치우고 나하고 떠나자.”

“네?”

“너 3년 받을 봉급 내가 주면 되잖아. 한 1억 주면 되나?”

“호호호.”

“넌 얼마 받아?”

“같아요.”

"야, 정민아. 넌 걔 책임져라. 난 얘 맡을 테니까."

두 사람은 기분 좋게 게임을 시작했다.

"야, 오늘 왠지 기분이 좋은데."

"그래, 스타트가 좋다."

"그래도 신중하게 하자. 우 학장이 늘 첫 베팅을 조심하라 그랬잖아."

"또 그놈의 우 학장이야? 씨팔, 돈 따는 놈이 제일이지 무슨 놈의 우 학장이야! 첫 베팅은 재수 보기로 한 번 쌔리자."

"첫 벳은 미니멈으로 하랬는데."

"씨팔, 난 맥시멈으로 간다."

태호는 100만 원짜리 칩 열 개를 들어 쾅 소리를 내며 뱅커에 찍었다. 그러나 정민은 우 학장에게 배운 대로 미니멈 벳을 했다.

"플레이어 파이브, 뱅커 포입니다."

첫 카드가 펼쳐졌다.

"씨팔, 딱 죽는 가다네."

두 번째 카드가 펼쳐졌다.

"플레이어 써드 카드 에잇, 뱅커 윈."

정민과 태호가 이긴 것이다.

"이야, 이거 죽이네. 얘 참 예쁘다. 자살해버리네."

커미션 50만 원을 빼고 950만 원을 끌어들이는 태호의 손길은 가볍기 짝이 없었다.

"이봐, 첫 벳에 미니멈은 무슨 미니멈이야? 도박판에선 돈 따는 놈이 제일 아냐?"

"쳇, 미친 척하고 따라갈걸."

두 사람은 쾌조의 스타트를 보였고 흐름은 끝까지 이어졌다.

"너 얼마 땄어?"

"1억 2,000. 너는?"

"너보다 1,000 많아."

"가자, 이제. 세부에 가서 바람이나 쐬고 오자."

"그래. 근데 세부 가는 비행기 일등석 있냐?"

"일등석은 없어. 비즈니스만 있지. 요금이래야 몇 십만 원도 안 돼."

"자, 비행기 티켓 한 번 찍고 가자."

태호는 200만 원을 뱅커에 툭 찍었다. 플레이어가 나왔다.

"요게 꼴심 쓰네."

태호는 다시 400만 원을 뱅커에 들이댔다. 또 플레이어가 나왔다.

"어쭈!"

태호는 이번에는 800만 원을 뱅커에 툭 찍었다. 이번에도 플레이어였다.

"야, 1,000씩 찍자."

태호와 정민은 각각 1,000만 원씩 뱅커에 찍었다. 또다시 플레이어였다.

"뭐야, 이거 플레이어 줄이잖아."

두 사람은 이번에는 플레이어에 1,000만 원씩 찍었다. 뱅커가 나왔다.

"야, 이거 꼭지 돌아버리겠네."

두 사람은 계속 찍어댔다. 그러나 이상하게도 그림은 마치 귀신이 붙은 것처럼 계속 반대로 나오고 있었다. 간혹가다 한 번씩은 맞았지만 거의 매판 2,000만 원씩 나가자 두 사람은 얼굴이 붉게 상기됐다.

"이거 좀 찍어줘."

두 사람은 급기야는 몇 사람의 병장을 옆에 앉히고 5,000만 원씩 찍어댔다. 이제껏 늘 느낌대로만 벳을 하던 두 사람이었지만 지금은 계속 반대로만 찍어댔다.

"야, BMW 745 롱 바디 얼마에 잡아 주냐?"

급기야 태호는 자동차를 잡혔다. 불과 며칠 전 딴 돈으로 샀던 차였다. 그러나 자동차를 잡히고 받은 돈 5,000만 원은 단 한 번 벳으로 허망하게 사라지고 말았다.

"아으, 씨팔! 돈 200만 원 먹으려다 15억이 오링됐네."

"본전도 다 나갔잖아."

"야, 꽁지. 차에서 더 안 나오냐?"

"팔아야 돼요."

"얼마 더 주는데?"

"3,000이요."

"그래, 줘."

태호와 정민은 마지막 3,000을 반씩 나눴다.

"이제 반대로 가지 말자구. 필이 다르면 한 번 쉬면 되잖아."

"그래."

그러나 이미 15억을 잃은 이들에게 3,000만 원은 돈이랄 수도 없었다. 차분하게 하리라던 다짐은 불과 5분도 안 돼 무너지고 두 사람은 마지막 벳마저 실패하자 자리에서 일어났다.

"내가 뭐랬어? 딴 방식 그대로 다 잃을 놈들이라 그랬잖아."

부장의 확신에 찬 목소리가 그들이 떠난 게임 룸에 울려 퍼졌다.

뇌를 지배하는 자들

삐리리리.

유사종 회장은 밤늦게 걸려온 전화에 고개를 갸웃했다. 휴대폰 액정화면에는 이상한 번호가 찍혀 누군지 짐작할 수 없었다. 전화번호를 아는 사람이 얼마 되지 않는데다 그들 모두 함부로 전화를 하는 사람들이 아니었기 때문에 그 시간에 울어대는 전화벨 소리는 이상하게도 유 회장의 신경을 건드렸다. 유 회장은 휴대폰을 귀에 갖다 댔다.

"형, 나야."

미국에 있는 동생 필종이었다. 동생의 목소리는 착 가라앉아 있었다.

"필종이구나. 무슨 일이냐, 이 시간에?"

"……."

"잘 지내고 있지? 사업은 잘 되고?"

유 회장의 물음에 아랑곳 않고 필종이 말했다.

"형, 우리 가족 좀 맡아줘요."

"무슨 소리야, 가족을 맡아달라니?"

유 회장은 전화가 울릴 때부터 똬리를 틀던 불길한 예감을 간신히 누르며 물었다.

"당했어. 형, 나 무서운 놈들에게 당했어."

"너 지금 무슨 소리 하는 거야?"

"철저하게 깨졌어. 완전히 파산이야."

"뭐야?"

유 회장은 오랜 게임 경력이 있는데다 참아내는 데에도 역시 일가견이 있는 필종에게서 이런 말을 듣게 될 줄은 꿈에도 몰랐다. 필종은 무슨 일이 있어도 자신의 전 재산을 한꺼번에 걸 만큼 무모하지는 않았다.

"형, 부탁해."

필종은 울먹였다.

"어쩌다 그랬어?"

"귀신에게 홀렸나 봐. 아니, 귀신도 아니고 이상한 놈들에게 당했어. 완전히 당했어. 형, 나는 그놈들에게 뇌를 지배당했어."

"도대체 무슨 소리를 하는지 모르겠구나. 너야말로 세상이 알아주는 절제 대왕 아니냐? 그런데 그렇게나 순식간에 당했단 말이냐?"

"이건 그런 차원이 아니야. 평생 처음 보는 이상한 놈들이야. 바카라를 그렇게 할 수 있으리란 건 지난 30년 세월 동안 단 한 번도 생각하지 못했어. 생각할수록 무서운 수법이야."

필종은 간신히 울음을 참아내고 있었다.

"어떤 놈들이야, 도대체?"

"형, 절대로 복수하려 들면 안 돼요. 절대로! 악마들이야. 아무도 이길 수 없는 놈들이라구."

"너 거기 그냥 있어. 내가 첫 비행기 타고 가마!"

"아니, 형. 이미 약을 먹었어. 이만 끊을래. 제발 가족을 맡아줘요. 형 잘 있어요. 늘 모자란 나를 형이 이끌어줬어. 형, 제발 복수하려 들지 말아요. 이 동생의 마지막 부탁이야."

"뭐? 너 무슨 소리 하는 거야! 필종아, 야!"

필종은 일방적으로 전화를 끊어버렸다. 유 회장은 이내 필종의 번호를 눌렀으나 전화를 받지 않았다. 집 전화 역시 불통이었다.

밤새 전화기에 매달려 있던 유 회장은 아침이 되어서야 동생의 죽음을 확인할 수 있었다.

"아!"

유 회장은 가슴 깊숙한 곳에서부터 치밀어 오르는 허탈함을 어떻게 할 수 없었다. 같이 카지노 게임을 해왔던 사람들 가운데 결국 자살로 카지노 게임판을 떠난 이들은 많았다. 그중에는 보통 사람들로서는 생각조차 할 수 없는 엄청난 부를 축적했던 사람들도 있었고, 판검사 출신의 변호사며 종합병원 의사 등등 사회적으로 성공한 자들도 숱하게 있었다. 카지노 게임의 세계가 그렇듯 무서운 줄 알기에 카지노 게임을 즐기는 동생만은 어떻게 해서든 지켜주기 위해 '절제 대왕'이라는 별명을 붙여주는 등 나름대로 보호를 해오고 있던 터였는데, 이렇게 느닷없이 죽음을 보게 된 것이다.

"필종아!"

유 회장은 목이 메어 동생을 부르고 또 불렀다. 유 회장은 언젠가 자살한 누군가의 관을 매장하는 자리에서 동생이 혼잣말처럼 중얼거리던 걸 떠올렸다.

'형, 도박하다 죽으면 그야말로 개죽음이지?'

그 죽음이 정말 개죽음에 불과하다는 걸 알고 있으면서도 죽을 수밖에 없었던 동생의 고통이 고스란히 전해져와 유 회장은 가슴이 후벼파이듯 아팠다. 유 회장은 고개를 들어 북한산을 바라보았다. 이제껏 주변에서 죽어간 사람들의 얼굴이 어슴푸레 떠올랐다. 구천을 떠도는 그들의 혼이 편안할 리가 없었다. 야차 같은 채권자들에게 시달리는 가족의 모습을 본다면 그들의 영혼은 없어진 가슴마저 갈가리 찢으며 후회할 것이다.

"필종아!"

다시 한 번 유 회장은 동생의 이름을 나직이 불렀다. 선량한 동생이었다. 유 회장은 직감적으로 동생의 파산 규모가 엄청날 거라는 생각을 했다. 그래서 동생은 자신에게 도움을 청하지 못했을 것이다.

결국 유 회장은 울음을 터뜨리고 말았다.

냉동 관에 담겨 태평양을 건너온 동생을 선산에 묻고 난 유 회장은 제수에게 상당한 돈을 건넸다.

"아주버님, 미국에선 도저히 못 살겠어요. 주변을 완전히 망쳐놨어요."

필종의 아내는 넌더리를 쳤다.

"그렇게 되도록 왜 내게 연락을 안 했을까요?"

"해결될 수 있는 규모가 아니에요."

예상했던 대로였다. 동생은 자신을 마지막 보루로 남겨두었다가 가족을 맡긴 것이었다.

한동안 유 회장은 제수와 조카의 정착에 신경을 썼다. 대략 정리가 되자 유 회장은 그동안 품어왔던 계획을 실행하기 시작했다.

유 회장은 먼저 전 실장에게 전화를 걸었다.

오랜만에 마주한 유 회장의 기색이 너무나 침울해서 전 실장은 바짝 긴장했다. 전 실장은 그 바닥에선 마당발로 통했다. 그는 카지노 게임에 빠진 사람들에게 도박으로부터 헤어나는 방법을 상담하기도 하고, 카지노 게임을 잘하려고 하는 사람들에게 돈을 받고 카지노 게임을 가르치기도 했다. 또한 한창 카지노 게임에 빠져드는 사람들에게 꽁지를 알선하기도 했다. 그는 성격이 치밀하고 사심이 없어 유 회장이 평소 가까이하고 있었다.

유 회장은 동생의 자살에 대해 설명했다. 전 실장도 필종을 잘 아는 터라 유 회장의 얘기를 듣고 분노했다.

"그런데 이상한 일이군요. 바카라는 손님과 카지노가 상대하는 게임인데 거기에 무서운 놈들이 개입될 여지가 있었다는 걸까요?"

"나도 그게 이해가 되지 않아. 도대체 무슨 일이 있었던 건지……."

"유필종 사장이야 저도 잘 알죠. 웬만해선 흥분을 잘 하지 않는 분인데 그렇게 한순간에 무너졌다는 게 믿기지 않는군요."

"그래서 하는 말인데, 전 실장이 미국에 좀 가줘야겠어."

"그래야 할 것 같군요."

"그래, 라스베이거스에서 무슨 일이 있었는지 알아보게."

"알겠습니다."

유 회장은 수표를 건넸다.

도박의 길

"내가 얘기 하나 해주지."

파리에서 니스로 가는 비행기 안에서 우 학장은 한혁과 혜기에게 옛날얘기 한 토막을 들려주었다. 우 학장 자신이 젊은 시절 겪은 에피소드였다.

우 학장은 이십대 후반에 고스톱을 많이 쳤다. 크고 작은 판에 어울리다 보니 상당한 실력을 갖추게 되었고, 이제 고스톱이라면 누구와 붙어도 이길 수 있다고 생각할 만큼 호기롭던 시절이었다. 그러던 어느 날 박봉군이라는 호구를 하나 알게 되었다. 지금은 은퇴한 후 소일하는 셈치고 사무실을 하나 내서 오파상 일을 하고 있지만, 당시 사람들은 그를 회장이라고 불렀다. 젊은 우 학장은 가끔 그의 사무실에서 고스톱을 치곤 했는데, 그 사무실에 놀러 오는 사람들도 모두 그처럼 돈과 시간이 넘쳐나는 한량들이었다. 젊은 우 학장이 들르면 박봉군 회장은 언제나 친한 친구처럼 맞아주었다.

"어, 미스터 우! 아침부터 놀러 왔나?"

"놀면 뭐합니까? 노느니 이라도 잡아야죠."

"하하, 이를 잡으러 오셨다? 그럼 이 영감들한테 연락을 해볼까?"

박봉군은 전화기를 들었다.

"아, 김 회장. 전에 한번 놀았던 우필백이라고 있잖아. 젊고 매너 좋은 친구. 그 친구가 아침부터 왔네. 한번 놀자고 말이야."

이런 식으로 박봉군은 여러 군데 전화를 했다. 그들은 모두 회장이었고 늘 운전기사를 데리고 올라오곤 했다.

"이봐, 박 기사. 이번에 이 회장이 차를 벤츠 600으로 바꿨다면서?"

"네, 회장님."

"어때?"

"차 죽입니다. 지금 어디 남한산성으로라도 한번 나가실까요?"

"아냐, 다음에 가. 여기 젊은 친구가 하나 와서 좀 놀아야겠어."

"네."

늘 이런 식이었다. 그들은 하나같이 고액 수표를 소지하고 왔고, 손에는 한눈에 봐도 몇 캐럿이 넘을 것 같은 진품 다이아몬드 반지를 끼고 있었다.

처음에 우 학장은 늘 돈을 따곤 했다. 우 학장은 이렇게 한결같이 점잖고 돈 많은 회장들을 만난 것을 평생의 복으로 생각했다. 그 당시 우 학장의 부친이 경영하는 회사가 자금 경색을 겪게 되었는데, 어느 날인가는 사정 이야기를 듣고 선뜻 돈을 빌려주기도 했다.

우 학장은 든든한 자금줄도 생긴데다 미숙한 이들, 아니 돈이 너무 많아 정작 돈에는 전혀 관심이 없는 것 같은 이 한량들을 상대로 고스톱을 쳐서 돈을 따는 재미가 쏠쏠했다. 그러나 차츰 시간이 지나면서 우 학장이 처음처럼 돈을 따는 날이 서서히 줄어들더니 급기야는 자신이 지니고 있던 모든 재산을 잃고 말았다. 돈은 한번 줄어들기 시작하자 순식간에 바닥이 났다. 뿐만이 아니었다. 처음에는 아무 조건 없이 빌려주는 듯하던 돈을 고리대로 해서는 아버지의 회사까지 빼앗기고 말았다.

자신이 철저하게 속았다는 사실을 깨달은 건 모든 것을 잃고 난 다음이었다.

"후후, 그놈들. 모두 을지로의 허름한 여관에서 합숙하다가 박봉군이란 자가 전화를 걸면 그때부터 일어나 세수하고 세탁소에서 옷 찾아 입고 전당포에서 반지 빌려 끼고는 기사라고 허름한 놈 하나 데리고 택시 타고 오는 걸 나는 몰랐지. 그 허름한 놈한테는 오늘 차 안 쓸 테니 가지고 들어가라 하고 말일세. 열 몇 놈이 한 방에서 뒤집어져 있다가 전화 받는 순서대로 모두 그 사무실로 몰려온다 그 말일세. 무슨 회장이니 뭐니 하면서. 그 고액 수표들도 모두 작업 자금이었어."

"호호."

우 학장의 이야기를 듣고 혜기는 시원하게 웃었다.

"고스톱에서는 가능한 작업이지만 카지노에선 그럴 수 없잖아요. 카지노 측에서 가짜 손님을 투입할 리는 없을 테고요."

우 학장이 미소 지으며 말했다.

"불가능하리라고 믿는 것에 더욱 주의해야 하는 법이다. 예컨대 망하기 직전의 컴컴한 카지노는 충분히 그럴 수 있지. 카지노라고 해서 전부 다 믿어서는 안 돼. 게임할 곳을 잘 선택하란 얘기지."

"네."

"그런데 카지노에서 카드 자체를 속이는 일도 있나요?"

"과거의 라스베이거스는 그랬다. 벅시의 시대 말이야. 마피아들이 카지노를 경영했으니 별별 일이 다 있었지. 바카라의 경우는 카드 통을 바꿔버리기도 했어. 하지만 지금은 그런 일이 전혀 없지. 사실 바카라는 카드를 바꿀 필요도 없는 게임이야. 굳이 손님을 속이지 않아도 결과는 매한가지니까."

비행기는 파리를 떠난 지 거의 두 시간 만에 지중해의 휴양 도시 니스에 도착했다. 세 사람은 공항에서 바로 헬리콥터를 타고 몬테카를로로 향했다. 헬리콥터는 아주 낮게 날았다. 바닷속이 훤히 보일 정도였다. 혜기는 바다를 내려다보며 탄성을 질렀다.

몬테카를로의 밤은 화려했다. 하지만 바카라 게임이 열리는 공간은 일반인들에게 전혀 공개되지 않았다.

"왜 여기는 바카라를 비밀리에 하는 거죠?"

"전통이야."

잠시 후 세 사람은 누군가의 안내를 받아 바카라 게임장 안으로 들어섰다.

"오늘 우리는 게임을 하지는 않아. 하지만 게임을 하든 않든 몬테카를로에서는 매니저의 안내를 받아야만 해."

"게임을 하는 사람들도요?"

"그래. 그래서 먼저 매니저에게 전화를 걸어 자신이 어떤 사람이고 어느 정도 규모의 게임을 할 거라고 미리 알려야 해. 그러면 매니저는 다른 사람들에게 연락을 하지. 다 같이 저녁을 먹고 술도 한잔하고 나서 마지막 코스로 게임을 시작해. 하지만 이 게임도 새벽 한두 시가 되면 끝나."

"카지노가 문을 닫는다는 얘기예요?"

"그래. 그래서 초반에 서두르지 않아야 해. 초반에 크게 잃으면 시간 때문에 마음이 급해지기 쉽지. 바카라에서 마음이 급해지는 게 뭘 말하는지는 알겠지?"

"네."

세 사람은 잠시 다른 사람들의 플레이를 들여다보았다. 몬테카를로의 게임 방법은 아시아나 미국의 방법과 아주 달랐다.

"유럽의 바카라는 미국이나 강원랜드와 달라. 손님 중 한 사람이 물주가 되고 그가 내놓은 금액 범위 안에서 다른 손님들이 돈을 거는 방식이지. 따라서 손님 상호 간에 감정이 생길 수 있어. 그렇게 되면 게임은 끝이지. 유럽인들은 무슨 일이 있어도 손님 간에 감정을 가지지 않으려 애써."

"알겠어요. 그런데 유럽에는 아시아나 미국과 같은 방식의 바카라는 없나요?"

"그것도 있어. 푼토방코라고 불리지. 하지만 많은 카지노에 있지는 않아."

"네."

"몬테카를로의 카지노는 겉으로는 사교라는 이름 아래 철저히 은폐되어 있어. 하지만 이면에서 벌어지는 자살률은 결코 아시아나 미국에 뒤지지 않아."

"저렇게 점잖게 플레이를 하는 사람들이 자살도 한단 말이에요?"

"그래. 저들은 마지막 순간까지 웃지. 몽땅 털리고 게임장을 떠날 때도 모두와 악수를 나누고 딜러에게는 후한 팁까지 줘. 그렇게 여유 있는 모습으로 숙소에 돌아가서는 권총으로 머리를 쏘는 거야. 그게 유럽의 전통이야."

"후훗, 자살에도 문화가 있나?"

혜기는 또 웃음을 터뜨렸다.

"카지노 게임은 기본적으로 서글픈 거야. 특히 바카라는 말이야. 그래서 누군가를 죽이고 싶다면 바카라를 하게 하라는 말이 있어."

우 학장의 말에 혜기가 장난스럽게 물었다.

"그럼 학장님은 저희를 죽이려고 바카라를 가르치셨어요?"

장난으로 한 말이었지만 우 학장은 그 말에 아무런 대답도 하지 않았다. 분위기가 썰렁해졌다.

"한혁이도 한마디쯤 해봐."

민망해진 혜기가 한혁에게 대화에 끼어들기를 종용하자 한혁은 플레이에만 열중하던 시선을 돌려 우 학장의 얼굴을 똑바로 쳐다봤다.

"인간 중에 가장 강한 자만이 바카라를 이길 수 있다면 저는 그런 인간이 될 겁니다. 하지만 그게 과연 가능한 일인지 아직 확신을 갖지 못하고 있습니다."

우 학장은 무거운 낯빛으로 고개를 끄덕였다. 혜기가 우 학장의 뜻을 짐작하지 못하고 물었다.

"학장님, 무슨 뜻이에요? 한혁이가 바카라의 승자가 된다는 거예요? 아니면 인간이 바카라를 이기는 게 가능한지 모르겠다는 뜻이에요?"

"……"

우 학장은 대답하지 않았다.

"세상에는 종목마다 승부사들이 있잖아요? 카레이스에도 골프에도 바둑에도 포커에도 세계적인 승부사들이 있잖아요? 그러면 바카라에도 있을 거 아니에요?"

혜기는 물으면서 우 학장과 한혁의 얼굴을 동시에 바라봤다. 혜기는 나름 진지한 질문이라 생각하며 던진 것이었는데 한혁은 전혀 관심을 기울이는 것 같지 않았다. 마치 그런 따위 질문들은 하릴없다고 여기는 표정이었다.

"쉽게 생각해보자. 카레이스나 골프, 바둑, 포커 같은 걸 하다 절망해서 자살했다는 이야기는 들어본 것 같지 않구나."

"그렇다면 자살은 바카라만의 전매특허라는 얘기예요?"

혜기는 우 학장이 너무 바카라에만 무게를 두는 것 같아 약간의 반발심으로 말꼬리를 잡고 늘어졌다. 무엇보다 이제껏 승자가 되기 위해 그토록 열심히 연습한 바카라가 실제는 이길 수 없는 게임이라는 쪽으로 결론지어지는 것 같아 참기 힘들었다.

"어쨌든 카지노에서 게임을 하다 죽는 사람들은 거의 다 바카라를 하기 때문이다. 바카라에는 슈마허도 없고 타이거 우즈도 없고 이창호도 없다."

"차민수는요? 세계적인 승부사라고들 하잖아요?"

옆에 있던 한혁이 그 말에 냉소를 지었다. 한혁의 생각을 읽기라도 한 듯 우 학장이 한혁을 바라보며 말했다.

"차민수는 다재다능하고 강한 사람이다. 승부에 타고난 기질을 갖고 있을 것 같은 사람이다. 그래서 세간에 얘기가 되겠지. 하지만 그는 바카라를 하지 않았다."

"했다면요?"

"이기지 못했을 것 같구나. 아니, 어쩌면 그걸 알고 바카라를 피했을지도 모르고."

"그러고 보니 그 사람이 강원랜드에서 게임을 했다는 얘기를 듣지는 못했어요."

"그는 포커를 하는 사람인데, 세계의 빅 카지노에서는 포커를 취급하지 않는다."

"포커와 바카라의 가장 큰 차이는 뭘까요? 다 같이 카드를 가지고 하는 승부잖아요?"

"포커의 상대는 한 개인이다. 하지만 바카라의 상대는 카지노야. 포커는 초라하고 불안한 몇몇 인간의 주머니를 터는 게임이지만 바카라는 JP 모건이나 MGM 같은 자본 전체와의 싸움이다. 우리나라 같으면 대한민국 정부를 이겨야 하는 게임이라고 할까."

"그런데 저는 왜 바카라가 하나도 어렵게 느껴지지 않죠?"

"바카라가 하나도 안 어렵다고?"

"네, 정말이에요. 제가 한동안 정신병원에 있었던 것도 같은 맥락일까요?"

우 학장은 흠칫 놀랐다. 혜기의 생각이 어떤 건지는 알 수 없지만 자신의 아픈 과거를 그렇듯 쉽게 내보일 줄은 몰랐던 것이다. 그것도 한혁이 있는 앞에서. 우 학장은 한혁의 기색을 살폈다. 한혁의 얼굴에는 여전히 아무런 변화가 없었다.

'무서운 놈!'

우 학장은 다시 한 번 한혁의 차가움에 놀랐다. 한혁이란 이 젊은 친구는 이제껏 자신이 봐왔던 숱한 도박사 중에서도 최고가 될 재목임에 틀림없었다.

"그건 잘 모르겠구나."

대답을 하면서 우 학장은 한혁과는 또 다른, 혜기만이 가진 잠재력에 대해서 생각해보았다. 일견 아주 평범해 보이면서도 바카라 테이블에 앉으면 비정상적으로 강해졌다. 그 이유는 어쩌면 혜기의 말대로 보통 사람과는 다른 혜기의 정신체계에 있을지도 몰랐다.

"승부 중에서도 바둑은 가장 깊은 정신세계를 가지고 있는 것 같은데요, 그 분야의 전문가들은 바카라에도 강점을 보이지 않을까요?"

"차민수 역시 바둑의 승부사지. 그는 가끔 큰 게임에서 엄청난 고수를 이기곤 하는데 역시 그의 승부 근성이 발휘되는 것이겠지. 그러나 바카라에는 어떠한 승부 근성도 통하지 않아."

"그렇다면 승부 근성이 없어야 한다는 말인가요?"

"승부 근성이 없인 어떤 승부도 이기지 못하겠지."

"모순이군요."

"그래, 바카라는 모순의 게임이야. 차민수나 조훈현, 유창혁 같은 최고의 공격수도 이길 수 없고 이창호같이 최대한 인내해서도 이기지 못하는 게 바카라야."

"제가 하나 여쭙겠습니다."

좀처럼 묻는 법이 없던 한혁이었다.

"그래."

"한국의 강원랜드에서 바카라에 이긴 사람이 있습니까?"

"잘 모르겠다."

한혁은 잠자코 고개를 끄덕였다.

"하지만 외국의 카지노에서는 이기는 사람이 간혹 있다."

"그건 왜 그렇습니까?"

"이제 곧 너희 스스로 알게 될 거야."

우 학장은 모든 걸 다 말로 가르치려 하지 않았다.

카지노 풍경

10월의 어느 토요일 오후, 서후는 도서관을 나섰다. 영월에서 출발해 동강 다리를 건너고 예미까지 가는 길은 가을의 정취를 한껏 머금고 있었다. 서후는 차창을 열고 스치는 가을바람을 폐부 깊숙이 들이켰다. 강과 숲에 내려앉은 가을은 눈부신 햇살과 더불어 서후의 피로를 상큼하게 씻어주었다.

"아아!"

서후는 숨을 한껏 들이쉬었다 내뱉었다. 맑은 머릿속으로 걸어 들어오는 한 여자가 있었다.

은교.

서후는 처음 은교를 보았던 순간을 떠올렸다. 싱가포르에서 카트만두까지 긴 비행을 하는 동안 단 한 번도 자세를 흩트리지 않던 모습이 새삼 인상적으로 다가왔다. 그리고 얼마 전 찾아왔던 그 청순한 모습. 서후는 다시 한 번 깊이 숨을 들이쉬었다 내뱉었다. 그러나 서후는 자신의 뒤를 따르는 검정색 승용차의 존재를 전혀 느끼지 못하고 있었다. 서후의 자동차는 약 30분 정도 걸려 사북의 강원랜드에 도착했다. 카지노는 마치 시장판처럼 북적거렸다. 서후가 카지노 안으로 발걸음을 옮겨놓자 귀를 울리는 기계음들이 들려왔다. 슬롯머신들이었다.

서후는 언젠가 라스베이거스에서 보았던 한 교포 여자를 떠올렸다. 밤이 지나간 새벽 다섯 시쯤 삼십대 중반으로 보이던 그 여자는 로스앤젤레스로 돌아갈 차비로 남겨둔 20달러마저 기계에 쑤셔 넣고 있었다. 한 번에 3달러씩 들어가니까 20달러를 넣으면 여섯 번을 당길 수 있을 것이었다. 아마 그 여섯 번 가운데 한 번은 틀림없이 잭팟이 터지리라고 확신한 모양이었다. 밤새 그 한 기계에 쏟아부은 돈을 생각하면 터지고도 남을 정도였으니까.

"어머 어머!"

여섯 번째 릴마저 헛되이 돌아가고 나자 여자는 울었다. 아직 마지막 자존심까지는 무너지지 않았던 여자는 한 시간 넘게 자신을 지켜보고만 있었다. 서후는 약 800달러가 차 있던 자신의 기계를 여자에게 주고 자리에서 일어났다. 여자는 눈물을 글썽거렸다.

"차비는 남겨서 갖고 가세요. 물론 지금이라도 800달러를 뽑아가지고 가면 더욱 좋겠지만요."

그러나 약 한 시간 후에 서후가 본 여자는 돌아갈 차비인 단

돈 20달러조차 챙기지 못한 채 800달러어치 릴을 다 돌리고 말았다. 여자의 눈에는 다시 눈물이 흐르고 있었다. 여자는 다섯 시간이 걸려 LA로 돌아가는 그레이하운드 버스를 타기 위해 어느 남자의 방에든 올라가야만 할 것이었다. 흑인이든 노인이든.

서후는 카지노를 한 바퀴 빙 돌다가 눈에 들어오는 테이블에 다가섰다. 뒷전에 서 있던 사람이 나지막이 말했다.

"자리 살래요?"

서후는 웃었다. 세계에서 단 하나 강원랜드에만 있는 진풍경이었다.

"잠깐 하고 떠날 겁니다."

"잠깐 빌려드릴 수도 있소."

서후는 고개를 끄덕였다.

"3만 원만 주시오."

서후가 3만 원을 주자 잠시 후 정말 자리를 만들어주었다. 강원랜드에는 일찍 들어와 자리를 차고 앉아 있다가 게임을 하러 온 다른 사람에게 자리를 파는 사람들이 있다. 일종의 암표 장사 같은 것인데, 서울에서 뒤늦게 온 사람들은 대개 10 만 원을 지불하고 자리를 산다. 그렇게라도 하지 않으면 자리에 앉아서 게임을 할 기회조차 없기 때문이다.

서후는 자리에 앉아 첫 베팅에 2만 원을 걸었다. 2만 원이 지자 다시 2만 원을 걸었다. 이번에는 이겼다. 그러나 다음의 2만 원이 지고 그 다음, 그 다음도 져 도합 6만 원을 잃었다. 서후는 이번에는 8만 원을 걸었다. 이번에는 맞았다. 서후는 한 판도 빠지지 않고 베팅하여 어느 땐 맞고 어느 땐 틀리고 했지만, 최저액부터 베팅을 시작했기 때문에 여러 번 틀렸어도 크게 한 번씩 베팅하여 본전은 유지하고 있었다. 아니, 본전에서 몇 만 원 따고 있었다.

"이 양반, 게임 참 못하네. 아, 그렇게 2만 원씩 걸어서 도대체 언제 돈을 따요? 칩은 500만 원이나 놓고 있으면서!"

옆에서 같이 게임을 하던 사십대가 지켜보기 갑갑한지 소리를 질렀다.

"아, 사람들 게임하는 걸 봐요. 자리에 앉은 사람 중 30만 이하를 베팅하는 사람이 있는가. 판돈은 당신의 반도 안 되지만 베팅은 씩씩하게 하고 있잖아? 바카라는 베팅이 씩씩해야 따는 거요."

서후는 그냥 웃고만 있었다. 사십대의 말대로 사람들은 거의 매판 30만 원씩 걸고 있었다. 30만 원이 맥시멈인 게임이었다. 서후는 10만 원 단위로 게임을 잘랐다. 10만 원이 되면 옆으로 빼놓고 다시 2만 원 베팅을 기본으로 하여 또 하나의 10만을 만들어 옆에 빼놓는 식이었다.

"참, 다른 사람들은 이 좋은 그림에 다 100 이상씩 따는데 당신은 뭐요? 겨우 20 땄으니!"

그러나 잠시 후 그림이 바뀌었다. 이제까지의 규칙을 무시한 채 그림은 갑자기 짐작할 수 없는 방향으로 쏟아지기 시작했다. 사람들이 테이블 앞에 수북이 쌓아놓았던 칩들은 들어올 때보다 더 빠른 속도로 빠져나갔다. 사람들은 모두 얼굴이 벌게진 채 욕들을 해대며 주머니에서 수표를 꺼내 마구 바꿔대기 시작했다.

"에이 씨팔!"

그림은 참담했다. 뱅커와 플레이어는 어떤 규칙도 없이 불쑥불쑥 나와 종잡을 수 없이 테이블을 흔들어댔고, 사람들은 불과 30분도 안 돼 이제껏 땄던 돈은 물론 주머니에 있는 돈까지 모두 쏟아냈다.

서후는 조용한 동작으로 남은 돈 450만 원을 들고 자리에서 일어났다.

"쳇, 간도 되게 작은 친구네. 500만 원을 앞에 놓고 있다 겨우 돈 50 잃고는 벌떡 일어나 가버리다니!"

사십대는 서후가 떠난 빈자리에 불만스런 표정으로 툭 한마디 내뱉으며 마지막 남은 수표를 칩으로 바꾸었다.

월요일 아침, 은교의 아버지 김 사장은 송 회장의 연락을 받고 그의 회사로 갔다.

"어서 오시오, 김 사장."

"주말은 잘 보내셨습니까?"

"물론이오. 그런데 좀 민망한 일이 있었소."

"뭡니까?"

"은교 일인데 말이오."

"네?"

"먼저 이 사진을 좀 보시오."

송 회장이 내민 사진들을 한참 들여다보던 김 사장은 궁금한 기색으로 물었다.

"이게 누굽니까?"

"우선 이게 뭘 하는 사진인가는 알 수 있겠소?"

"저는 잘 모르겠습니다."

"장소는 카지노요."

"네?"

"사북에 있는 강원랜드 카지노란 말이오."

"그런데요?"

김 사장은 송 회장이 카지노 사업에 진출하려고 이러나 생각했지만 곧 강원랜드는 정부 출연 기업이라는 사실을 떠올렸다. 그러면 도대체 왜 이런 사진들을 보여주는 걸까.

"그 사진의 젊은이 말이오."

"네."

"카지노 게임에 열중하고 있는 모습이 보여요?"

"네."

"그 청년이 은교와 보통 사이가 아닌 것 같단 말이오."

"네? 그럴 리가……."

"틀림없소. 은교는 지난주 그 청년을 찾아 강원도 영월로 갔고, 그전에 그들이 나눈 대화 내용은 민망한 것이었소. 무슨 호텔로 되돌아가고 어쩌고 하는 걸 우리 애가 다 들었단 말이오."

"……."

"우리는 모르고 있었는데 김 사장은 어떻소?"

"물론 저도 모르는 사실입니다."

"은교에게 설령 남자가 있다 해도 나는 받아들일 수 있소. 우리 애를 만나기 전에 알던 사람이 있을 수는 있는 일이오. 그런데 그 청년의 행적을 좀 보시오. 강원랜드 그 시장판 같은 데서 50만 원을 잃고는 웃으며 돌아가는 그 궁상이라니……. 어째서 은교가 그런 남자를 만나고 다니는지 이해할 수 없소."

"저도 전연 모르는 일입니다."

"한번 알아보는 게 좋을 것 같소."

"알겠습니다."

"내 생각으로는 차제에 결혼식을 바로 올리는 게 낫겠소."

"은교의 의견을 들어보겠습니다."

"본인의 의견을 무시해서야 안 되겠지만 가급적 빨리 진행하는 쪽으로 김 사장이 애를 좀 쓰는 게 좋겠소."

"알겠습니다."

"잘못하다 내 아들이 실의에 빠져 젊음을 그르칠까 걱정이 된단 말이오."

"잘 알겠습니다."

그날 밤 집에서 은교와 마주 앉은 김 사장의 분노는 대단한 것이었다. 김 사장은 사진을 꺼내놓고 은교는 물론 자신의 아내까지 다그쳤다.

"은교야, 네 말은 다 이해하마. 네가 송 사장을 싫어하는 이유도 다 이해할 수 있다. 그러니까 너에게 송 사장과의 결혼을 강요하지는 않으마. 그런데 이놈은 도대체 뭐냐? 영월이라는 곳에서 도서관 직원으로 일한다는 사실도 그렇거니와, 강원랜드 카지노에나 출입하고 또 돈 50만 원에 웃고 울고 하는 이런 놈을 네가 좋아한다는 거냐? 그게 도대체 말이 되는 소리냐?"

"이 사진은 어디서 구하셨어요?"

"그게 중요한 게 아냐. 대답을 해라. 도대체 어디서 어떻게 만난 놈이며 어느 정도로 사귀었는지를 말이다."

"……."

"아니, 대답할 필요도 없다. 듣고 싶지도 않다. 그놈과 다시는 만나선 안 된다. 그리고 그 도박 상담이니 뭐니 하는 것도 집어치워라! 그러니 이런 놈을 만나는 거 아니냐? 석준이 그 자식 하나 잃은 것만으로도 우리는 도박이라는 마귀한테 줄 거 다 줬다. 도박 때문에 아비 자식 간에 의절하고 죽고 패가망신하고 그만했으면 됐잖느냐!"

은교는 잠자코 듣고만 있었다.

"자, 여기 전화기를 들어라. 당장 송 사장에게 전화를 걸어서 네가 직접 해명해라. 안 그러면 이 아비가 전화를 걸겠다. 너 설마 이 아비가 자식뻘인 송 사장에게 굽실거리며 전화하는 것을 보고 싶은 건 아니겠지?"

은교는 말없이 전화기를 들었다.

사랑의 조건

다음날 아침 은교는 출근하다 순간적으로 걸음을 돌렸다. 지하철 2호선을 타고는 강변역에서 내렸다. 동서울 터미널에서 영월행 버스에 몸을 실은 은교는 내내 창밖에만 눈길을 두고 있었다. 서후와의 관계를 분명히 해두지 않으면 계속 오해와 갈등이 빚어질 것 같아서였다.

그리고 아버지의 강요가 있긴 했지만, 자신은 어젯밤 이미 송병준에게 서후와 다시 만나지 않겠다고 약속해버린 것이었다. 지난번엔 그토록 선명하게 눈에 들어왔던 치악산의 풍치가 오늘은 낯설기만 했다.

버스가 영월에 도착할 무렵 은교는 휴대폰 번호를 눌렀다. 서후라는 이름은 이미 은교의 휴대폰 단축번호들 중에 자리 잡고 있었다.

"저 은교인데요."

"아, 은교 씨."

"곧 영월에 도착할 거예요."

"어! 그래요?"

"만나야 할 것 같아서요."

"저런!"

"왜요?"

"오늘 출장 나가는 날인데……. 도서관 순회 활동이거든요."

"잠깐만 만나면 되는 일이에요."

"그럴 수야 없는 일이지요. 멀리서 오셨는데. 도착하면 전화하세요. 영월 시내를 돌아다니는 일이니까 같이 일하면 되지요."

"그럴 일은 아니고요."

"하하, 목소리가 가라앉아 있네요. 차로 옵니까?"

"아니요, 아홉 시 버스예요. 도착해서 전화드릴게요."

"네, 기다릴게요."

버스가 영월 터미널에 도착하자 은교는 자신을 기다리고 있는 서후를 발견했다.

"괜히 제가 방해를 했네요."

"아니에요. 전화 받고 나서부터 도저히 일을 못하겠더군요. 그래서 하루 휴가를 받았어요."

은교는 서후의 말에 당황했다. 서후의 말을 직접적으로 표현하면 자신에게 호감을 나타내는 것이 아닌가. 은교는 버스를 타고 오는 내내 서후에 대한 자신의 감정이 무엇인지 생각했다. 생명의 은인. 마음이 통하는 사람. 편하고 좋은 사람. 신비로운 남

자. 동생의 분신. 구원해야 할 전문 도박사. 송병준과 대척점에 있는 인물. 도피처. 환상 속의 인물. 그저 오가다 만난 사람……. 은교는 이서후라는 인물이 자신에게 어떤 존재일까만 생각했지 은교 자신이 서후에게 어떤 존재인지는 생각을 못했던 것이다.

짧은 만남이었으니 분명 사랑이라고 말할 수는 없었다. 하지만 은교는 서후에게 마음이 끌리는 것을 인정하지 않을 수 없었고, 그 마음을 꺼버리기 위해 지금 여기에 온 것이었다. 은교는 애써 태연한 척했다.

"그렇게 휴가를 내도 괜찮아요?"

"그럼요. 사실 여기 사람들은 나를 정식 직원으로 생각하지 않아요. 다만 내가 정식 직원처럼 행동하려 애쓰는 거죠."

"무슨 얘기예요?"

"말하자면 나는 자원봉사자 같은 신분이에요. 정식 직원처럼 일을 하면서도 급여를 받지는 않아요."

"그래요?"

"오히려 돈을 내죠."

"돈을 내다니요?"

"매달 조금씩 책을 사는 데 내 돈을 보태죠. 도서 구매 예산은 언제나 부족하게 내려오니까요."

"그 돈은 어떻게 벌어요?"

"여기선 카지노가 가까워요."

"아, 그렇네요."

은교는 서후의 말이 무슨 뜻인지 이해했다. 처음 내려올 때 차만 한잔하고 돌아가리라던 다짐은 벌써 잊은 지 오래였다.

"벌써 점심때네요. 그때 그 집 어때요? 아주 기억에 남았어요."

"네, 그리 가지요."

두 사람은 다시 쌍용식당을 찾았다.

식사를 마친 두 사람은 단종의 묘가 있는 장릉으로 향했다. 은교는 언제 얘기를 꺼낼까 망설이다가 자신의 마음과는 상관도 없는 말을 먼저 꺼냈다.

"슬픈 운명의 임금이었죠? 단종은요."

"네."

"어린 나이에 사약을 받는 심정이 어땠을까요? 그것도 삼촌이 내린 사약을요."

"억장이 무너져 내렸을 테지만, 나중엔 오히려 결연한 심정으로 받아 마셨을 거예요. 세상을 원망하는 한편으로 운명적 체념도 했을 것 같고요."

"어쩐지 여기 나무들도 예사롭지 않게 느껴져요."

"그럴지도 모르죠. 깊은 숲은 그 자체로 어떤 기운을 가져요."

"그런 걸 믿어요?"

"그럼요. 사람들은 세상이란 모두 일반적 법칙에 의해 관리된다고 믿지만 사실은 안 그래요. 아주 예민한 사람들만 느끼는 다른 무엇이 있거든요."

"서후 씨도 뭔가를 느끼세요?"

"물론이지요."

"뭘 느끼시죠?"

"해야 할 것과 하지 말아야 할 것이라고 할까요?"

"그건 보통 사람들도 마찬가지잖아요. 누구나 자신이 할 것과 하지 않을 것을 구분하잖아요."

"제 얘기는 그랬을 경우 그 결과가 온몸에 느껴진다는 거지요. 단순한 도덕이나 의무 같은 개념이 아닌……."

"잘 이해를 못하겠어요. 예를 한번 들어줘요."

"운명의 끝을 미리 느낀다는 얘깁니다. 가령 이번 베팅을 했을 때에 어떤 결과가 올 거라는 게, 아니 그 결과가 보이는 것 같아요."

"그러니까 서후 씨의 그런 감각은 도박과 관련된 거네요."

"도박만이 아니에요. 삶도 마찬가지예요."

"……."

"가령 내가 은교 씨와 같이 미래로 떠난다면 어떤 미래가 될까 생각할 때 그 결과가 온몸에 미리 느껴진다는 얘기예요."

은교는 깜짝 놀랐다. 서후가 이런 예를 들 거라고는 생각조차 하지 못했다. 그러나 은교가 놀란 것은 그 때문만은 아니었다. 자신도 서후와 어디론가 떠나고 싶다는 생각을 언젠가, 아니 여러 번이나 했다는 사실을 갑자기 깨달았던 것이다.

"그만요. 더 이상 얘기하지 마세요."

은교는 자리에서 일어났다. 서후의 이야기를 더 들을 수가 없었다. 아니, 더 이상 그의 이야기를 듣기가 두려웠던 것이다.

은교는 길을 따라 천천히 걸었다. 서후도 일어나 은교의 뒤를 따라 걸었다. 두 사람 모두 한동안 말이 없었다. 빨간 단풍잎이 떨어진 위로 노란 은행잎 하나가 날아 내렸다. 은행잎은 공기의 흐름을 쫓아 이리저리 비행을 하다가 마치 덮치듯이 빨간 단풍잎 위로 떨어졌다. 두 사람의 시선이 한 곳에 머물렀다.

"사람을 좋아해선 안 된다는 생각으로 살았던 적이 있었어요."

"특이하네요."

"네, 누군가를 좋아하는 게 게임에 방해가 될 때가 있어요."

"서후 씨의 삶은 언제나 도박에 초점이 맞춰져 있네요."

은교의 목소리에 어떤 쓸쓸함 같은 것이 배어 나왔다.

"네. 그랬어요. 하지만 지금은 안 그래요."

서후는 행복한 표정을 지었다.

"아니에요. 잠시 다른 생각이 들지는 모르지만 결국은 다시 사람이 필요 없는, 아니 사람이 귀찮은 그런 생활로 돌아갈 거예요."

"은교 씨……."

"도대체 왜 그런 거죠? 어떻게 사람의 모든 것이 그렇게 도박에 초점이 맞추어질 수 있죠? 도박을 빼고는 삶 자체가 이루어지지 않아요?"

"……."

"차라리 그냥 영월도서관에 근무하는 평범한 직원이었으면 좋을 뻔했어요. 그러면 모든 게 편하잖아요."

"무슨 말이죠?"

"서후 씨가 카지노에 출입하며 50만 원을 잃고 돌아오더란 얘기를 아버지에게서 들었어요. 아버지는 다른 사람에게 그 이야기를 들은 것 같고요. 저는 다 이해하지만 부모 마음이 어떻겠어요? 딸이 그런 사람을 만난다는 것을 알고 난 그 마음이 어떻겠어요?"

"음."

"끊을 수 없어요? 그 카지노 게임이란 걸 끊을 수 없어요? 그만둘 수 없냐고요."

서후는 대답하지 않았다.

"저는 도박으로 망가진 사람을 너무도 많이 봤어요. 제 동생을 보세요. 얼마나 착하고 뛰어난 아이였는지 몰라요. 모든 사람들로부터 사랑만 받던 아이였어요. 그런 동생이 결국 아버지 회사까지 망하게 했어요. 그 책임감 강하고 아버지를 존경하던 동생이 말이에요. 동생은 그래도 나아요. 이제 저 세상에서 평화를 찾았을 테니까요. 하지만 시간을 끌 데까지 끌면서 자신은 물론

가족까지 온통 파멸의 구렁텅이로 몰아넣는 그런 상습 도박꾼들의 모습이 매일 눈에 밟혀요. 그들은 천형을 받은 사람들이에요. 그 한가운데 서후 씨가 있다고요. 서후 씨는 자신은 다르다 해도 아니에요. 오히려 그 어느 누구보다 더 깊이 도박에 빠져 있는 사람이란 말이에요!"

"……"

"제발 도박을 그만둬요. 서후 씨는 저의 목숨을 구해준 사람이에요. 아침에 여기 내려올 때만 해도 서후 씨를 잊을 생각이었어요. 하지만 이젠 아니에요. 전 아버지께 말씀드리겠어요. 서후 씨가 얼마나 좋은 사람인지, 얼마나 마음이 따뜻하고 눈매가 부드러운 사람인지를요. 하지만 도박을 계속하는 한 결코……"

"잠깐만요!"

서후가 무거운 목소리로 은교의 말을 끊었다.

"돌아가요."

"네?"

"그냥 돌아가요. 그 외에는 어떤 말도 할 수 없어요."

"결국 당신은 어쩔 수 없는 도박 중독자란 말인가요?"

"지금은 할 말이 없어요."

"좋아요. 저는 돌아갈게요. 그리고 서후 씨를 잊을 거예요. 제게 베풀어준 고마움만 간직하겠어요."

"……"

"저는 도박을 절대로 이해할 수 없고, 그러려고 하지도 않을 거예요."

"세상의 모든 일을 다 이해할 수는 없는 법이에요."

"그런 현학적인 말로 진실을 가리려 하지 마세요. 도박은 마약보다 더 무서운 거예요. 그리고 서후 씨는 젊은 나이에 누구보다 깊이 중독돼 있어요."

"그럴지도 몰라요. 자, 그만 갑시다. 바래다줄게요."

"아니, 그냥 혼자 택시를 타고 가겠어요."

"타고 가요."

서후는 앞장서서 주차장을 향해 걸었다. 은교는 뒤를 따라 걸으며 눈물이 나오려는 걸 억지로 참았다. 곤색 점퍼를 걸친 서후의 뒷모습이 눈앞에서 쉴 새 없이 어른거리며 시선을 어지럽히고 그렇게 아름답게 보이던 낙엽들이 전쟁터에 나뒹구는 시체처럼 은교의 어지럼증을 더했다.

"터미널은 이 방향이 아니잖아요?"

"서울로 가는 거예요."

"서울까지 태워주겠다는 뜻이에요?"

"네."

"너무 먼 길이에요."

서후는 말없이 운전만 했다. 은교 역시 말없이 앉아만 있었다.

자동차는 그렇게 달려서 동서울 톨게이트를 지났다.

"어디에 내려드리죠?"

"아무 데나 돌아가시기 편한 곳에 내려주세요."

"집은 어디죠?"

"잠실이에요. 하지만 거기까지 같이 가기는 싫어요."

"거기서 내려드리죠."

"싫어요."

그러나 은교는 차가 잠실 쪽으로 가도록 내버려두었다. 서후를 미워해야만 하는 자신이 갑갑하게 느껴졌고, 자동차가 잠실 쪽에 가까워질수록 은교는 마음이 아파왔다. 이제 잠시 후면 이 사람과 영원히 만나지 못하게 될 것이었다.

"오늘 영월에 내려가지 말걸 그랬나 봐요."

"잘 오셨어요. 언젠가는 했어야 할 말일 테니까요."

"제가 괜한 말을 했나 봐요."

"아니, 이해해요."

"하지만 마음으로 받아들이진 않잖아요."

"저는 이해해요. 도박을 이해하는 만치 은교 씨의 말도 이해해요."

은교는 서후의 말을 한동안 곱씹었다. 문득 서후의 외로움이 오싹할 정도로 절실하게 느껴졌다.

"여자를 사랑해본 적 있나요?"

서후는 고개를 저었다.

"카지노 게임을 하는 사람들과 같이 오는 숱한 여자들을 봤어요. 그들은 언제나 떠날 준비가 되어 있어요. 남자가 돈을 잃으면 바로 떠나지요."

어둠 속에서 들리는 서후의 말에서 또다시 짙은 외로움이 배어 나왔다.

"서후 씨가 외로운 사람이란 건 저도 알고 있어요."

"카지노 게임이란 외로운 작업이에요. 그동안 많이 외로웠어요. 하지만 이젠 더 이상 외로움을 느끼지 않아요."

"아닐 거예요. 외로움이란 그렇게 쉽게 없어지는 게 아닐 거예요."

"……."

"여기서 내리면 돼요."

서후가 차를 세우자 은교는 한동안 말없이 창밖만 바라보았다. 맞은편에서 다가오는 자동차들의 헤드라이트가 유난히 눈부셨다. 은교는 어느새 울먹였다.

"이렇게 떠날 수는 없어요."

"미안해요."

"제 마음을 어떻게 해야 할지 모르겠어요."

두 사람은 차 안에서 한동안 말이 없었다. 먼저 침묵을 깬 건 서후였다.

"내가 떠날게요."

서후의 떠난다는 말에 은교는 자기도 모르게 손을 뻗어 그의 입을 막았다. 서후는 한동안 가만히 있다가 은교의 손을 잡고는 천천히 입술을 대었다. 은교는 눈을 감았다. 서후는 한참이나 그렇게 있다가 은교의 손을 가만히 놓았다.

"은교 씨가 운명처럼 생각되었죠. 그래서 여기 온 겁니다. 다시는 돌아오지 않으리라고 결심했던 이 땅에 은교 씨 때문에 돌아온 거예요. 하지만 결국 이렇게 될 걸 알고 있었어요. 저는 은교 씨를 잊을 거예요. 어렵겠지만 반드시 잊어낼 거예요. 그렇지만 마지막으로 한 번은 전화를 할지도 모르겠어요. 도박사란 누구보다도 이별 준비가 잘돼 있는 사람이지만 단 한 번은……."

집으로 걸어가는 내내 서후의 마지막 말이 은교의 귓전에서 울렸다.

마음의 게임

매커런 공항에는 MGM 카지노에서 보내온 리무진이 마중 나와 있었다. 유사종 회장은 리무진의 뒷좌석에 몸을 실었다.

공항을 출발한 리무진은 세계 최고의 카지노 도시 라스베이거스의 밤을 지배하는 숱한 카지노 입간판들 사이를 뚫고 달린지 5분여 만에 MGM 호텔의 맨션 마당에 멎었다.

"어서 오십시오. 여행은 피곤하지 않으셨습니까?"

마당에서 기다리고 있던 카지노 호스트가 정중하게 유 회장을 맞았다.

유 회장은 일단 방에 들어가 간단히 사우나를 하고는 옷을 갈아입었다. MGM에서 유 회장에게 내준 객실은 방 안에 스팀 사우나는 물론 수영장까지 있는 최고의 룸이었다.

세계 최고의 카지노랄 수 있는 MGM에는 물론 세계의 갑부들이 오지만 이런 방을 배정받는 사람들은 극히 드물었다. 세계적인 마술사 데이비드 카퍼필드도 MGM을 자주 찾지만 그에게는 맨션이 아닌 펜트하우스의 방이 주어질 뿐이다. 타이거 우즈 같은 일류의 인간들에게도 늘상 이런 방이 주어지지는 않는다.

항상 이런 방을 배정받는 사람은 사우디아라비아의 왕족이나 세계적인 재벌들로 한 번 방문에 최소한 100만 달러 이상씩을 들고 오는 사람들이다.

카지노에서는 일정 수준 이상의 게임을 하는 고객들에게는 숙박이나 술, 음식 등을 무료로 제공한다. 외국에서 고객이 10만 달러 이상을 들고 왔을 때에는 이기든 지든 상관없이 일단 두 장의 비행기 일등석 항공권 요금을 내주는데, 아시아의 고객들에게는 약 1만에서 1만 5,000달러 정도가 지급된다. 그리고 고객이 10만 달러 이상을 잃었을 때에는 10퍼센트의 위로금을 지급하는데, 카지노에 따라서는 15퍼센트까지 내어주는 곳도 있다. 주로 새로 생긴 카지노들이 손님 유치를 위한 마케팅 차원에서 시행하고 있는 것이다. 이러한 영업을 하는 카지노 가운데는 비네시안이 유명한데, 10만 달러를 잃었을 경우 거의 3만 달러에 해당하는 돈을 위로금으로 돌려준다. 고객들 중에는 이 위로금으로 다시 본전을 찾는 경우도 있어 이런 카지노를 선호하는 사람들도 있다. 그러나 라스베이거스를 아는 손님들은 예나 지금이나 꾸준히 MGM을 찾는다. MGM에는 MGM만의 분위기가 있는 것이다.

유 회장은 옷을 갈아입고 나자 인터폰을 들었다.

"미스터 전을 찾아주게."

"벌써 맨션 식당에서 기다리고 계십니다."

"알았어."

유 회장은 전화기를 내려놓으며 이틀 전 받았던 전화 내용을 떠올렸다.

— 회장님, 전 실장입니다.

— 그래. 뭐 좀 알아냈나?

— 네. 하지만 말씀만 드려서는 이해하기 곤란하실 겁니다.

— 무슨 소리야?

— 도저히 이해할 수 없는 자들이 있습니다. 유 사장님은 이들의 수법에 말려든 거 같습니다.

— 음, 갑갑하군. 바카라에 무슨 상대가 있다고 그들에게 휘말린단 말인가?

— 그러니까 이상한 놈들입니다. 저도 별별 놈들을 다 봤지만 이런 놈들은 처음입니다.

— 도대체 어떤 놈들인데 그러나?

— 지금 빌라지오에 있으니까 한번 와보시는 게 좋겠습니다.

— 그래?

유 회장은 어딘지 불길한 생각이 들었다. 전 실장은 사람들이 게임하는 방법만 봐도 그 장점과 문제점을 즉각 파악해내는 사람이었다. 그런 전 실장이 상대의 문제점을 전혀 파악하지 못한 채 자신을 미국까지 오라고 할 때는 정말 보통 놈들이 아닐 것이었다. 도대체 어떤 자들이기에 전 실장조차 처음 보는 이상한 플레이를 한다는 것인지 매우 궁금해졌다.

— 알았어. 모레 저녁 여섯 시에 만나지. MGM으로 와.

— 알겠습니다.

유 회장은 그들에 대한 강한 궁금증을 억누른 채 천천히 맨션 식당으로 걸음을 옮겼다. 맨션 식당은 물론 세계 최고의 술과 음식이 갖추어져 있지만 하루에 식사는 한 사람, 혹은 한 팀이 하거나 말거나 할 정도다. 이 한 사람이나 한 팀을 위해 식당은 하루 종일 움직인다. 최고의 신선한 재료들이 주인을 기다리다가 버려지는 것이다. 식당뿐만이 아니다. 몇 백 석이 갖추어져 있는 MGM 맨션의 영화관도 언제 올지 모르는 단 한 사람의 관객을 위해 항상 최신 프로그램을 준비한다. 맨션은 다중이 아니라 단 한 사람에 대한 서비스를 위해 존재하는 것이다.

전 실장은 유 회장의 얼굴을 보자마자 고개를 절레절레 흔들었다.

"저도 수십 년 바카라를 연구했지만 이런 놈들은 처음 봅니다."

"전 실장 자네가 파악하기 힘든 게임 패턴이 있다니 이해할 수 없네."

"아닙니다. 상대방의 게임 패턴은 알아내고 말고 할 것도 없습니다. 너무 쉽습니다."

"그래? 그런데 왜 문제점을 찾아내지 못했나?"

"아마, 누구도 못 찾아낼 겁니다."

"그건 참으로 이상하군. 문제점 없는 패턴이 있단 말인가?"

"가시죠. 가서 보셔야만 이해할 겁니다."

두 사람은 즉시 자리를 옮겼다.

마당에는 이미 롤스로이스가 두 사람을 기다리고 있었다.

"빌라지오!"

유 회장은 짧게 행선지를 내뱉고는 생각에 잠겼다. 간혹 옆에서 신경 쓰이게 하는 놈들이 있기도 하지만 바카라는 기본적으로 카지노와 손님 간의 대결이다. 손님과 손님끼리는 경쟁하기는커녕 서로 이기라고 독려하게 마련이다. 물론 옆의 손님은 이기는데 자신만 자꾸 지고 있다면 그 사람이 부럽거나 미울 수도 있다. 혹은 아무 이유도 없이 그저 밉게 생긴 사람이 있을 수도 있다. 그래서 일부러 상대와는 반대로 가거나 자신은 베팅을 하지 않으면서 속으로 상대가 지기를 바라는 경우도 있다. 하지만 그런 기분은 일시적인 것이고, 그런 마음을 가져서는 결코 자신에게도 좋지 않다는 것을 조금이라도 카지노 게임을 해본 사람이면 다 안다.

롤스로이스는 이내 빌라지오에 도착했다.

이 카지노 빌라지오는 라스베이거스의 대부로 일컬어지는 스티브 윈이 필생의 정열로 일구어낸 작품이다. 이미 미라지를 지은 경험이 있었던 그는 MGM을 능가하는 세계 최고의 카지노를 만들기로 작정하고 10억 달러 이상을 들여 이 바로크풍의 우아한 카지노를 지었다. 건물의 호화로움은 말할 필요도 없거니와 호텔 전면에 만들어진 인공 호수의 분수 쇼는 세계 제일의 명성을 얻고 있었다. 뿐만 아니라 인상파 화가들의 진품 그림만 5억 달러어치가 비치되어 있어 세계 최고의 갤러리라고도 할 수 있었다. 하지만 예상과 달리 운영에 어려움을 겪으면서 그는 이 호텔을 MGM에 넘길 수밖에 없었다.

MGM이 경영을 맡고 있는 지금 빌라지오는 엄청난 수익을 올리고 있는 중이다.

"저들인가?"

유 회장은 한눈에 그자들을 알아보았다.

"네."

전 실장이 고개를 끄덕이며 그들이 게임하는 테이블로 다가갔다.

"안녕하시오?"

그들 중 한 사람이 전 실장에게 인사를 건넸다.

"게임은 좀 어때요?"

"그저 그렇소."

전 실장은 유 회장에게로 돌아와 낮은 목소리로 말했다.

"방금 인사를 나눈 사람이 저들의 캡틴입니다."

"캡틴이라?"

"네. 저들은 팀을 이루고 있습니다."

"어떻게 팀을 이룬단 말이지?"

"캡틴은 카드만 깝니다. 왼쪽에 앉아 있는 한 여자는 기록을 합니다. 매판 나온 카드를 기록하고 그 옆에 앉은 여자가 뱅커와 플레이어 중 어느 쪽에 베팅할지를 결정합니다. 그리고 오른쪽에 앉은 두 남자들이 베팅액을 결정합니다."

"그게 뭐 그리 이상한가? 누구나 하는 거 아닌가?"

"저희들끼리만 플레이를 할 때는 전혀 이상할 게 없습니다만 문제는 다른 손님이 있을 경우입니다."

"그때는?"

"자신들의 판단은 철저히 무시합니다."

"그러면?"

"무조건 다른 손님의 반대로만 가는 겁니다."

"뭐라구?"

"철두철미하게 손님의 반대로만 간다는 말입니다."

"그럴 수가?"

"정말입니다."

과연 그랬다. 유 회장이 지켜보는 동안 이들은 다른 손님이 있을 때에는 그 손님이 베팅하기를 기다렸다가 철저히 그 손님의 반대로만 베팅을 했다. 손님이 뱅커에 베팅하면 그들은 플레이어에 베팅하고, 반대로 손님이 플레이어에 베팅하면 그들은 뱅커에 베팅했다. 이상하게도 손님들은 전패했고 그들은 항상 이기는 것이었다.

"으음!"

유 회장의 입에서는 자기도 모르게 신음이 새어 나왔다. 도대체 이게 뭐란 말인가. 세상에 이렇게 게임을 하는 법도 있던가. 때마침 빌라지오의 한국인 호스트가 내려와 반갑게 웃으면서 유 회장에게 달려왔다.

"유 회장님, 안녕하셨습니까?"

"음, 오랜만이군."

"네, 회장님. 저들의 게임을 보고 계셨군요."

"그래."

"동생분 일은 참 안됐습니다."

호스트는 그들을 보자 유 사장의 자살 사건이 생각나는 모양이었다.

"……."

"어디 가서 차라도 한잔하시죠."

호스트는 한갓진 구석에 자리를 잡고는 차를 주문했다.

"저들은 엄청난 돈을 가지고 왔습니다. 500만 달러 이상인 것 같습니다."

"음."

"자기들만 있을 때는 거의 게임을 하지 않습니다."

"원래 게임은 잘하나?"

"물론입니다. 엄청나게 잘합니다."

"엄청나게 잘한다?"

"네. 철저하게 조직을 이루고 있어 절대 무리를 하지 않습니다."

"그럴 경우의 확률은?"

"평균적으로 거의 50퍼센트에 육박하고 있습니다."

"조직이라면 두목이 미쳐서 제 맘대로 하기 전에는 그런대로 유지하겠군."

"문제는 다른 손님이 있을 경우인데, 그때는 거의 100퍼센트의 승률을 내고 있습니다. 항상 다른 손님의 반대로만 베팅하는 거니까 결과적으로 그 상대는 지는 거죠."

"생각해보니 꽤 일리가 있어 보이는군."

"그렇습니다. 일리가 있는 정도가 아닙니다. 지금 우리도 깊이 생각하고 있습니다."

"게임을 더 이상 못하게 할지 여부를 말인가?"

"네."

"고민이 되겠군."

"따지고 보면 저들이 우리 카지노 안에서 자기네 카지노를 연 것과 마찬가지 아닙니까?"

"그런 셈이지."

"마음 같아서는 당장 쫓아내고 싶은데 그럴 수가 없습니다. 저들은 이미 카지노위원회로부터 자신들의 게임 방법에 아무런 문제가 없다는 판정을 받아두었습니다. 위원회로서도 어떻게 할 수 없었던 게, 카지노는 손님의 게임 방법에 관여할 수 없도록 되어 있으니까 말입니다."

"드디어 손님이 이기는 방법이 발견된 건 아닐까요?"

전 실장이 다소 들뜬 듯한 표정으로 말했다. 바카라 연구에 삶을 바치다시피 해온 그로서는 이 일이 결코 예사롭지 않은 모양이었다.

"글쎄요."

호스트 역시 표정이 무거워졌다.

"세계적으로 바카라에서 이기는 방법을 연구하는 사람만 수백만인데 이제껏 단 한 사람도 그 방법을 알아내지 못했지요. 그러나 저 방법이라면 가능할 것으로 보입니다."

전 실장은 여전히 흥분한 상태였다.

"가능할 수밖에요. 손님은 언제나 카지노에 지니까 저들이 손님의 반대로만 가면 결과적으론 이기게 되는 게 당연한 거지요. 오히려 손님은 카지노를 상대로 할 때보다 저들에게 더 빨리 잃어요."

유 회장은 고개를 끄덕였다. 그럴 수밖에 없을 것이었다. 손님은 항상 자기와는 반대로 베팅을 해오는 저들에게 상당한 심리적 중압감을 느낄 것이다. 자신이 틀리면 마치 시험 성적이 나쁜 아이가 선생님에게 꾸중 듣는 듯한 기분이 들 테고, 자신이 맞으면 통쾌할 것이었다. 그러나 바카라에는 감정이 개입되어선 안 된다. 통쾌함은 항상 이들을 꺾고 싶은 욕망으로 이어질 테고, 그 결과 판단에 심각한 장애를 일으키게 된다. 결국 자멸하고 마는 것이다.

"음!"

전 실장이 지금까지 인간이 알아낸 유일한 승법이라고 찬양하는 것도 무리가 아니었다.

"그토록 차분하던 유 사장님도 결국 저들의 수법에 걸려들자 절제할 수 없을 정도로 분노가 끓어올랐던 겁니다. 강렬한 복수심에 사로잡혔겠지요. 그래서 그만 그분답지 않은 플레이로 일관하시다가……."

"그건 그럴 수밖에 없어. 일단 복수심에 사로잡히면 바카라는 끝이야."

"그렇습니다. 늘 그토록 잔잔하게 베팅하시던 분이 이들과 게임을 할 때면 맥시멈 베팅으로만 일관하셨다니까요."

바카라에서 금기로 해야 할 것이 몇 가지 있는데, 그중에 맨 첫 번째가 맥시멈 베팅이다. 맥시멈 베팅을 계속해서는 아무리 좋은 그림이 나와도 결코 이길 수 없다. 그 원리는 이렇다.

1억을 가진 사람이 500만 원이 맥시멈인 테이블에서 500만원을 베팅해 졌다고 치자. 그러면 이 사람이 맥시멈 베팅을 계속할 때 500만 원을 찾아올 확률과 나머지 9,500만 원을 다 잃을 확률은 정확히 반반이다. 다음 그림이 좋으면 찾아오는 거고 나쁘면 다 잃는 것이다. 그런데 그림이 바뀔 때마다 손님은 틀리게 되어 있다. 좋은 그림이 나와 상당히 잘 맞힌다 하더라도 바카라에서는 반 이상 맞히기가 어렵다. 물론 손님이 500만 원을 가지고 1억을 딸 확률도 반이다. 하지만 이런 일은 좀체 일어나지 않는다. 왜냐하면 손님은 딸수록 몸조심을 하게 된다. 그래서 이길 때는 조금 이기고 질 때는 많이 지게 된다.

"음!"

유 회장의 입에서는 거듭 신음이 새어 나왔다. 당장이라도 동생의 복수를 하고 싶은 마음이 굴뚝같았으나 자신이 서지 않았다.

"유 회장님, 동생 사건은 가슴 아프시겠지만 저들은 어떻게 할 수 없는 자들입니다. 잊어버리시죠."

"……."

"불가능한 자들입니다."

이때 전 실장이 머리를 탁 쳤다.

"참, 좋은 생각이 났습니다. 이렇게 하면 어떨까요?"

"뭐야?"

"저들의 방법을 역으로 쓰는 겁니다."

"어떻게?"

"미니멈 베팅만 하는 겁니다. 그러면 이쪽은 이기든 지든 상관이 없는데 저쪽은 질 때마다 타격을 입게 되죠."

"그건 안 돼."

"네? 왜요? 좋은 방법 같은데요."

"자넨 이론만 연구하는 사람이니 게임을 하는 사람의 심리를 모르는 거야. 마치 수십 년 딜러를 해도 막상 테이블에 앉으면 게임을 못하는 것과 같은 이치지."

"어떤 차이가 있습니까?"

"미니멈 베팅만 해도 기회라고 생각되면 베팅이 커지게 마련이야. 결국 치고받는 게임을 하게 되고 결과는 똑같아지지. 카지노 게임을 하는 모든 사람들이 나름의 결심을 하고 테이블에 앉지만 그걸 지켜낼 수는 없어. 아무도 그걸 못 지켜내."

"그렇겠군요. 결국 심리 때문에……."

"바카라는 처음부터 끝까지 마음의 게임이야. 마음은 필연적으로 의심을 갖게 되지. 언젠가 인생의 파멸 직전에 이른 남매가 나에게 이런 제안을 해온 적이 있었어."

"어떤 제안입니까?"

"옆에 앉아서 처음부터 끝까지 같은 베팅을 해도 되겠느냐고 물어왔어. 그들이 벼랑 끝에 몰려 있었기 때문에 나는 허락했지. 게임이 시작되고 그들은 무조건 나를 따라 하기 시작했어. 같은 금액을 같은 쪽에 베팅했지. 그런데 결과가 어떻게 되었는지 아나?"

"궁금하군요."

"결국 나는 이기고 그들은 졌어."

"왜 그런 결과가 생긴 거죠?"

"그들의 마음에 의심이 생긴 거지. 내가 잘 맞힐 때에는 이제 살았구나 하는 표정이 역력했었지만 내가 연속해서 틀리기 시작하자 의심이 생겼던 거야. 그래서 나에게 양해를 구하고 몇 번 나와 반대로 가기 시작했어."

"결과는요?"

"그것들이 맞기 시작했어. 그러니 자신들도 모르게 우월감이 생긴 거야. 결과적으로 볼 때 나는 항상 이기는 사람이었고 그들은 항상 지는 사람이었는데도 의심과 우월감이 그런 사실을 망각하게 했지."

"그랬군요."

"바카라는 동전을 던져 앞면이 나오느냐 뒷면이 나오느냐를 맞히는 것과 같은 게임이지만, 단순히 그 맞히는 횟수로 이기는 게임은 아니잖나?"

"그렇습니다. 베팅 금액을 선택해야 하니까요."

"사람의 마음이란 그런 거야. 만약 바카라가 마음의 게임이 아니고 기술의 게임이라면 세상에는 바카라 재벌이 수천만은 될 거야. 인간은 결국 기술을 정복하는 존재거든."

"제 생각이 좀 경솔했군요."

"아무튼 저들을 보니 대적하기가 참으로 어렵겠다는 생각이 들어. 하룻밤 자고 한국으로 돌아가세."

"네? 오늘 왔다가 내일 돌아가신다고요?"

"그것이 이기는 길이야."

"대단하시군요."

전 실장은 놀라지 않을 수 없었다. 동생의 복수를 하려는 일념으로 엄청난 준비를 하고 카지노로 왔지만 유 회장은 자신이 이길 수 있는 길을 찾지 못하자 단호하게 물러서는 것이었다.

"나는 30년이 넘게 카지노 게임을 해왔네. 하지만 아직 무너지지 않은 건 내가 잃어도 될 만큼만 잃어왔기 때문이야."

"네."

"나는 비굴할 정도로 참아왔네. 지난 30년 세월은 내게 오로지 인내의 역사였네. 나는 참고 참고 또 참았어. 인간에게 가장 힘든 일이 뭔지 아나?"

"……?"

"바로 참는 거야. 도박에 이기자면 눈앞에서 아버지를 원수에게 잃으면서도 무릎을 꿇어야 하고, 아내가 눈앞에서 능욕을 당해도 웃으며 참을 수 있어야 하네."

"그런 사람이 실제로도 있을까요?"

"없겠지. 그러니 세계적으로도 바카라에 승자가 없는 게 아닌가."

"정말 세계적으로도 바카라의 승자가 없는 걸까요, 그 오랜 카지노의 역사에?"

"있기야 하겠지. 그러나 그 정도 숫자로는 없다고 하는 게 맞을 거야."

유 회장은 정말 그의 말대로 다음날 귀국하고 말았다. 하지만 정작 우스운 건 유 회장의 부탁을 받고 왔던 전 실장은 그동안 잃은 돈에 발목이 붙잡혀 며칠간 더 게임을 하기 위해 남았다는 사실이었다.

강원랜드

혜기는 자동차가 강원랜드 현관에 멎자 절로 한숨이 나왔다.

"웬 한숨이지?"

한혁이 예의 그 차가운 목소리를 뱉었다.

"긴장돼. 넌 안 그래?"

"그전에도 그랬고 지난 2년간 매일 바카라만 해왔다고도 할 수 있는데 새삼스럽게 긴장된다는 거야? 그럼 그동안 뭘 한 거야?"

"그건 연습이고 이건 실전이잖아. 학습을 하고 나서 맨 처음 하게 되는 실전. 지난번 게임도 테스트였으니까 실제로는 이번이 처음이잖아."

"훗, 너는 그걸 훈련이라고 생각했나? 내겐 한 판도 실전 아닌 적이 없었어."

"알아, 네가 최고의 승부사가 되리라는 걸 의심하지는 않아. 하지만……."

혜기는 무슨 말인가를 더 하려다 멈췄다. 한혁의 마음에 변화를 주고 싶지 않았기 때문이다.

우 학장은 두 사람을 로비의 소파에 앉아서 기다리게 한 후 VIP 등록을 마쳤다.

"한 사람당 2,000만 원을 준다. 목표는 200만 원. 시간에 구애받지는 마라."

"알겠습니다."

두 사람은 카지노 5층의 VIP 전용 출입구를 통해 안으로 들어섰다.

"어쩐지 떨리네."

혜기의 말은 들은 체도 않고 한혁은 매서운 눈으로 게임장을 훑었다. 출입구를 지나쳐 스무 걸음쯤 걸어 들어가자 왼쪽에 방 하나가 있었다. 한혁은 문을 밀었으나 굳게 잠겨 있었다.

"아, 손님. 거기는 예약 전용 방입니다."

"예약 전용이요?"

직원은 어려 보이는 한혁을 티나지 않게 살피면서 대답했다.

"미리 예약을 해야 합니다."

"예약에 무슨 조건이라도 있습니까?"

"네. 2억 이상 플레이를 하셔야 합니다."

"가지고 온 돈이 2억이 넘어야 한다는 말입니까?"

"그렇습니다."

"베팅은요?"

"미니멈 50만 원, 맥시멈 1,000만 원입니다."

한혁은 고개를 끄덕였다.

"친구들과 같이 들어가도 됩니다."

"그렇겠지요."

"아니, 제 얘기는 그림이 좋을 때 친구들과 같이 베팅을 해도 된다는 얘깁니다."

"몇 사람과요?"

"다섯 사람이 같이 베팅해도 됩니다."

"그럼 실제 베팅은 5,000만 원?"

"그렇습니다. 하지만 혼자서는 1,000만 원으로 엄격하게 제한되어 있습니다."

"어딘지 좀 이상하군요."

직원은 대답 대신 엷게 웃었다.

"혹시 처음 오시는 겁니까?"

"네."

"그럼 제가 안내를 좀 해드리죠."

"고맙습니다."

직원은 두 사람을 다음 방으로 안내했다. 거기에는 큰 테이블 하나와 미니 테이블 두 개가 있었다.

"이 방에서 게임을 가장 많이 합니다. 한도는 역시 미니멈 50만 원, 맥시멈 1,000만 원입니다."

"미니 바카라는 어떻습니까?"

"미니멈 20만 원에 맥시멈 500만 원입니다."

"스물다섯 배군요."

"네?"

"디퍼런스 말입니다. 미니멈과 맥시멈의 차이 말이에요."

"아, 네."

한혁은 고개를 옆으로 저었다.

"큰 테이블이 있는 방이 하나 더 있습니다."

직원은 또 하나의 방으로 두 사람을 안내했다.

"게임 조건은 모두 같습니다."

"가장 작은 테이블을 보여주세요."

"물론입니다."

직원은 두 사람을 가장 큰 방으로 안내했다.

"저 위에 있는 큰 테이블은 평소에는 잘 사용하지 않습니다. 여기는 주로 작은 테이블 게임을 합니다. 여분의 테이블들이 있지만 이 다섯 개의 테이블에서 주로 게임을 합니다."

"베팅은 어떻게 합니까?"

"이 두 개의 테이블은 미니멈이 10만, 맥시멈이 300만입니다. 나머지 세 개의 테이블은 미니멈 20만, 맥시멈 500만입니다."

"알겠습니다."

"그럼 좋은 게임 되십시오."

한혁은 테이블에서 게임하는 사람들을 눈으로 훑고는 사람이 없는 테이블로 갔다. 바카라를 하는 사람들은 혼자 앉기보다는 여럿이 같이 앉아서 게임하기를 좋아한다. 상대의 생각을 참고로 할 수도 있고 본인의 감이 안 좋을 때는 남이 베팅하는 걸 보면서 불확실한 카드를 걸러낼 수 있기 때문이다. 혼자 테이블에 앉는 사람은 이미 마음의 평정을 잃어 조급한 상태에 있거나 반대로 자신이 있는 사람이다.

"컷 하시겠어요?"

딜러는 막 셔플을 끝낸 모양이었다.

"네."

한혁은 딜러가 주는 컷 나이프를 잡아 가운데에 찔러 넣었다. 사람에 따라서는 이 컷을 아주 신중하게 하기도 하고 기를 불어넣기도 한다. 그들은 컷이 모든 것을 좌우한다고 믿는다. 그들의 카지노 게임에 대한 생각은 아주 간단하다. 좋은 그림을 만나면 이기고 나쁜 그림을 만나면 진다. 그러니 카드가 시작되는 컷에 민감할 수밖에 없다. 어떤 사람들은 그날 운이 좋은 사람에게 부탁해 컷을 시키기도 한다.

"버닝 카드(버리는 카드) 에잇입니다."

딜러는 여덟 장의 카드를 바닥에 깔고 나서 통 속으로 집어넣었다.

"프리 핸드는 몇 번 해주나요?"

한혁이 물었다. 시작 전에 베팅을 하지 않고 플레이를 몇 번 해주냐는 뜻이었다.

"세 번입니다. 해드릴까요?"

한혁은 고개를 끄덕였다.

뱅커, 플레이어, 플레이어의 순으로 카드가 나오고 한혁은 그것들을 스코어 카드에 적어 넣었다. 선택이 불분명한 순간이었다. 한혁은 10만 원짜리 칩을 들어 플레이어에 놓았다.

"뱅커입니다."

딜러는 빠른 동작으로 한혁의 칩을 채갔다. 한혁은 다시 10만 원을 플레이어에 가져다 놓았다.

"뱅커입니다."

한혁은 이번에는 10만 원을 뱅커에 가져다 놓았다.

"플레이어입니다."

다시 한혁의 칩은 테이블에서 사라졌다. 한혁은 다시 10만 원을 플레이어에 가져다 놓았다.

"뱅커입니다. 미안합니다."

이십대 중반으로 보이는 딜러는 한혁이 내리 네 번을 다 틀리자 안된 모양이었다.

"아직 내가 잘못하고 있는 것은 없는데요."

"네, 그러세요?"

한혁은 이후로도 두 번을 더 틀려 여섯 번을 연속으로 틀렸다. 다음에는 맞았고 연속으로 두 번 더 맞았다.

"처음 오셨어요?"

"네."

"방금 전 찬스에서는 좀 많이 가셨어야죠. 그러면 본전 다 찾으셨을 텐데요."

"바카라에 찬스라는 게 있나요?"

"그럼요. 그림을 보시면 알잖아요. 그래서 그림을 기록하는 것 아닌가요?"

한혁은 잠자코 고개를 끄덕였다. 하지만 한 슈가 거의 끝나갈 때까지 한혁은 10만 원짜리 칩 하나씩만 계속 베팅하고 있었다. 딜러 아가씨는 처음에는 한혁의 플레이에 좀 관심을 가지다가 한혁이 지루하게 계속 칩 하나씩만 베팅하자 그만 시들해져버렸다. 하지만 한혁은 같은 플레이를 계속했고 한 슈가 끝날 무렵에는 30만 원을 땄다.

"호호, 그렇게 많은 칩을 쌓아놓고 한 슈 내내 그렇게 적게 베팅하신 분은 처음이에요."

"아, 그런가요?"

한혁은 그렇게 세 슈를 해서 200만 원을 땄다.

"대단하시네요."

자리에서 일어나면서 한혁은 칩 하나를 팁으로 던졌다.

"고맙습니다. 오늘 게임하시는 모습이 참 인상적이었어요. 이제껏 수많은 고객을 봐왔지만 가장 인상적이었어요. 처음에 제가 주제넘게 뭐라고 했던 게 민망해요."

"충고 고마웠어요."

한혁이 일어나자 기다리고 있던 혜기가 다가왔다.

"너 정말 대단했어. 무려 세 슈를 미니멈으로만 베팅할 수 있다니."

"잘 못 맞혔지."

"그래서 하는 말이야. 2,000만 원으로 200만 원 따는 게임을 그렇게도 할 수 있구나 하는 생각을 새삼스럽게 했어."

"넌 어떻게 됐어?"

"물론 이겼지, 5분도 안 돼서."

"물론이라는 말은 쓰지 마라. 평생 말이야."

우 학장은 두 사람을 카지노 안에 있는 카페로 데리고 갔다.

"혜기는 5분 만에, 한혁은 세 시간 만에 이겼단 말이지?"

"네. 하지만 제가 이긴 건 진짜로 이긴 게 아니라고 봐요. 그러니까 저는 위험할 수도 있었다는 얘기예요. 한혁의 플레이를 보면서 속으로 참 많이 반성했어요."

"혜기의 게임 내용은 어땠지?"

우 학장이 혜기에게 물었다.

"처음에 20을 가서 졌어요. 한동안 기다리다가 그림이 안정된 다음 20을 가서 찾아왔고요."

"그 다음은?"

"역시 좀 기다리다 좋은 그림에서 20을 가서 맞혔어요. 마침 그 무렵은 그림이 아주 안정되어 있었어요. 그래서 40을 가서 맞히고 다음에는 60을 가서 맞혔어요."

"왜 60을 갔지?"

"본전은 놔두고 이긴 걸로만 벳을 했으니까요."

우 학장은 고개를 끄덕였다.

"그러고는?"

"이미 120을 이겨 있었기 때문에 기다리다 좋은 그림에 20씩 벳을 해서 이기고 지고 하다 결국 200을 채웠어요."

"너의 게임은 아주 좋았다."

"하지만 한혁의 게임은 완벽했어요."

"안다. 2,000을 가지고 세 슈 만에 200을 만들었다는 건 세계적인 프로에게도 어려운 일이다. 하지만 혜기 너도 항상 기다리다 좋은 그림에만 벳을 했기 때문에 흠잡을 데가 없다."

우 학장은 어쩐지 한혁을 크게 칭찬하지는 않았다.

"자, 이제 밥을 먹자."

세 사람은 카지노 아래 사북 읍내에 있는 해장국 집에서 김치찌개를 시켜 밥을 먹고는 차를 탔다.

"이번에는 얼마를 목표로 해요?"

혜기의 물음에 우 학장은 고개를 가로저었다.

"서울로 돌아간다."

"네?"

"게임은 끝났다. 내일 다시 온다."

"하지만 너무 아깝잖아요. 왔다 갔다 하는 시간도 그렇고 몸도 피곤할 테고요."

"그렇지 않다. 돌아갔다 다시 오는 게 맞다."

"차라리 방에서 쉬든지 아니면 내일 이길 것을 오늘 이겨버리고 돌아가면 하루 푹 쉴 수 있잖아요."

"아니다. 반드시 돌아가야 한다."

"무슨 특별한 이유라도 있나요?"

"이게 가장 중요하다. 사람들은 모두 돌아가지 못해서 지는 거야."

"비합리적인데요."

"합리라는 게 무엇이냐? 여러 인자를 고려해서 가장 낫다고 생각되는 것이 바로 합리가 아니냐? 사람들은 카지노 게임을 몰라. 카지노 게임에는 카지노 게임의 합리가 있고, 이것은 보통의 사람들이 생각하는 합리와는 다르다. 일반적으로는 여기서 객실을 얻어 푹 쉬고 좋은 컨디션으로 내일 게임을 하는 게 합리적일 테지. 혹은 아예 지금 게임을 해서 결과를 얻어 돌아가는 것도 합리적이겠지. 하지만 이것은 카지노 게임의 합리가 아니다."

"어째서 돌아가는 것이 카지노 게임의 합리예요?"

"도박의 기본은 위험을 줄이는 것이다. 지금은 목표를 이루었으니 마음이 느슨해져 있다. 좋은 말로 하자면 자신감이 생겨 있다. 하지만 카지노 게임에서 가장 나쁜 것이 바로 그 자신감이다. 마치 승부사니 승부 근성이니 뭐니 하는 말이 가장 나쁜 것처럼."

"이제 이해가 가네요."

"물론 네 시간이나 걸려 서울로 돌아갔다 다시 온다는 것은 참으로 귀찮은 일일 것이다. 그러나 카지노 게임의 함정은 바로 그런 데 숨어 있다. 반드시 돌아갔다 내일 다시 와야 한다. 비록 그것이 네 시간 아니라 열 시간 걸리는 길이라도 말이다."

"네."

세 사람은 9일 동안 매일같이 서울과 사북을 왕복했다. 우 학장은 3일에 한 번씩 목표액을 높였는데, 마지막 3일간의 목표는 400이었다.

"자, 오늘을 마지막으로 하자. 그동안 많이 피곤했을 테니까."

"아니, 전혀 피곤하지 않았어요."

"육체의 피곤함보다 무서운 것은 정신의 피곤함이다. 처음에 카지노에 올 때는 무서운 집중력을 보이던 사람들도 차츰 해이해지면서 나중에는 칩에 아주 무신경해진다. 집히는 대로 베팅을 하고 모든 영감을 잃은 채 오직 그림을 따라 베팅할 뿐이다."

"왜 매일 서울로 돌아가야 하는지 이제는 확실히 알 것 같아요."

"다행이구나. 그럼 오늘의 목표를 정해주마."

"얼마예요?"

혜기가 얼마든 자신 있다는 표정으로 물었다.

"100이다."

"네?"

"오늘의 목표는 100이란 말이다."

"아니, 마지막 날인데요? 100아니라 1,000이라도 문제없는데요."

"그래서 100이다. 오늘이 이제껏 해왔던 그 어느 날보다도 위험하다는 것을 알아야 한다."

"네, 알겠어요. 학장님 말씀은 당장엔 이해가 안 가지만 반드시 따라야 한다는 것을 알아요."

"다시 얘기하지만 어리석은 욕망의 그림자를 좇아 광대 춤을 추어서는 안 된다. 얼마나 위험을 줄이느냐 하는 것이 카지노 게임의 요체다. 한혁이 첫날 무려 세 슈에 걸쳐 200을 이긴 것은 바로 그 위험을 줄이려는 노력이었다. 참으로 잘한 일이었다."

우 학장은 뒤늦게 한혁을 칭찬했다.

"들어갈게요."

혜기와 한혁은 별문제 없이 각각 100을 이겨왔다.

"너희들은 이제까지 각각 2,800을 이겼다."

"네? 그렇게나 많이요?"

우 학장은 고개를 끄덕였다.

"이런 식으로 하면 몇 억이라도 쉽게 따겠어요."

"아니다. 이제부터 마음에는 마가 끼기 시작한다. 그러니 속단하지 마라."

"승자들은 마를 어떻게 다룹니까?"

이제껏 늘 침묵만을 지키던 한혁이 물었다. 그의 눈이 빛나고 있었다.

"승자들이라니?"

"카지노에서 이기는 사람들. 이제까지의 전체 기록이 이겨 있는 사람들 말입니다."

"전에 말하지 않았나? 그런 사람은 없다."

"아닙니다. 학장님은 그 부분에서 제게 뭔가 숨기고 계십니다. 틀림없이 그런 사람들은 있습니다."

"그래?"

우 학장은 말을 멈추고는 한혁의 얼굴을 들여다보았다. 마치 그 언젠가의 자신을 보는 것 같은 기분이었다.

"그런 사람들은 마음에 찾아오는 마를 다스렸을 겁니다. 저는 그들이 어떤 방법으로 그걸 다스렸는지 알고 싶습니다."

"나는 알 수 없다. 나 자신이 다스리지 못했으니까."

한혁은 우 학장의 설명에 멈칫하더니 입을 다물어버렸다.

사파이어

송병준의 벤츠가 정금당 앞에 멈추었다. 언젠가처럼 송병준이 내리고 그 뒤를 은교가 따라 내렸다. 그리고 이번에는 한 사람이 더 있었다. 바로 송병준의 어머니였다.

"내가 아무에게도 팔지 못하도록 해두었어. 그 사파이어 말이야. 은교 너만이 그 사파이어의 주인이 될 자격이 있으니까."

"저는 보석이 필요 없어요. 화려한 보석을 싫어하고요."

은교는 내키지 않는 듯 무거운 목소리로 말했다.

"무슨 말을 하는 거냐. 여자가 보석을 싫어해서는 안 된다. 보석은 여자의 지체를 높여주는 거야. 물론 만약의 경우를 대비한 비상책이기도 하지만."

어머니가 말했다.

세 사람이 들어오자 종업원들은 일제히 고개를 숙였다. 정금당으로서는 송병준의 어머니가 30년 이상의 큰손이었다.

"그 사파이어를 달라고 하는 사람들이 얼마나 많았는지 정말 애먹었습니다."

"잘했어."

"자, 껴보시죠."

보석상은 은교의 손을 테이블 위에 올려놓고는 반지를 집어들었다.

"아암, 이래야 됩니다. 손이 이렇게 가늘고 길어야 해요. 요즘 여자들은 얼굴은 예쁘지만 손은 엉망이란 말입니다. 사실 얼굴은 아무나 예쁠 수 있는 거지만 손이 예뻐야 진짜 미인이거든요. 그리고 이런 손에는 이 푸른빛 사파이어가 제격입니다. 사파이어를 끼워줄 수 있는 사람만이 이런 손의 주인과 어울리죠."

보석상은 입술에 침도 안 바르고 각종 미사여구를 주워댔다. 하지만 은교는 자신도 모르게 손가락을 오므렸다.

"껴봐, 은교. 자, 손을 이리 줘. 내가 끼워줄게."

은교는 천천히 손가락을 폈다. 송병준이 자신만만한 태도로 반지를 끼우자 파란색의 사파이어가 은교의 손가락 위에서 빛을 발했다.

"오오!"

"이야!"

사람들의 입에서 탄성이 절로 나왔다. 은교는 갑자기 이상한 기분이 들었다. 이제껏 그리도 거부감을 느껴왔지만 막상 파란 사파이어가 자신의 손가락 위에서 내는 빛을 보자 그런 감정은 씻은 듯 사라지는 것이었다.

"많은 보석을 봐왔고 그 주인들을 봐왔지만 이렇게 잘 어울리는 경우는 본 적이 없습니다."

보석상은 다시 입에 발린 소리를 했다. 하지만 은교는 이번에는 그 소리가 그다지 싫지 않았다. 사파이어는 어딘지 자신을 한 단계 끌어올려 주는 듯한 기분을 들게 했다.

"사모님, 이건 절대적입니다. 결코 상대적이 아닙니다."

보석상은 무슨 뜻인지 모를 소리를 감격적으로 토해냈다.

"정말 잘 어울리는구나. 나도 수많은 보석을 사왔지만 이렇게 아름다운 보석은 처음 본다."

은교는 차츰 야릇해지는 기분을 느꼈다. 아마 지금 이 순간부터 자신은 지금과는 다른 세계로 편입되는 것인지 모른다는 생각이 들었다. 자신만 거부하지 않는다면 다른 세계로의 이행은 필연적일 것이다. 주변의 모든 사람들이 그걸 애타게 원해왔고 어쩌면 자신은 이미 그럴 결심이 서 있는지도 몰랐다.

"얘야, 뭐라고 말 좀 해봐라."

"감사합니다."

보석은 기묘한 힘을 지니고 있었다. 은교의 입에서는 자신도 모르게 감사의 말이 흘러나왔다.

"후후, 어머니. 이건 약혼반지예요."

"그럼 결혼반지는 따로 있다는 얘기냐?"

"물론이죠. 결혼반지는 붉은색의 루비로 해야죠. 사랑하는 은교에게 저의 타는 듯한 정열을 보여줘야죠."

이상한 일이었다. 조금 전까지만 해도 송병준의 입에서 이런 말이 나오면 역겨웠었지만 은교는 이제 그런 기분이 들지 않았다. 아니, 오히려 송병준이라는 사람의 열정이 느껴지는 듯했다. 은교는 이제 자신이 운명에 순종하고 있다는 생각이 들었다.

삐리리리, 삐리리리.

휴대폰 소리였다. 은교는 핸드백에서 휴대폰을 꺼냈다. 창에 뜬 번호를 볼까 하다 그냥 받았다.

"잘 있었어요?"

이상한 일이었다. 지난번에 이어 이번에도 송병준과 함께 있을 때 서후의 전화가 걸려온 것이다.

"네, 안녕하세요?"

문득 지난번 헤어질 때 서후가 했던 말이 떠올랐다. 그때 서후는 단 한 번은 전화를 할지도 모른다고 했었다. 이게 바로 그 전화라 생각하니 결코 소홀히 받아서는 안 된다는 생각이 강하게 들었다.

"저, 서울에 올라왔습니다."

은교는 송병준의 어머니에게 가볍게 고개를 숙이고는 문을 열고 밖으로 나갔다. 송병준이 은교의 뒤를 따라 나왔다.

"네, 언제 오셨어요?"

"이제 막 도착했어요."

"볼일이 있으신가 봐요."

"네, 미국으로 가려고요."

은교는 잠시 망설였다. 오늘이야말로 마지막 순간이란 생각이 들었다. 이런 은교를 송병준은 싸늘한 눈으로 쳐다보고 있었다. 은교의 눈길이 자신도 모르게 손에 끼워져 있는 사파이어 반지에 가서 멈추었다. 은교는 눈을 들어 송병준의 얼굴을 쳐다봤다. 그의 얼굴이 점점 붉게 물들고 있었다.

"어디 계세요?"

"남산, 타워호텔 커피숍이에요."

"……."

"올 수 없어요?"

은교는 망설였다. 다시 자신을 응시하고 있는 송병준의 뜨거운 눈길이 느껴졌다.

"갈게요."

은교는 전화를 끊고는 가게 안으로 걸음을 옮겼다. 송병준은 말없이 은교의 뒤를 따랐다. 은교는 반지를 빼 종업원 앞에 놓았다.

"포장해 드릴까요?"

송병준은 감정을 억제하면서 최대한 부드러운 목소리로 말했다.

"그냥 끼고 가."

"아니에요."

"부탁이야, 끼고 가줘!"

송병준의 어머니가 가시 돋친 목소리로 끼어들었다.

"도대체 무슨 일인데 그러냐? 오늘같이 중요한 날 어딜 간다고? 말해라, 도대체 무슨 일인지. 나도 알아야겠다."

은교는 말없이 반지를 낀 후 송병준의 어머니에게 고개를 숙이고는 몸을 돌려 문으로 걸어갔다

"고마워, 은교! 전화해줘. 기다릴게."

"미안해요. 곧 전화드릴게요."

서후는 은교를 보자 아무렇지도 않은 표정으로 손을 들었다.

"미국으로 가려고요."

"……."

"이번에 가면 오래 있을 것 같아요. 어쩌면 안 돌아올지도 모르고요."

"저 때문인가요?"

"그럴지도 모르죠. 하지만 부담 가질 필요는 없습니다. 어차피 저는 카지노 게임을 하면서 살게 되어 있는 사람이에요."

"가진 돈을 다 잃으면 어떻게 지낼 건가요?"

"인고의 세월을 보낼 수밖에요."

"인고의 세월이란 뭐죠?"

"속으로 울며 시간을 보내야 한다는 뜻이에요."

"그러면요? 그러고 나면 방법이 나와요?"

"나오겠지요."

"도대체 이해할 수가 없어요. 여기 한국 같으면 기댈 사람이라도 있겠지만 거기는 아는 사람도 없을 테고, 있어봐야 돈을 마련해주지도 않을 텐데……. 돌아오는 비행기 표는 가지고 가나요?"

서후는 고개를 저었다.

"아무것도 안 되면 또 자살하려는 것 아니에요?"

"자살이요? 내 의식의 한편에는 늘 자살이란 것이 웅크리고 있지만, 히말라야에서는 돈을 잃어서 자살하려 했던 게 아니에요."

"그럼요?"

"사람을 잃었었죠. 사랑하는 친구를요."

"애인이었나요?"

"아니요. 친구였어요."

"친구를 잃었다고 자살을 해요?"

"꼭 그 때문만은 아니었어요."

"무슨 일이 있었는데요?"

"다음에 얘기할게요."

"다음? 다음은 없을 수도 있잖아요. 안 돌아오시면."

"……"

서후가 말이 없자 은교는 목이 타는지 물잔을 들어 물 한 잔을 다 들이켰다. 이런 모습을 잠자코 지켜보던 서후가 뜻밖의 얘기를 툭 던졌다.

"같이 미국에 가는 걸 생각해봤어요."

"네?"

은교는 깜짝 놀랐다. 너무나 도발적인 얘기였다.

"미국엘 같이 가는 거요."

"어머! 어떻게 그런 생각을?"

"뭐든 생각은 할 수 있잖아요. 가능하든 않든."

"라스베이거스에요?"

"아니, 로스앤젤레스에요. 거기선 봉사 활동이 더 활발해요."

은교는 마음에도 없는 웃음을 흘렸다.

"호호, 도박 상담을 계속해요? 도박사와 같이 지내면서요?"

"그렇네요. 하지만 진정한 도박은 은교 씨가 생각하는 것과 좀 달라요."

"진정한 도박이요? 그게 뭐죠?"

"전에도 한 번 얘기했지만 그건 고도의 정신 행위예요. 도박을 쾌락이나 탐욕으로 하지 않고 깊은 수양으로 하는 거죠."

"도박은 인간을 파괴하는 행위예요. 저는 그런 예를 너무나 많이 봤어요."

서후는 더 이상 얘기하지 않았다. 은교도 말을 자제하고 화제를 바꿨다.

"언제 출발해요?"

"마음이 잡히는 대로요. 사실 출발이고 뭐고 할 것도 없어요. 불쑥 비행기만 타면 그만이니까요. 영월도서관은 이미 그만뒀어요."

은교는 왠지 마음이 급해졌다. 서후는 그냥 그렇게 보내야 할 사람이었다. 그저 아스라이 멀어져갈 수밖에 없는 사람인데 왜 마음이 급해지는지 이해가 가지 않았다.

"아는 사람들에게 인사는 했어요?"

"아니요. 인사를 할 정도로 아는 사람들이 없어요."

"짐은 다 쌌어요?"

"짐은 없어요."

은교는 천천히 고개를 끄덕였다.

"아는 사람들이란 같이 카지노 게임을 하는 사람들밖에는 없는 거죠?"

여러 가지 감정이 뒤섞인 목소리가 은교의 입술을 타고 흘러나왔다. 서후는 고개를 끄덕이는 듯했다.

"뭘 좀 해드려야 할지 모르겠네요."

은교는 자신이 해줄 수 있는 게 아무것도 없다는 걸 이미 잘 알고 있었다.

"같이 갈 수 없어요?"

은교는 희미하게 웃었다. 서후는 잠시 은교의 대답을 기다리다 역시 웃었다.

"너무 무리한 요구였죠?"

두 사람 사이에는 길고 긴 침묵이 이어졌다.

떠오르는 태양

강원랜드의 최낙영 부장은 서울에서의 일을 마치고 나서 유 회장의 휴대폰 번호를 눌렀다. 어제 유 회장으로부터 만나자는 전화가 걸려왔었던 것이다.

"유 회장님, 접니다."

"그래, 최 부장. 볼일을 끝냈나?"

"네, 방금 마쳤습니다."

"그럼 저녁을 같이 할까?"

"네."

둘은 조용한 식당에 마주 앉았다.

"이제 자네도 이 분야 경력이 30년쯤 됐나?"

"네, 28년째입니다."

"그러고 보니 자네도 많이 늙었군. 처음 봤을 때가 이십대 초반이었는데."

"네. 속리산 관광호텔에서 처음 뵈었었죠."

"그러게 말이야. 그런데 오늘은 뭘 좀 물어보고 싶어 불렀네."

"네, 회장님."

"강원랜드에서 제대로 게임을 하면서 3년 이상 이기고 있는 자가 있나?"

"잘 아시지 않습니까."

최 부장이 웃으며 말했다. 그런 인물이 있겠느냐는 뜻이었다.

"그럴 테지."

유 회장의 얼굴에 낙담하는 기색이 역력했다. 사람을 찾고 있다는 것을 짐작한 최 부장이 말을 이었다.

"눈에 띄는 젊은이가 하나 있긴 합니다. 아래층에서 작게 게임을 하는데 매우 인상적입니다."

"어떤데?"

"거의 이겨갈 때가 많지만 무엇보다도 인상적인 것은 질 때입니다. 질 때의 모습이 참 편안해 보입니다."

"질 때 모습이 인상적이다? 이길 때는 얼마씩을 이기지? 얼마를 가지고?"

"500을 가지고 와서 100을 이기면 그걸로 끝입니다."

"100만 원이라……. 질 때는?"

"역시 50이나 100 정도입니다. 이겨도 져도 표정엔 변함이 없습니다."

"늘 이기는 자들은 없나?"

"오래되진 않았지만, 최근에 오는 두 젊은이가 있는데 항상 안전하게 이깁니다. 이들은 VIP 룸에서 게임을 합니다."

"어떻게 하지?"

"극히 안전한 게임입니다. 각각 2,000을 들고 와서 200이나 300을 따면 꼭 일어나서 가는데, 마지막 날에는 100을 따고 일어나 가더군요. 아주 잘 훈련된 도박사 같았습니다."

"얼마 동안 게임을 했지?"

"열흘간 했는데 총 2,800을 이겨서 갔습니다. 둘이 합하면 5,600입니다."

"위험한 적은 없었나?"

"완벽했습니다. 어떤 함정에도 걸리지 않았습니다."

"젊은 아이들이 그럴 수 있나?"

"아무래도 누가 뒤에 있는 것 같습니다."

"그런데 카지노 게임이란 것이 연습한다고 되나? 학습이 되는 거냔 말이야."

"안 되는 걸로 알고 있습니다만 그들을 보니 어떤 고수가 뒤에 있지 않은가 하는 느낌이 들었습니다. 흠결이 없었으니까요."

"그래……. 그들을 만나봐야겠네."

"무슨 이유라도?"

"그건 묻지 말게."

"알겠습니다. 그런데 저어……."

"말하게."

"만약 게임을 잘하는 사람을 찾으신다면 아래층에서 게임을 하는 그 젊은이도 괜찮을 것 같습니다. 주목해서 보고 있는데 참으로 침착하고 여유 있는 게임을 합니다."

"아니, 지금 얘기한 그자들이 낫겠어. 그런데 자네가 말하는 그 친구는 어떤 플레이를 하는 거지?"

"요즘 오는 둘 중 남자와 아주 흡사합니다."

"그래? 차이점은?"

"아직 두 젊은이의 게임을 확실하게 분석하진 못했지만 이 젊은이는 찬스에서의 폭발력이 일품입니다."

"찬스 벳이 죽으면?"

"다시 밑에서 깁니다. 어느 만큼이 될 때까진 무서울 정도로 참아냅니다."

"이름도 아나?"

"이서후입니다."

"이서후라……."

"특이한 점은 늘 책을 갖고 다닌다는 겁니다. 카지노 안에서도 종종 책을 보고 있더군요."

"무슨 책을 보지?"

"마르쿠스 아우렐리우스의 《명상록》을 늘 들고 다니더군요."

"재미있는 친구군. 하지만 그 젊은 커플이 낫겠어. 그들을 찾아서 내게 연락을 해주게."

"알겠습니다."

우 학장을 비롯한 세 사람이 다시 카지노에 나타난 것은 마지막으로 100만 원씩을 이겨간 날로부터 5일 후였다.

"이번에는 3,000을 가지고 시작한다. 목표는 다음과 같다."

우 학장은 목표액을 적은 종이를 건네주었다.

400

700

800

1,100

1,300

1,300

800

1,200

1,500

900

"열흘 동안 1억을 이기는 게임이다."

"액면 분할이 재미있네요. 중간과 마지막에 낀 800이나 900이 게임을 한층 쉽게 만들어주는 듯한 기분이 드는데요."

"많은 연구 끝에 만들어낸 액면 분할이다. 이건 처음 3일의 플레이가 승부야. 처음 3일을 잘하면 그 뒤는 아주 쉽다."

"이기면 오늘 중으로 다시 서울로 돌아가나요?"

"물론이다. 아직 너희들은 카지노의 마를 이겨낼 내면의 힘이 없다. 아니, 힘이 있다 하더라도 돌아간다. 세계적인 프로들은 다 이런 식으로 자기 방어를 한다."

"알겠어요."

"끝나면 전화해라."

우 학장은 시합장에 선수를 데리고 와 풀어놓는 코치처럼 두 사람을 들여보냈다.

대중적 방법

두 사람은 각기 다른 테이블에 앉았다. 혜기는 늘 하던 대로 기다리고 기다렸다. 혜기의 게임 방법은 비교적 대중적인 것이었다. 혜기는 다섯 번의 기록을 참고로 한다. 혜기는 이것을 흐름이라고 생각했다. 즉, 지난 다섯 번의 기록 중 뱅커가 많으면 뱅커의 흐름, 플레이어가 많으면 플레이어의 흐름이라고 생각한다.

"찬스인데 왜 벳을 안 해요?"

옆에 앉은 사람이 혜기에게 말을 걸어왔지만 혜기는 말없이 웃었다. 옆 사람은 확실한 뱅커의 흐름에서 플레이어에 잔뜩 베팅을 하고는 져버렸다.

"에이 씨팔!"

그는 분노한 얼굴로 다시 맥시멈 벳을 했다. 혜기는 이번에도 벳을 하지 않았다. 그는 자신이 플레이어를 그려내기라도 하겠다는 듯 플레이어에 연속해서 몇 번 더 베팅을 했지만 항상 뱅커가 나왔다. 혜기는 그림보다 중요한 게 흐름이라고 얘기해주고 싶었지만 꾹 참았다.

'옆 사람과 게임에 대해서 얘기를 나누면 반드시 진다. 아무리 불쌍해도 충고를 해서는 안 된다.'

우 학장이 혀가 닳도록 타이르던 말이다.

다음으로 혜기가 참고하는 것은 그림이었다. 사람들은 그림의 규칙성을 추구하지만 어느 슈는 철저히 불규칙적으로 나오기도 한다. 규칙성을 좇는 게 나은지 불규칙성을 좇는 게 나은지에 대해서는 확실한 통계가 없다. 그러니 마찬가지라는 얘기다. 그래서 그림만 보고 베팅을 해서는 안 되고 여러 가지를 참고로 해야 하는 것이다.

"야, 이번에는 무조건 뱅커야! 무조건이라니까. 이 그림에서 뱅커가 안 나오는 법은 없어! 다 질러!"

이런 말을 하는 사람은 무조건 바카라에서 진다. 혜기는 그걸 너무도 잘 알고 있었다. 바카라의 그림은 형성되는 동안 위기도 점점 커진다. 그래서 가장 분명해 보이는 그림이 가장 위험하기도 하다. 따라서 그림을 따라 플레이를 한다면 그 사람은 무조건 지게 된다. 그림이 변할 때마다 그 사람은 한 번씩 지게 되는데, 그림의 본질은 규칙성보다는 불규칙성에 더 가깝기 때문이다. 그러나 사람들은 그림과 거꾸로 베팅을 할 수는 없다. 그게 인간의 약점이자 그림의 한계인 것이다.

다음으로 혜기가 참고로 하는 것은 자신의 느낌이다. 이것은 그림과는 상관없이 작용한다. 흐름과 그림이 아무리 뱅커 쪽으로 나와도 자신의 느낌이 플레이어라면 혜기는 벳을 하지 않는다. 또 하나 혜기가 참고로 하는 것은 다른 사람들의 벳이다. 주변의 벳이 뱅커와 플레이어로 반씩 엇갈려 있을 때 혜기는 벳을 하지 않는다. 거의 만장일치일 때가 아니면 혜기는 벳을 하지 않거나 극히 작은 벳을 할 뿐이었다.

위의 네 가지 조건이 다 일치할 때 혜기는 벳을 한다. 그리고 이런 조건을 다 갖추고 그림이 비슷하게 따라줄 때까지 혜기의 게임을 조정하는 원동력은 바로 기다림이다. 혜기는 기다리고 또 기다린다. 이런 원칙이 맞는다고 해서 그대로 나오는 건 아니기 때문이다. 무엇보다도 혜기의 게임을 결정하는 것은 바로 벳의 액수에 관한 자기의 원칙이었다.

'바카라는 절대로 그림을 맞히는 게임이 아니다. 바카라는 벳을 조정하는 게임이다.'

우 학장의 이 말은 혜기의 귀에 못처럼 박혀 있었다. 혜기는 언제나 벳의 액수를 조정하는 데 머리를 쓰곤 했다. 그러나 혜기의 벳은 만만치 않은 액수다. 혜기는 오래 기다리는 대신 강력한 벳을 하곤 한다. 그렇다 하더라도 몇 번의 벳이 틀릴 경우 수습하지 못할 정도의 벳은 하지 않는다.

"플레이어입니다."

혜기는 딜러가 내주는 칩을 들고 자리에서 일어났다. 30분도 채 지나지 않아 400만 원을 이긴 것이다. 보통 사람들의 경우 3,000만 원을 가지고 플레이를 시작하면 1~2분 안에 400만 원을 이기든 지든 한다. 그러나 진정한 도박사는 이기고 지는 것보다 그 과정을 더 중시한다. 승부를 다루는 많은 사람들이 이런 얘기를 하곤 한다.

"프로에게는 결과가 중요하다. 과정은 아무 소용이 없다. 결국은 이겼느냐 졌느냐가 중요한 것이다."

그러나 그 말은 작은 승부를 다루는 사람에게는 맞을지 모르지만 큰 승부에서는 다른 결과를 낳는다. 인생의 승부를 다루는 사람에게 그때그때의 결과는 아주 조그만 티끌일 뿐이다. 그 티끌을 이어주는 하나의 커다란 원칙. 그 원칙에 결손이 나서는 인생의 승부를 결코 이겨낼 수 없는 법이다.

평소와 달리 한혁도 혜기와 비슷한 시간에 일어났다. 혜기는 너무도 의외였다.

"어쩐 일이야? 설마 마구 쳐댔을 리는 없고."

한혁은 대답이 없었다. 혜기는 상당히 좋은 그림이 나왔을 거라고 생각했다. 자신이 기다리는 동안 한혁은 계속 작은 벳을 했을 테고 그게 잘 맞았을 것이었다.

혜기는 우 학장에게 전화를 걸었다. 두 사람은 우 학장이 기다리는 카페로 가는 동안 얘기를 나누었다.

"왜 이렇게 갑자기 목표가 커졌을까?"

혜기가 말없이 앞장서서 걷는 한혁에게 물었다.

"무슨 생각이 있으시겠지."

"자신 있어? 1억까지."

"나는."

한혁이 고개를 끄덕였다.

"그럼 내가 걱정된다는 얘기야?"

"나는 나밖에 몰라. 남까지 알 순 없어. 그러나 너는 당분간은 확실하게 이겨낼 거야. 나보다도 더 확실하게 말이야."

"뭐라구? 나는 너에 비하면 한참 하수라고 생각했는데."

한혁은 고개를 저었다.

"왜 나를 그렇게 높이 쳐주지? 내게 도대체 무슨 힘이 있다고?"

"너의 무욕."

"무욕?"

"그래. 우 학장님이 얘기했잖아. 카지노를 이기는 가장 큰 힘은 무욕이라고."

"그 말을 믿어?"

"확실히 믿어."

"왜?"

"그분은 대단한 고수야. 인간이 갈 수 없는 영역까지 간 분일 거야. 모든 것을 다 알고 있어. 뭐든 믿어야 해. 그분이 말하는 거면."

"그런데 학장님은 왜 우릴 키우는 걸까? 직접 안 하고."

"이유가 있으시겠지."

우 학장은 두 사람을 차에 태우고 식당으로 갔다.

"왜 꼭 식사를 하러 오시죠?"

"긴장을 빨리 풀어버리는 방법이다."

"저희는 긴장하지 않았는데요."

"알아. 하지만 습관을 들이는 거지."

"그것도 게임에 있어 중요한가요?"

"그래. 긴장을 못 풀면 여러 가지 문제가 생겨. 도박사가 갖추어야 할 요건 중 하나는 숙면이야. 식사는 긴장을 풀고 숙면을 취하기 위해 필요하지."

"별게 다 게임과 관련이 있군요. 음료에도 가려야 할 게 있나요?"

"그래. 술은 절대 안 되고 음료도 콜라 같은 것은 좋지 않아."

"왜요?"

"사람의 참을성을 해치는 음료지. 그냥 물이 제일 좋아."

"푸훗!"

혜기는 웃었지만 한혁은 우 학장의 그 말조차 깊게 받아들이려는지 골똘히 생각하는 모습이었다.

본전을 지켜라

다음날도 역시 똑같은 게임이 시작되었다. 700을 이기는 게임이었지만 이미 3,400을 갖고 시작하는 혜기에게는 그리 문제가 되지 않는 액수였다. 혜기는 일찌감치 게임을 마치고 한혁의 게임을 진지하게 관찰했다. 자신이라면 100을 쳤을 그림에서 한혁은 고작 20을 치고 있었다. 한혁은 거의 언제나 테이블에서 가장 작은 금액을 베팅하는 편이었다. 그러나 그는 일단 이긴 금액이 200이 되면 그걸 한번에 다 쳐버렸다. 그게 지자 한혁은 다시 10이나 20을 베팅하면서 칩이 붇기를 기다렸다.

다시 200이 되자 한혁은 또 한번에 쳤다. 이번에는 맞자 한혁은 잠시 기다렸다. 그리고는 350을 한번에 쳤다. 이겨서 700이 되자 한혁은 자리에서 일어났다.

테이블에 앉은 사람들은 한혁이 늘 10이나 20을 베팅하다가 어느 순간 350까지 치는 걸 보고 다소 놀라는 표정들이었다.

혜기는 한혁이 자신보다 훨씬 안전한 베팅을 한다는 생각이 들었다.

"큰 벳이 지면 바로 작은 벳으로 줄여 참아내는 게 일품이었어."

"그랬어?"

"우 학장님이 가르친 것을 모두 받아들인 사람은 너밖에 없을 거야."

한혁은 언제부턴가 혜기의 얼굴을 가만히 들여다보는 습관이 생겼다.

혜기는 우 학장에게 한혁의 플레이에 대해 얘기했다.

"저는 그런 힘이 없어요. 200을 쳤다 죽으니까 바로 10으로 베팅을 줄이는데, 그 힘에 놀라지 않을 수 없었어요. 맞았을 때 바로 350을 다시 쳐서 순식간에 700을 만드는데, 저는 도저히 따라갈 수 없는 힘과 속도였어요."

"한혁이 이제껏 해온 플레이는 안전을 최우선으로 하는 것이다. 보통 사람들은 400 아니라 4,000도 치지만 그 후에 10으로 복귀를 못한다. 절대로 못하지. 그런 점에서 한혁의 힘은 이미 세계 최고 수준에 가 있다."

"저는 한혁이 절대로 안 무너지겠구나 하는 느낌이 들었어요."

"……."

"한혁은 거의 본능처럼 본전을 지켜요."

"그래, 내가 늘 얘기하지만 카지노 게임에서는 본전을 지키는 게 무엇보다 중요하다. 사람은 본전이 허물어졌을 때 흔들리기 시작한다. 비록 그것이 아무리 작은 액수라 하더라도 말이야."

"네, 그건 귀에 못이 박히도록 들었어요."

"그래서 본전 무렵에서는 아주 조심스럽고 섬세한 플레이를 해야 한다. 최저 베팅을 하면서 칩이 어느 정도 불어날 때까지 기다리고 또 기다려야 해."

"네."

그들은 다음날도 같은 플레이를 이어 나갔다. 3일째의 목표인 800을 이기자 혜기는 자신감이 꿈틀대는 것을 확연히 느낄 수 있었다.

"첫날 학장님이 처음 3일이 중요하다 그러셨잖아. 과연 그런 것 같아."

"……."

"이제는 4,900을 가지고 1,100을 이기면 되고 그 다음날은 6,000을 가지고 1,300을 이기면 되니 차츰 쉬워질 것 같아. 마지막에는 1억 2,100을 가지고 900을 이기면 되잖아."

"너는 그 쉽다는 생각 때문에 크게 한 번 다칠 거야."

혜기는 이내 고개를 끄덕였다. 아무리 해도 자신에게는 한혁의 묵직함이 생겨나지 않는다는 사실이 아프게 다가왔다.

"솔직히 나는 네가 너무 부러워."

그 계획이 마무리될 무렵 혜기와 한혁은 우연히 마주친 카지노의 영업부장으로부터 누군가가 자신들을 만나고 싶어 한다는 얘기를 들었다.

"글쎄요, 어째야 할지 판단이 안 서는데요."

"점잖은 분입니다. 해가 될 일은 없을 겁니다."

"그분 성함이 어떻게 되신다고요?"

"유사종 회장님입니다."

"알겠습니다. 내일 와서 대답을 드릴게요."

혜기는 돌아가는 차 안에서 우 학장에게 영업부장 얘기를 꺼냈다.

"유 회장이 만나자고 했다는 건가?"

"네."

"음."

"아시는 분이에요?"

우 학장은 말없이 고개를 끄덕였다.

"어떤 분이죠?"

"무서운 자제력을 가진 분이다. 사람들은 이길 때에는 모든 걸 잘한다. 하지만 질 때에는 옆에서 보기가 안쓰러울 정도로 모든 걸 망가뜨리지. 그분은 그런 면에서 세상에 독보적인 존재다."

"망할 때 잘하는 분인 모양이네요."

"그래. 바로 그거야. 그분은 망할 때에 누구도 따라올 수 없는 힘을 발휘하지. 모든 걸 누르고 더 이상 무리를 하지 않은 채 테이블에서 일어나는 분이야."

"그게 그렇게 대단한가요?"

"너희들은 어떨지 잘 모르겠다만 보통 사람에게는 너무도 어려운 일이다."

"저희는 일어나야 할 순간에 대해 배우고 또 배웠잖아요."

"그래, 배우긴 했지. 하지만 언젠가 너희가 잃을 때의 모습을 내가 보기 전에는 안심 못 한다."

"하여간 뭐라고 대답하죠?"

"만나야지. 점잖은 분이야. 아마도 너희에 대한 정보를 듣고 만나려 했을 거야."

"같이 가셔야 하지 않을까요?"

"아니다. 그분을 만나더라도 내 얘기는 하지 마라."

"특별한 이유라도 있나요?"

"아마 부담을 느낄 거다."

"알겠습니다."

다음날 900씩을 더 이겨 각각 1억을 채운 두 사람은 영업부장을 찾았다.

"여기 그분의 전화번호가 있습니다. 서울로 돌아가면 연락해 보세요."

"네."

우 학장은 유 회장에 대해 좋은 이미지를 가지고 있는 듯했다.

"아마 어떤 종류의 제안을 너희에게 할 것이다."

"네."

"생각해보고 대답을 하겠다고 하거라."

"알겠어요."

복수 준비

다음날 혜기와 한혁은 유 회장을 만났다. 유 회장은 테헤란로에 있는 자신의 사무실로 두 사람을 오도록 했다. 유 회장의 사무실은 무척 넓고 쾌적했다.

"이런 사무실은 처음 와봐요."

"멀리 오도록 해서 미안하네."

"무슨 말씀을요."

"강원랜드에서 눈부신 성적을 내고 있다는 얘기를 들었어. 3,000을 가지고 1억을 이겨내는 솜씨는 일품이었다고 하더군."

"욕심을 눌렀을 뿐이에요."

"바로 그 얘기를 하는 거야. 누구나 바로 그 욕심 때문에 지지. 처음부터 지는 사람은 없어. 조금 이기면 긴장이 풀어지고 더 큰 욕심이 스멀스멀 기어 나오지. 그래서 사람들은 끝없는 욕망의 심연에 하염없이 돌팔매질을 하게 되고, 결국은 모두 그 욕심의 포로가 되어 파멸을 맞이하는 거야."

혜기는 고개를 끄덕였다.

"그런데 두 사람은 어쩌면 그렇게 게임을 잘하지? 영업부장 말로는 매우 깊은 배움이 있었을 거라던데 과연 그런가?"

"네."

"호오, 카지노 게임이 배워서 되는 일이던가?"

"저희가 배운 것은 단순한 기술보다는 어떻게 심마를 만나지 않느냐 하는 것이었습니다."

"심마?"

"지금 말씀하신 욕심입니다."

"그러니까 욕심에 사로잡히지 않는 그런 법을 배웠다는 얘긴가?"

"그렇습니다."

"음, 누가 그런 걸 가르쳤지?"

"……."

"카지노 게임에서 욕심을 제어하는 것은 단순한 수도나 명상으로 되는 게 아니야. 아니, 수도나 명상을 한 자들이 카지노 게임에서는 더 무섭게 망가져. 수학이니 확률이니 하는 걸 주장하는 학자들과 수도인들은 난형난제야."

"호호호."

"바카라의 대가만이 그 괴물 같은 인간의 탐욕을 어떻게 피해야 하는지를 알 것 같은데. 누구지, 두 사람을 가르친 사람이?"

"스승님께서는 이름을 알리지 말라고 당부하셨습니다."

"음, 그렇겠군. 아마도 내가 아는 분일 테지."

혜기는 고개를 끄덕였다.

"그래, 아무래도 좋아. 내가 오늘 자네들을 만나고자 한 것은 두 사람의 도움이 필요해서야."

"저희를요?"

"그래."

"저희가 도울 일이 뭐 있겠어요? 스승님께서는 유 회장님이 대단한 분이라고 하시던데요. 오히려 저희보고 배우라고 하셨는걸요."

"상황이 좀 다르다."

"네?"

"지난 30년간 바카라를 해왔지만 나는 파멸하지 않았을 뿐이지 바카라에 이기진 못했다. 내가 마지막 순간에 일어나는 것은 파멸이 눈에 보이기 때문이지. 그것은 게임을 이겨내는 인내력과는 다르다."

"그러나 보통 사람은 그 마지막 순간에도 못 일어나잖아요."

"어쨌든 나는 한평생 사업을 하면서 바카라를 해왔다. 사업을 유지하면서 바카라를 계속할 수 있었던 것만으로도 큰 행운이었지."

혜기는 유 회장이 참 솔직한 사람이라는 생각이 들었다.

"수많은 돈을 바카라에 쏟아부었어. 하지만 바카라에 잡히지는 않았다."

"그것만 해도 대단하세요."

"그래. 그런 점에서 나는 바카라의 패자는 아니다. 그런데 이제 일생일대의 위기를 맞은 것 같다."

"네?"

"동생을 잃었다. 악마 같은 놈들한테."

"어머!"

"도저히 이길 수가 없는 놈들이다. 하지만 나는 복수를 해야만 한다."

"그럼 저희가?"

"나는 아직 방법을 모른다. 하지만 누군가와 같이 해야만 한다는 것은 안다. 두 사람이 날 도와줬으면 좋겠어."

"저희가 그런 실력이 있을 리가 없어요."

"나도 그 점을 확신할 수는 없다. 하지만 누가 뭐래도 너희는 강원랜드의 영업부장이 추천한 한국 최고의 실력자들이다."

"네? 저희가요? 이제 겨우 두 번 했을 뿐인데요. 그리고 모든 것은 스승님의 프로그램이었어요."

"실력이 없으면 어떤 프로그램도 실행할 수 없다. 물론 너희들 뒤에 있는 그 스승의 도움도 받고자 한다."

"스승님과 의논해봐야겠어요."

"저들은 라스베이거스에 있다. 나는 200만 달러를 준비할 것이다. 진다면 그걸로 끝이다. 이긴다면 그 이긴 돈을 너희들의 스승에게 주겠다. 그렇게 전해다오."

"네, 알겠습니다."

우 학장은 혜기로부터 유 회장의 말을 전해 듣고는 한동안 깊은 생각에 잠겼다. 그는 두 사람의 생각과는 달리 선뜻 결정을 하지 않고 고민을 계속했다. 종일 고민하던 그는 이윽고 전화기를 들었다.

"유 회장, 나 우필백이오. 아이들로부터 얘기를 전해 들었소."

"음, 당신이었군요."

"만납시다."

"고맙소."

우 학장의 정체

"나는 도저히 이길 수 없다는 것을 알았어요. 그래서 오랫동안 고민을 거듭했지요. 20년 이상 모든 것을 바카라에 바친 나로서는 도저히 물러설 수가 없었어요."

유 회장은 고개를 끄덕였다. 한때 마카오 최고의 프로 갬블러로 불렸던 우필백이 잠적한 이유를 알 것 같았다.

"20년도 더 됐지요. 내가 처음 우 프로를 만났던 것이."

"한 22년 되나 봅니다."

"대단했지요. 처음 봤을 때 나는 솔직히 우 프로에 대한 존경심으로 가슴이 뻥 뚫린 것 같았어요. 그 50연승의 대기록하며……."

"마귀 같은 모습이었지요."

"그간 한국인을 멸시하던 모든 중국인들이 우 프로를 보고는 한국인에 대한 인식을 완전히 바꾸었으니까요. 아마 우 프로가 마카오 기록을 보유하고 있지 않나요? 3천으로 176억을 이겼으니 말이오."

"그 정도 이긴 기록이야 대단할 것도 없어요."

"하지만 맥시멈이 5,000밖에 되지 않는 테이블에서 5일간 그렇게 이긴다는 것은 불가능하지요."

"모두가 경악하긴 했지만 내게는 괴롭고 부끄러운 기억으로 남아 있어요."

"그럴 리가?"

"얼마 후 그 이긴 돈을 다 잃고 말았으니까요."

"호오, 그랬나요?"

"그 사건 이후 나는 은퇴했어요."

"그랬군요."

"나는 몇 년간 과연 나에게 갬블이란 뭔가를 깊이깊이 생각했어요. 그리고 결론을 얻었지요."

"어떤 결론을?"

"나는 결코 이길 수 있는 사람이 아니었어요."

"음, 그 결론은 의미심장하군요. 마카오의 대기록을 세우고 한국에서 가장 강하다는 우 프로가 그런 결론을 얻었다는 것은."

"그때의 모습이야말로 내 인생에서 가장 비참했었다고 생각해요. 돈에 휘둘려 내면의 악마에 대항하지 못하고 이성을 잃은 채 오직 욕심의 악귀에 휘둘려 광분하다 완전히 몰락했지요. 다시는 생각하고 싶지도 않은 처참한 모습이었어요."

"음."

"하나 다행인 것은 그 일로 말미암아 나는 나 자신의 참모습을 알게 되었다는 사실이지요. 아까 얘기한 대로 나는 결코 카지노를 이길 수 없는 사람이었어요."

유 회장은 망연자실한 표정으로 우필백이 하는 얘기를 듣고 있었다. 한때 마카오에서 그토록 쟁쟁한 이름을 날리던 우필백이 자신은 결코 카지노에 이길 수 없다고 말하는 것이 충격으로 다가오고 있었다.

"음."

유 회장은 자신도 모르게 신음을 내뱉었다. 새삼 자신이 처한 어려움이 피부에 와 닿았다. 지금 라스베이거스에서 자신이 상대해야 하는 인물들은 그저 손님이 하는 대로 묵묵히 기다려주는 카지노가 아니었다. 이들은 카지노보다 몇 배 무서운 적들이었다. 카지노는 손님이 뭘 하든 묵묵히 기다릴 수밖에 없다. 거기에는 어떤 심리적 조작도 있을 수 없다. 하지만 이들은 달랐다. 손님과 완전히 거꾸로 벳을 함으로써 끊임없이 손님에게 갈등과 증오를 유발하는 자들이다.

"아이들을 통해 유 회장님이 처한 어려움을 듣고 고민을 많이 했어요. 사실 그 애들은 내가 오랜 연구 끝에 찾아낸 나의 승부수니까요."

"승부수라고요?"

"그래요. 나는 바카라에 이길 수 없는 사람이지만 카지노 게임의 모든 걸 아는 이상 불패의 도박사를 창조해낼 수는 있다는 결론에 도달했어요."

"호오! 그럼 그 애들이?"

"나의 분신이지요. 내가 창조해낸 도박사들이에요."

"그런데 하나 이해할 수 없는 게 있소."

"뭔가요?"

"어째서 우 프로는 자신이 카지노 게임에 이길 수 없는 인물이라고 생각하는 거요? 누구도 가지지 못한 대기록을 가진데다 카지노 게임의 모든 걸 다 알면서."

"이미 나의 마음은 욕심으로 가득 채워져 있어요. 도저히 절제를 못한단 말이지요."

"그러면 그 분신들도 마찬가지가 아니오? 우 프로가 그 아이들을 움직인다면 그들에게 우 프로의 욕심이 그대로 전달될 거 아니오?"

"다르지요. 나는 그 애들에게 나의 치밀하고 명료한 생각만을 전달하지요. 그 애들은 나의 지시를 따르기만 하면 되고요. 나는 게임을 하는 동안 욕심이 일어나면서 처음 내가 계획했던 것을 바꾸게 됩니다. 하지만 그 애들은 나의 지시만 따르기 때문에 내가 세운 그 치밀한 계획을 자신들의 욕심 때문에 바꾸지는 못합니다."

"그럼 우 프로가 창조해낸 그들은 다만 로봇에 불과한가요?

요즘은 아바타라고 부르나?"

"그렇진 않아요. 그들이라고 왜 마음이 없겠습니까? 마음. 그들도 마음과의 대결로 엄청난 고통을 받고 있지요. 매번 벳을 할 때마다 일어나는 쉬운 길에의 유혹. 설마 그걸 아무나 해낼 수 있으리라고 생각하는 건 아니겠지요?"

"그럼요. 음, 어쩌면 우 프로는 엄청난 생각을 해낸 것 같군요. 모든 지혜를 터득한 자신과 자신이 어쩌지 못하는 욕심이 없는 젊은 도박사와의 결합. 대단하다는 생각이 들어요. 어쩌면 그놈들을 이길 수도 있겠어요."

"하여튼 한번 해봅시다."

"고맙소."

유 회장은 결의에 찬 손을 내밀었다.

"그런데 그 아이들이 아직 미국 비자가 없어요."

"그런 건 염려 말아요. 즉시 만들 테니까."

"그럼 여행 준비를 시키지요."

"물론이오."

유 회장은 단골 여행사의 사장에게 직접 전화를 걸어 혜기와 한혁의 비자를 부탁했다.

이별

딩동!

은교는 얼른 휴대폰을 꺼내 창에 뜬 문자 메시지를 보았다. 서후였다.

오늘 밤 LA로 떠납니다. 그동안 고마웠어요.

메시지는 너무도 간단했다. 은교는 눈물이 왈칵 쏟아지려 했다. 무엇이라도 하고 싶었지만 할 일이 아무것도 없었다. 은교는 상담 접수록을 꺼냈다. 다른 데 정신을 쏟고 싶었던 것이다. 하지만 은교는 이기적인 자신의 행위에 견딜 수 없었다.

카지노 게임을 하든 뭘 하든 서후는 자신을 위기에서 건져준 사람이었다. 3만 달러가 넘는 돈을 주고도 전혀 내색조차 하지 않는 사람이었다. 무엇보다도 그는 외로운 사람이었다. 얼마나 외로웠으면 갑자기 미국으로 같이 가자고 했을까 생각하던 은교는 밖으로 뛰어나가 택시를 잡았다.

"인천공항으로 가주세요!"

택시 안에서 은교는 전화로 항공사의 친구에게 부탁해 7시 50분에 떠나는 대한항공 탑승자 명단에서 서후의 이름을 확인했다. 은교의 눈길이 시계를 향했다. 벌써 6시를 넘고 있었다.

"최대한 빨리요!"

"안 돼요! 요즘은 카메라 천지라 밟을 수가 없어요."

"너무 급해요. 요금은 충분히 드릴게요."

기사는 백미러로 은교를 한 번 보고는 액셀러레이터를 밟았다. 하지만 마포에서부터 막히기 시작한 러시아워의 강변로는 은교의 사정을 조금도 알아주지 않았다.

공항에 택시가 멎자마자 은교는 출국 터미널로 뛰어들었다. 시간은 이미 7시 20분.

"아아!"

은교는 두 손으로 얼굴을 감싸 쥐고 출국 게이트 앞으로 뛰어갔다. 하지만 속으로는 이미 포기하고 있었다. 도저히 만날 수 있는 시간이 아니었다. 은교는 자포자기하는 심정으로 전화를 걸었다.

전화기는 이미 꺼져 있었다. 아마 이미 비행기에 타고 있을 것이었다. 은교는 휴대폰 플립을 덮었다. 이젠 이대로 이별이라 생각하니 머리가 텅 비어오는 것만 같았다. 머리뿐만이 아니었다. 가슴속이 뻥 뚫린 것 같아 은교는 무너지듯 의자에 앉았다.

삐리리리.

은교는 무의식적으로 휴대폰을 귀에 갖다 댔다.

"전화를 하셨네요."

뜻밖에도 서후의 전화였다.

"어머!"

"마지막으로 전화기를 한번 켜봤어요."

은교는 자꾸 울음이 나오려는 걸 억지로 참았다. 서후의 목소리가 담담하게 들렸다.

"미리 연락을 드리려다가 짐이 될지도 모른다는 생각에 참았어요."

"……서후 씨, 그런데 정말 그 카지노 도박 그만둘 수 없어요? 카지노 도박만 그만두면……."

"……?"

"카지노 도박만 그만두면 저는 서후 씨와……."

"……."

"뭐든지 할 수 있어요. 어디든지 갈 수 있어요. LA도 같이 갈 수 있어요. 저 유학도 좀 했어요. 영어도 잘해요. LA에서도 살 수 있어요. 직업을 가질 수 있단 말이에요."

"고마워요."

"끊을 수 없어요? 카지노 도박을 정말 끊을 수 없나요? 그만둘 수 없냐고요."

"은교 씨, 저는 게임을 해야만 해요. 그건 이 세상에서 내가 할 수 있는 유일한 거예요. 세상에는 카지노 게임보다 더 남을 쓰러뜨리고 불행으로 내몰면서 나 혼자 행복을 쫓는 그런 삶이 많아요. 나는 그렇게 살 수 없단 말이에요."

"카지노 도박이 그런 거예요? 그렇게 깨끗하고 고고하고 그런 거예요?"

서후는 자신이 하는 일을 카지노 게임이라 했고, 은교는 카지노 도박이라 했다. 둘의 대화는 그 차이만큼 평행선을 이루는 듯했다.

"은교 씨, 이제 비행기를 타야겠어요."

"이렇게 전화를 끊으면 마음이 아플 거예요."

"건강하세요. 그만 들어갈게요."

"아니, 서후 씨. 주소를 줘요. 미국의 주소를 달라고요."

"주소는 없어요. 이제 가서 거처를 구해야 돼요."

"그럼 이제 영원히 이별인가요?"

"미래의 일은 누구도 몰라요."

"서후 씨!"

"라스베이거스의 MGM 카지노가 제 연락처가 될 수 있을지 몰라요. 거기서 '서후 리'라는 이름은 많이들 알고 있지요."

은교는 서후가 전화를 끊는 마지막 순간까지 간신히 울음을 참아냈다.

MGM 카지노

여객기가 톰 브래들리에 도착하고 유 회장을 포함한 네 사람이 일등석 전용 출구를 통해 걸어 나오자 누군가 인사를 건네왔다.

“어서 오십시오. MGM에서 나온 준입니다.”

유 회장이 미리 손을 써둔 모양이었다.

“고마워요.”

“자, 이리 오십시오. 제가 안내하겠습니다.”

네 사람은 준의 안내로 출국심사대에 줄을 서지 않은 채 외교관 전용 출입구를 통해 빠져나왔다.

“비행기가 대기하고 있습니다.”

라스베이거스의 카지노들은 진짜 큰 손님을 위해서는 공항에 비행기를 대기시켜놓는다. 이런 대접을 받으려면 게임 머니가 최소한 100만 달러는 되어야 한다. 7인승 경비행기는 채 한 시간이 안 걸려 라스베이거스에 도착했다.

라스베이거스의 매커런 공항에는 다시 롤스로이스가 대기하고 있었다. 유 회장과 우 학장은 별다른 감흥이 없어 보였지만 혜기에게 라스베이거스가 베푸는 친절은 신기하기도 했고 부담스럽기도 했다.

카지노의 접대는 그게 전부가 아니었다.

유 회장 일행이 MGM에 도착하자 담당 당번 몇 사람이 줄을 서서 기다리고 있었다.

“버틀러가 24시간 문 앞에 대기하고 있습니다. 언제든 호출해 주십시오. 방에 있는 수영장 물 온도는 섭씨 36도에 맞추어두었습니다. 각 방에는 리처드 두 병과 루이 13세 두 병을 준비했습니다. 와인은 1993년 페트뤼스와 1991년 샤토 디켐을 넣어두었습니다. 저녁은 언제 하시겠습니까?”

“샤워하고 나서 바로 하지. 뭔가 매운 걸 좀 먹어야겠으니 저녁은 김치찌개로 해줘.”

“알겠습니다. 방으로 올릴까요, 맨션 식당으로 내려오시겠습니까?”

“내려가서 먹지.”

“알겠습니다.”

유 회장은 심각해지지 않으려 애를 썼다. 동생의 일로 오긴 했지만 그 생각만 하다간 분위기가 무거워질 테고, 그것은 그대로 게임으로 연결될 것이었다.

“음.”

우 학장도 MGM의 맨션에는 어지간히 놀라는 눈치였다.

"방 하나에 60억씩 들여서 지었다고 해요. 이 컬렉션들은 세계 곳곳에서 사들여 온 거고."

"이 넓은 공간을 유리로 장식해 냉난방을 한다는 것부터가 경이롭군요."

우 학장은 마치 식물원처럼 둥근 유리가 덮여 있는 5,000평 이상의 공간을 보고는 혀를 내둘렀다.

"각 방에 붙어 있는 스팀 사우나 룸은 피로를 확 풀어줄 거요."

"그럼 사우나를 하고 식사를 할까요?"

"그럽시다."

사우나를 마치고 맨션 식당에 모인 네 사람의 표정은 한결같이 의욕에 넘쳐 있었다. 혜기는 여러 가지가 놀라운 모양이었다.

"어머, 이렇게 화려한 서양 식당에서 김치찌개를 먹을 수 있다는 사실이 신기하네요."

"많이 드세요."

등 뒤에서 나타난 한국인 마케팅 책임자 로버트 민이 웃으며 권했다.

"한국 손님이 많나요?"

"그건 아니지만……. 틈나는 대로 한국 문화를 소개하고 있지요."

그는 MGM의 사장단과 대학 동창이기도 한데다 창사 멤버이기 때문에 한국인 손님들을 위해 회사 측에 상당한 압력을 행사한다고 했다.

"그런데 로버트, 그자들에 대해 카지노에서는 정말 아무런 조치도 취할 수 없는 건가?"

"예. 위원회에서 그들의 게임도 일반적인 손님들의 게임 방법과 같은 걸로 간주하고 있으니 제재할 수단이 없는 것이죠."

"많은 사람들이 다칠 텐데."

"이미 많이 다쳤습니다. 아무도 못 이겼으니까요."

"못 이기겠지. 그들을 카지노에서 그냥 둔다는 건 난센스야."

"하지만 카지노에 이득도 있습니다. 복수하겠다고 사람들이 모여들고 있으니까요."

로버트 민이 웃으면서 말했다.

"불을 보고 달려드는 불나방 격이야. 이건 카지노에서 막지 않으면 안 돼."

유 회장은 속을 내비치지 않으려는 듯 마음에도 없는 말을 해댔다.

"하여튼 그들의 게임을 한번 보고 싶군요."

듣고 있던 우 학장이 점잖은 목소리로 끼어들었다.

"으음!"

식사를 마치고 그들의 게임을 벌써 세 시간이나 지켜보고 있던 우 학장은 자신도 모르게 신음을 뱉어냈다. 유 회장으로부터 얘기를 전해들을 때는 별로 심각하게 생각하지 않았는데 막상 그들의 플레이를 지켜보자 마음이 흔들리기 시작했다.

"이해할 수 없군. 왜 저렇게도 못하는 거지?"

옆에서 같이 구경하던 한 중국인이 한심하다는 듯 혀를 찼다. 혜기 역시 고개를 갸웃거리며 말했다.

"정말 못하는데요."

혜기가 보기에도 그들과 맞서 게임을 하는 두 사람의 중국인들은 너무도 엉뚱한 방향을 헤집고 다녔던 것이다.

"그렇지 않니?"

혜기가 한혁에게 물었지만 한혁은 아무 말도 하지 않았다.

"그만 가지요!"

우 학장의 말을 좇아 네 사람은 유 회장의 방에 모였다.

"어떻소, 우 프로? 그들은 어떤 플레이를 하는 거요?"

"본 그대로입니다. 철저히 상대방과는 반대로 베팅을 하지요. 그것도 거의 풀 베팅을요."

"그건 보았는데, 아까는 상대방들이 너무 게임을 못하지 않았소?"

"아니요. 누구라도 그렇게 됐을 겁니다."

혜기의 얼굴이 붉어졌다.

"제가 아까 경솔했나요?"

"아니다. 그들은 내가 아는 자들이었어. 말레이시아에서 상당히 알려진 갬블러들이야. 무슨 일이 있어도 그런 플레이를 할 사람들이 아니다."

"그러면?"

"심리적으로 크게 위축돼 있었던 거지."

"그러나 그렇게까지 위축될 필요가 있을까요? 자기 길만 가면 되는 거 아닌가요?"

"물론 게임 테이블에 자기밖에 없다고 생각하면 그만이다. 그러나 그게 생각처럼 쉬운 일이 아니다."

"그러면 게임은 어떻게 되는 거예요?"

"방법을 연구해야겠지."

"그들에게 말려들지 않을 방법 말인가요?"

"그래."

우 학장의 말에 뜻밖에도 한혁이 적극적으로 나섰다.

"제가 할 수 있을 것 같습니다."

모두가 그런 한혁을 바라봤다.

"항상 테이블에 앉으며 카지노도 상대도, 심지어는 뱅커도 플레이어도 없다는 생각으로 게임을 해왔습니다. 할 수 있습니다."

"그러냐?"

"그렇습니다."

"좋다!"

우 학장은 평소의 그답지 않게 호쾌한 대답을 뱉어냈다.

첫 번째 조우

다음날 저녁, 네 사람은 바카라 테이블로 향했다.

"철저히 게임을 쪼갠다. 너희들은 각각 100만 달러씩을 가지고 시작한다. 따라서 한 사람이 칠 수 있는 맥시멈 베팅은 5만 달러씩이다."

MGM에서 일반 고객에게는 최고 1만 5,000달러 벳이 허용된다. 그러나 50만 달러 이상을 가지고 게임을 시작하는 손님에게는 소지액의 5퍼센트가 허용된다. 따라서 100만 달러를 가지고 게임을 시작할 때는 5만 달러까지 벳을 할 수 있게 되는 것이다.

"미니멈 벳과 맥시멈 벳의 차이가 클수록 좋은 카지노이다. 너희가 앉을 테이블은 미니멈 100달러, 맥시멈 5만 달러이니 500배의 디퍼런스를 가지고 있다."

"강원랜드의 20배나 30배와 비교하면 하늘과 땅 차이군요."

"그렇다. 하지만 오늘 너희는 아주 특수한 게임을 해야만 한다. 너희들의 혼을 뒤집어놓는 마귀들과 게임을 해야 한단 말이다."

"네, 알아요."

"저놈들은 너희가 100만 달러씩을 테이블 앞에 쌓아놓고 있으니 항상 5만 달러 벳을 할 걸로 생각할 거다. 그게 오히려 우리의 노림수다."

"엄청난 돈을 쌓아두고 아주 작게 베팅을 하란 말이네요."

"바로 그렇다."

"우리는 이기든 지든 상관없는 베팅을 하지만 저들은 지면 타격이 크겠네요."

우 학장이 고개를 끄덕이며 말했다.

"결국 이건 시간 싸움이다. 너희들은 2년간 시간 싸움에 집중해왔으니 분명히 잘해낼 것이다."

"염려 마세요."

"첫 번째 목표는 각각 1만 달러. 가진 돈의 100분의 1을 따는 게임이다."

"1만 달러가 되면 어떻게 하죠?"

"칩을 앞에 쌓아둔 채 일어나라. 쉬었다가 다시 게임을 한다는 뜻을 보여라."

"네."

우 학장은 자기들이 지켜보는 것이 결코 게임에 도움이 되지 않을 것이라며 유 회장을 데리고 게임 테이블을 떠났다.

"젊은이들만 게임을 한단 말이죠? 후후, 바야흐로 세계는 젊은이들의 것이군요."

나이가 지긋한 딜러는 두 사람의 젊은이가 각각 100만 달러씩을 앞에 놓고 게임을 시작하자 눈이 휘둥그레졌다.

"자, 벳을 하세요. 뱅커, 플레이어, 타이 중 어느 것이든 좋습니다."

한혁은 말없이 검정색 100달러 칩을 들어 플레이어에 놓았다. 혜기는 잠자코 지켜보았다.

"뱅컵니다."

딜러는 한혁의 벳을 거두어 갔다. 한혁은 다시 100달러를 뱅커에 놓았다.

"플레이어입니다."

딜러는 다시 한혁의 벳을 거두어갔다. 한혁은 이번에는 400달러를 뱅커에 놓았다.

"원 바이 원이라는 얘기군요. 어디 한번 봅시다. 플레이어군요."

딜러는 또 한 번 한혁의 벳을 거두어 갔다. 한혁은 이번에는 100달러를 플레이어에 놓았다.

"안됐습니다. 뱅커군요."

한혁은 다시 100달러를 플레이어에 놓았다.

"다시 뱅컵니다."

한혁은 100달러를 다시 플레이어에 놓았다.

"뱅커예요. 초반에 잘 안 풀리는군요."

한혁은 아무런 반응이 없이 100달러를 뱅커에 놓았다.

"플레이어입니다."

딜러가 한혁의 벳을 쓸어가는 걸 보고 있던 한 사람이 얼굴을 찌푸리며 그림을 보았다. 연달아 일곱 번을 틀리는 한혁이 무척이나 안돼 보이는 모양이었다.

"저 양반, 돈은 많은데 게임은 엉망이군."

그가 함께 구경하던 동료에게 작은 목소리로 동의를 구하자 친구는 달리 반응했다.

"아직 몰라."

"무슨 소리야? 연달아 일곱 번이나 틀렸는데."

"100달러씩의 베팅도 그렇고 400달러의 찬스 벳도 괜찮았어. 연달아 일곱 번이나 틀렸지만 잃은 돈은 불과 1,000달러야. 100만 달러나 가지고 있으면서 말이야. 자네 같으면 일곱 번 틀리면 본전이 흔들려. 잠자코 구경이나 해."

"……?"

한혁은 100달러를 들어 플레이어에 놓았다.

"뱅컵니다."

이번에는 다시 100달러를 들어 뱅커에 놓자 플레이어가 나왔다.

"죄송합니다."

딜러는 자신의 잘못인 양 사과를 했지만 실은 그도 한혁의 플레이에 내심 감탄하고 있었다. 딜러 생활을 30년 넘게 해온 그가 볼 때 지금 한혁의 플레이는 잘못된 것이 하나도 없었다. 연달아서 일곱 번이나 여덟 번을 틀리는 것은 바카라에선 얼마든지 있을 수 있는 일이었다. 보통 사람은 이럴 때 그냥 무너져 버리지만 한혁은 조금도 흐트러지지 않고 자신의 플레이를 이어가고 있었다.

한혁은 열 번째 벳을 하기 위해 칩을 쥐었다. 역시 100달러였다. 한혁은 조용한 동작으로 칩을 뱅커에 내려놓았다.

"플레이업니다."

다음 번의 선택은 플레이어였다.

"뱅커군요. 아, 이 슈는 참으로 나쁜 슈군요."

딜러가 다시 한마디 했지만 한혁은 말없이 칩을 들었다. 이번에는 2,000달러였다. 한혁은 조용히 칩을 플레이어에 내려놓았다.

"잠깐!"

혜기의 목소리였다.

"네, 기다립니다."

혜기는 처음으로 칩을 들어 역시 플레이어에 내려놓았다. 노란 칩 열 개. 1만 달러였다.

"플레이어 내추럴 에잇, 뱅커 세븐. 플레이어 윈. 페이 더 플레이어!"

딜러의 힘찬 목소리가 테이블에 울려 퍼졌다.

"무서운 숙녀분이군요. 1만 달러 지불합니다."

딜러는 혜기에게 1만 달러를 지불하고 한혁에게는 2,000달러를 지불했다. 혜기는 바로 게임을 접었고, 한혁은 그중 잃었던 돈 1,400달러를 빼고 이긴 돈 600달러를 들어 이번에는 뱅커에 놓았다.

"뱅컵니다."

한혁은 돈을 업어 1,200달러를 플레이어에 놓았다.

"플레이어. 1,200 페이."

한혁은 이번에는 순수하게 이긴 돈 2,400을 뱅커에 놓았다.

"뱅커. 2,400 페이."

한혁은 다시 4,800을 플레이어에 놓았다.

"플레이어 윈."

한혁은 이번에는 100달러를 뱅커에 놓았다.

"플레이어 윈."

딜러는 100달러를 쓸어 갔다. 하지만 한혁은 이미 커미션을 빼고도 9,000달러 이상을 이기고 있었다. 그 후 한혁은 100달러와 200달러의 벳을 몇 번 해서 1만 달러를 맞추었다.

두 사람은 우 학장이 얘기한 대로 칩을 테이블에 쌓아둔 채 바에 있는 우 학장에게로 갔다.

"이제 저 녀석들이 달라붙을 거야. 아까부터 테이블 위의 칩을 바라보는 눈이 불타오르고 있었으니까."

혜기는 고개를 끄덕였다.

"다시 1만 달러 게임을 해."

"네."

두 사람은 음료수를 한 잔씩 마시고 테이블로 갔다. 우 학장의 예상대로 몇 사람이 반대편에 앉아 있었다. 한혁은 아까와 똑같은 방식으로 게임을 진행해 나갔다. 이번에는 처음부터 잘 맞았다. 한혁은 세 번씩 더블 벳을 했다. 실패하면 다시 100달러 벳을 했다. 한혁의 방법은 매우 안전한 것이었다. 아무리 틀려도 잃은 총액은 몇 백 달러에 불과했다. 하지만 맞아 들어갈 때엔 100달러가 곧 800달러가 되었는데, 그럴 경우 한혁은 한두 번, 혹은 몇 번 100달러씩 벳을 해서 1,000달러가 되면 옆으로 제쳐두고 다시 처음으로 되돌아가 100달러 게임을 계속하곤 했다.

"굉장히 안전한 게임을 하는군."

맞은편에 앉은 오십대의 사나이가 한혁의 게임을 칭찬했다. 한혁은 대답하지 않았다. 상대방은 좀 더 지켜보다가 한혁이 400달러를 베팅하고 혜기가 1만 달러를 베팅했을 때 갑자기 옆에 앉은 두 사람에게 지시했다.

"2만 달러씩 쳐!"

사나이가 베팅 금액을 얘기하자 옆의 두 사람은 즉각 칩을 들어 한혁과 반대로 벳을 했다.

"플레이어 파이브, 뱅커 식스입니다. 플레이어 원 모어 카드. 텐, 뱅커 윈입니다."

딜러는 한혁과 혜기의 벳을 쓸어 갔다. 사나이들은 무신경한 표정으로 각각 2만 달러씩 지불받았다.

다음 한혁이 뱅커에 100달러 벳을 하자 사나이들은 볼 필요도 없다는 듯 플레이어에 벳을 했다. 혜기는 벳을 하지 않았다. 그러자 오십대가 지시를 해 벳을 거두어들였다. 혜기는 기다리고 또 기다렸다. 드디어 찬스가 오자 혜기는 다시 1만 달러를 베팅했다.

"3만 달러씩!"

두목은 예상대로 벳을 지시했고 사나이들은 두목의 지시에 따라 벳을 했다. 그림은 이번에도 사나이들 쪽으로 떨어졌다.

"플레이어에 6만 지불하세요."

혜기는 약간 당혹스러웠지만 스스로 위안했다. 아까 이긴 것을 포함해 이제 겨우 1만 달러를 잃었을 뿐인 것이다. 혜기는 다시 기다리고 기다렸다가 기회라고 생각되자 1만 달러를 질렀다.

"뱅커 윈. 1만 달러와 400달러 지불하세요."

게임은 이런 식으로 계속되었다. 혜기는 기다리다가 찬스라고 생각될 때만 벳을 했음에도 불구하고 그림은 혜기가 벳을 한 반대쪽으로 자주 나왔다. 그럼에도 불구하고 혜기는 정확한 벳 컨트롤을 해 1만 달러의 목표를 채웠다. 시간이 좀 지나자 한혁 역시 1만 달러를 채워 일단 게임을 마쳤다.

"아주 나쁜 슈였어."

혜기의 말에 한혁이 고개를 끄덕였다.

"한혁의 플레이는 정말 대단해요. 그 무엇에도 영향을 안 받으니 말이에요. 그에 비하면 제 플레이는 너무 위험했어요."

우 학장을 보자 혜기는 쌓였던 긴장을 씻어내기라도 하려는 듯 플레이 내용을 설명하기 시작했다.

"다섯 번 아니라 열 번을 계속 틀려도 위험하지가 않아요. 도대체 어떻게 그럴 수 있는지 옆에서 감탄만 하고 있었어요."

"어쨌든 너도 1만 달러를 이기지 않았느냐?"

"하지만 안 좋았어요. 3만 달러짜리 벳이 안 맞았으면 아주 위험해질 뻔했어요."

"어떤 상황이었는데?"

"1만 달러 벳이 연속으로 세 번이나 안 맞았거든요. 기다리다가 기회라 생각돼 3만 달러 벳을 했는데 그게 맞았어요."

"만약 그 벳이 틀렸으면 어떻게 하려고 했어?"

"계속 기다리다 찬스에서 1만 달러나 2만 달러 벳을 해야지요. 계속 안 맞으면 게임을 그만해야 되고요."

"상대에게서 어떤 영향을 받지는 않았니?"

"네. 완전히 무시했어요."

"그렇다면 문제는 없는 거야. 너는 잘 참았고 따라서 그 불안정한 그림에서도 지지 않을 수 있었어. 바카라에 그런 정도의 위험은 언제나 있는 법이지. 하여간 잘했어."

"하지만 한혁의 게임은 완벽했잖아요?"

"……."

우 학장은 대답이 없었다.

"오늘 게임은 이만 마치는 거요?"

유 회장의 물음에 우 학장이 고개를 끄덕였다.

"자, 그러면 식사를 하러 갑시다. 이 호텔에 기가 막힌 일식당이 있으니 거기서 승리를 자축합시다."

겜블러의 잠

'시부야'라는 일식당의 인테리어는 어마어마했다. 집기 하나하나까지도 모두 최고급으로 세련된 분위기를 연출하고 있었다.

"자, 이제 게임은 잊어버려요. 최고의 식사를 하면서 긴장을 풉시다."

유 회장은 기분이 좋은 모양이었다. 하긴 그렇기도 할 것이, 그간 수많은 사람들의 플레이를 지켜봐왔지만 이런 젊은이들은 처음이었다. 혜기는 자신의 게임이 위험하다고 했지만 유 회장이 볼 때는 그보다 더 잘 참아낼 수는 없는 노릇이었다.

"차크 힐 피노 그리. 이 세상 최고의 와인이요. 그 담백함을 어느 와인이 따라갈 수 있겠어. 값은 싸지만 이 세상에서 가장 담백한 포도주니 건배합시다."

네 사람은 유 회장의 제의에 따라 잔을 높이 들었다.

"그런데 그들은 이겼을까요?"

유 회장의 물음을 우 학장은 손을 들어 제지했다.

"그건 신경을 안 쓰는 게 나을 거요."

"참, 그렇겠군요."

네 사람은 포도주를 세 병이나 비웠다.

"게임을 잘할 수 있는 몇 가지 조건 중 중요한 것이 바로 숙면이다. 잠을 잘 자야 만족스러운 플레이를 할 수 있는데, 그러기 위해서는 게임을 마치고 다른 데 신경을 쓰지 않는 게 좋다. 긴장이 남아 있기 때문에 그걸 해소하는 게 도박사의 숙제다. 마시고 취하는 것도 도박사에게는 한 방법이다. 그러고는 푹 자는 거지."

"후후후."

유 회장은 웃었다.

"왜 웃지요?"

"옛날 생각이 나서 그렇소."

"무슨 재미있는 일이라도 있었던 모양이군요."

"지금 우 프로 말대로 게임이 끝나고 술을 마셨지요. 그런데 아무리 마셔도 취하질 않는 거예요."

우 회장은 알 만하다는 듯 고개를 끄덕였다.

"큰 게임이라 너무 긴장을 했던 게지. 술을 마신 상태에서 다시 테이블에 앉았고 결국 다 잃고 말았어."

"누구에게나 그런 경우가 있어요. 심지어는 술을 마시고도 잠이 안 와서 작은 규모로 놀며 시간을 보낸다는 게 그만 다 잃는 지름길이 되기도 하지요."

"하하하!"

"호호."

"하지만 잠을 이루기 위해 수면제를 사용하는 것은 아주 좋지 않다. 잠을 이루지 못했을 때는 게임을 피하고 서서히 컨디션을 회복해야 한다."

"네, 알겠어요."

네 사람은 방으로 자리를 옮겨 가볍게 맥주를 마시며 시간을 보내다 비교적 이른 잠을 청했다.

라스베이거스의 서후 리

서후는 공항 쪽에 가까운 가디나에 거처를 마련했다. 방 하나에 일체의 가구를 구비하고 있는 콘도를 월세 2,000달러에 빌리고 중고 자동차를 구입했다.

정리가 끝나자 서후는 우선 다운타운의 한 도서관을 찾아갔다.

"주말 자원봉사를 하려고 하는데요."

"고맙군요. 그럼 등록을 해주세요. 그런데 어느 분야에서 일하고 싶습니까?"

"새로 들어온 책들 분류하고 정리하는 일도 좋고, 뭐 아무 일이나 상관없습니다."

"좋습니다. 마침 사서들 일손이 달리던 참이었어요."

서후는 주말을 도서관에서 일한 후 월요일 오전에 로스앤젤레스를 출발해 라스베이거스로 갔다. 늘 비행기를 타고 가곤 했지만 이번엔 새로 산 차도 길들이고 정신적 휴식도 취할 겸 모하비 사막을 자동차로 가로질렀다.

로스앤젤레스에서 라스베이거스까지는 자동차로 네 시간 정도 걸린다. 그 적당한 거리 때문에 로스앤젤레스에 살고 있는 한국인들은 가끔 밤에 모여 술을 마시다가 충동적으로 자동차를 몰고 라스베이거스로 돌진하기도 한다. 대부분 새벽녘이면 눈이 벌게져 후회하며 집으로 돌아오곤 하지만 그들은 언제든 마음 내키면 다시 이 길을 달려간다.

오후 늦게 MGM에 도착한 서후는 샤워를 하고 휴식을 취하다가 밤이 되자 카지노로 내려왔다.

"오, 서후!"

"굿이브닝, 서후!"

"하우 아 유, 서후!"

딜러, 플로어 매니저, 버틀러 할 것 없이 많은 사람들이 오랜만에 모습을 드러낸 서후에게 인사를 건넸다. 서후 역시 밝은 얼굴로 이들과 인사를 나누었다.

"왜 그렇게 오랜만에 온 거요?"

"여행을 했어요."

호스트 한 사람이 한국을 좀 안다는 듯한 표정으로 물었다.

"한국은 지금 깊은 가을이죠?"

"그래."

"이번엔 얼마 동안 계세요?"

"글쎄, 언제나 운에 달려 있는 거 아냐?"

"서후에게도 운이 작용하나요?"

서후는 대답하지 않고 라운지의 소파에 앉았다. MGM의 맨션 라운지에서는 각각의 테이블을 다 볼 수 있었다.

"하이, 서후."

버틀러가 다가와 인사를 했다.

"벡스, 플리즈."

"슈어."

맥주를 가지고 온 버틀러는 선 채로 말했다.

"서후, 지금 여기 엄청난 놈들이 와 있어요."

"무슨 소리야?"

"마귀 같은 놈들이 어디선가 엄청난 돈을 가지고 와서는 불가사리처럼 손님들 돈을 잘라먹고 있어요. 서후하고 잘 아는 그 한국인 유 사장도 이들 때문에 파산하고 갔어요. 좋지 않은 소문도 있어요."

"소문?"

"그 충격으로 자살했대요."

"뭐요!"

서후는 의외의 말을 듣고 깜짝 놀랐다.

"저기 있는 저들이 바로 그들이에요. 어디서 왔는지는 모르지만 무조건 상대와 거꾸로 베팅한다고 알려져 있어요. 이상하게도 게임을 잘하는 사람들마저 저들 앞에만 앉으면 이해할 수 없을 정도로 졸렬한 게임을 하다가 모두 잃는다고 해요."

서후는 목을 축이며 그들이 있는 테이블로 시선을 돌렸다.

테이블에는 마침 자신도 잘 아는 중국인 창이 게임을 하고 있었다.

"음."

한참을 지켜보던 서후의 입에서 신음이 흘러나왔다. 창은 결코 무리한 벳을 하지 않는 걸로 정평이 나 있는 오랜 경력의 소유자였다. 그런데 지금 창은 도저히 이해할 수 없는 벳을 하고 있었다. 평소라면 플레이어에 소액을 얹어놓을 그런 그림에서 창은 뱅커에 잔뜩 올려놓았다. 상대는 그림은 보지도 않고 창의 반대편에 맥시멈 벳을 올려놨다. 그것은 마치 '너는 분명히 죽을 놈이다. 따라서 나는 너와 반대로 가기만 하면 무조건 이긴다'라고 말하는 것 같았다.

"플레이어 세븐, 뱅커 식스. 플레이어 윈!"

딜러의 목소리가 채 사라지기도 전에 창은 테이블에서 일어났다. 조금 전의 벳이 창의 마지막 벳인 모양이었다. 창의 핏기 없는 얼굴이 서후를 향했다. 서후는 손짓으로 창을 불렀다.

"왜 그렇게 무리한 벳을 한 거요?"

"나 자신도 이해할 수 없어요. 귀신에 홀렸나 봐요."

창은 자신이 들고 온 스코어 표를 서후에게 내밀었다.

"이상하게도 내가 예상한 그림과는 철두철미하게 반대쪽으로 베팅했어요."

"정말 그랬군요. 왜 이런 베팅을 했어요?"

"놈들이 계속 반대편으로만 오는데 몇 번 죽으니까 차라리 거꾸로 가자는 심리가 생기더란 말이에요. 이건 좋은 슈니까 그렇지 차라리 나쁜 슈였으면 내가 이겼을 거예요. 생각과 거꾸로 갔으면 많이 맞혔을 거 아니에요?"

서후는 고개를 저었다.

"그림의 문제가 아니에요. 이런 식으로 게임이 진행되면 그림이 좋으면 좋아서 죽고 나쁘면 나빠서 죽어요."

"왜 그렇죠?"

"방금 경험했잖아요? 좋은 그림에서 졌잖아요."

"그건 내가 거꾸로 벳을 해서 그랬지요. 만약 이것이 나쁜 그림이었다면 거꾸로 벳을 한 내가 이기지 않았겠어요?"

"아니요. 나쁜 그림에서도 인간은 최대한 합리적인 벳을 하게 마련이에요. 본인이 이미 나쁜 그림이라고 생각하기 시작하면 거꾸로 가도 이길 수 없다는 뜻이지요. 무엇보다도 바카라 자체가 그림을 맞혀서 이기는 게임이 아니잖아요."

"……"

"하여튼 안됐군요."

"서후, 어때요? 내가 돈을 마련하면 서후가 한번 해줄래요? 저 놈들을 상대로 말이오."

서후는 조용히 고개를 흔들었다. 창은 이해할 수 없다는 표정으로 서후의 얼굴을 쳐다보고는 걸어가버렸다. 서후는 자리에서 일어나 그들에게로 다가갔다.

"안녕하세요, 서후 리입니다. 게임은 좀 어때요?"

서후가 손을 내민 오십대는 가까이서 보니 그리 악해 보이지는 않았다.

"반갑소. 반차이라고 하오."

"게임을 잘하는 걸로 소문이 나 있더군요."

"허허, 그래요?"

"그런데 왜 진작 여기 한 번 안 왔나요? 아무래도 MGM이 세계 최대의 카지노인데요."

"후후, 우린 라스베이거스에는 이번이 세 번째요."

"호오, 그런데도 이 카지노의 이름 있는 고수들을 다 쓰러뜨렸단 말입니까?"

"그들이 쓰러진 거지요."

서후는 고개를 끄덕였다. 그렇다. 바카라는 누가 누구를 쓰러뜨리는 게임이 아니다. 결국 자신과의 싸움인 것이다. 간단한 한마디지만 반차이의 만만치 않은 힘이 느껴졌다.

"뼈 있는 말씀이군요. 게임을 오래 하셨나 봅니다."

"그렇지 않소. 하지만 나는 오랫동안 카지노를 경영했지. 태국과 캄보디아의 카지노를 운영하고 있소."

"아, 그런가요?"

서후는 상대가 왜 그런 게임을 하는지 이해할 수 있었다. 상대는 오랫동안 카지노를 경영하면서 수많은 손님을 관찰했을 테고, 손님이 결과적으로 카지노에 진다는 결론하에 남의 카지노 테이블 위에서 자신의 카지노를 벌이고 있는 것이다.

"어떻소? 한 게임 하겠소?"

"아니, 저는 조그맣게 할 뿐입니다."

"그렇소?"

"네."

서후는 다시 라운지로 돌아왔다. 버틀러가 흥미로운 얼굴로 물었다.

"한번 붙을 거예요? 사람들이 모두 기대하고 있을 텐데요."

이곳 딜러들은 누가 뭐래도 서후가 최고의 고수라는 것을 알고 있었다. 그래서 그들은 서후가 이 괴상한 자들과 한판 벌이기를 진심으로 바라고 있었다.

"한번 하시죠."

그러나 서후는 미소를 지을 뿐이었다.

"사실 오늘 저녁에 한국인들이 저들과 한판 벌이기는 했어요."

서후는 대수롭지 않게 고개를 끄덕였다. 보나 마나 로스앤젤레스에서 온 사람들 중 하나일 터였다. 성급하게 맥시멈 벳을 하면서 고함치고 돈자랑을 하다가 주머니를 털리고 사라지는 사람들.

"딜러들이 혀를 내두른 젊은 프로가 있었어요. 어떻게 보면

서후와 비슷하게 하는 것 같기도 하고요."

"그래요?"

대꾸를 하면서도 서후는 큰 관심을 두지 않았다.

"젊은 남녀인데 각각 100만 달러를 앞에 쌓아놓고는 1만 달러씩 두 번 따고는 게임을 놓더군요. 저기 쌓여 있는 칩들이 모두 그들 거예요."

서후는 이 대목에서 적이 놀랐다. 이 세상에서 자신이 아는 한 어느 누구도 그런 식으로 게임을 하지는 않는다.

"그들이 분명 한국인이었나요?"

"네. 분명해요."

"여전히 저들은 반대로만 베팅하고?"

"네."

"한국인들에게 위기는 없었나요?"

"딜러들이 그러는데 완벽했대요. 남자나 여자나."

"그런데 2만 달러씩만 이기고 게임을 쉰단 말이지?"

"네. 사람들은 모두 내일의 게임을 기다리고 있어요. 오늘 일단 전초전을 벌였으니 내일은 아주 볼만할 거예요."

서후 역시 강한 호기심이 일었다. 버틀러에게 들은 대로라면 이제까지 여기 나타났던 여느 한국인들과도 다른 팀이었다. 100만 달러를 앞에 놓고 두 번에 나누어 2만 달러만 이겨갔다면 그 내면의 힘은 상상도 못할 정도임에 틀림없었다.

첫 번째 격돌

다음날 저녁 마천루처럼 도열한 카지노들이 서서히 내려앉는 어둠 속에 불빛을 쏘아내기 시작할 무렵, 네 사람의 한국인이 MGM 맨션 카지노 입구에 들어섰다.

"저들이 온다."

딜러들은 서로 눈짓을 교환했다. 24시간 교대로 테이블을 지키고 있는 동남아의 괴물들과 싸울 무서운 프로들의 등장은 딜러들뿐만 아니라 플로어 매니저들의 시선도 집중시켰다. 맨션 카지노 책임자인 케니 역시 이들의 움직임에 신경을 곤두세우고 있었다.

"목표는 3만 달러. 시간은 신경 쓰지 마라. 우리는 라운지에서 게임을 지켜보겠다. 평소와 똑같이 하면 된다."

"네."

한혁과 혜기는 어제의 그 테이블에 앉았다. 맥시멈은 여전히 5만 달러였다. 한혁이 먼저 500달러를 들어 플레이어에 놓았다.

"플레이어입니다."

한혁은 딜러가 지불한 500달러를 그대로 얹어 1,000달러를 또 플레이어에 실었다.

"플레이어입니다."

다시 한혁은 1,000달러를 그대로 얹어 2,000달러를 이번에는 뱅커에 실었다.

"잠깐!"

반차이는 어느새 건너편에 앉아 있다가 좌우에 있는 두 젊은 여자들에게 벳을 지시했다. 이십대 중반으로 보이는 여자들은 어제의 남자들과는 달랐다. 아마 반차이는 자신의 카지노에서 가장 예민한 딜러를 뽑아 데리고 온 것 같았다. 여자들은 일단 반차이가 벳을 지시하자 즉각 한혁의 반대로 베팅했다. 여자들은 매우 복잡한 그들만의 스코어 표를 가지고 있었는데, 뒤에 서 있는 또 다른 두 사람의 여자들로부터 조언을 듣고 스코어 표를 작성하거나 벳을 했다. 반차이는 벳을 할지 말지 여부만 지시했고 베팅 금액은 여자들이 알아서 정했다. 여자들은 각자 3만 달러씩을 플레이어에 베팅했다.

"뱅컵니다!"

한혁은 이번에는 4,000달러를 뱅커에 그대로 놓았다. 상대편 두 여자는 5만 달러씩을 플레이어에 놓았다.

"뱅컵니다!"

딜러들은 여자들의 벳을 쓸어 가고 한혁에게 4,000달러를 지불했다.

한혁은 이번에는 벳을 줄여 500달러를 플레이어에 놓았다. 반차이의 여자들은 각각 5만 달러씩을 뱅커에 놓았다.

"뱅컵니다!"

한혁이 다시 500달러를 뱅커에 놓자 여자들은 2만 달러씩을 플레이어에 놓았다. 혜기는 이때 1만 달러를 한혁과 같은 뱅커에 놓았다. 첫 번째 베팅이었다.

"플레이어 쓰리, 뱅커 파이브. 원 모어 카드 포 플레이어."

딜러는 세 번째 카드를 반차이에게 던졌다. 반차이는 신중하게 카드를 열었다. 그의 얼굴에 묘한 표정이 떠올랐다. 웃는 듯도 하고 우는 듯도 한, 그것은 체념과 도전의 두 가지 의미를 모두 내포하고 있었다.

킹이었다.

"뱅커 윈."

딜러는 한혁과 혜기에게 각각 500달러와 1만 달러를 지불했다. 비슷한 과정이 계속 이어졌다. 한혁은 한 번도 게임을 위험하게 이끄는 법이 없었다. 그것은 혜기도 마찬가지였다. 그녀는 찬스가 아닐 때 베팅하는 법이 없었다. 기다리고 기다렸다가 완벽하다고 생각될 때만 1만 달러를 베팅했다. 혜기는 세 번 베팅해서 세 번을 다 맞혔고, 그 후 커미션을 계산하기 위해 몇 백 달러씩 벳을 해서는 3만 달러를 채웠다. 늘 그렇듯이 혜기는 한혁보다 먼저 3만 달러를 이겼고, 한혁은 그 후로도 많은 시간을 들여 3만 달러를 채웠다.

"으음."

반차이는 두 사람이 테이블을 떠나자 눈으로 칩을 계산했다. 뒤에 있던 젊은 여자 중 하나가 게임의 결과를 종이에 메모해 반차이에게 건넸다.

"우리도 쉬어!"

반차이는 이미 50만 달러 이상의 손해가 났는데도 조금도 동요하는 기색이 없었다. 딜러들은 두 팀이 모두 자리를 떠나자 말없이 고개를 저었다. 모두의 예상을 뒤엎고 젊은 프로들이 이겼다는 사실을 받아들이는 데는 시간이 필요한 모양이었다.

"지금이 가장 조심해야 하는 때다. 그래서 기회이기도 하다."

우 학장은 두 사람을 앞에 앉히고 지침을 주었다.

"카지노 게임에서 가장 중요한 것이 바로 본전이다. 그래서 도박사는 본전 무렵에서는 극히 섬세한 플레이를 해야 한다. 1억 중 단돈 1만 원이 빠져도 심리적으로 위축되고 불안해진다. 물론 그 반대도 마찬가지다. 단돈 1만 원만 이겨도 마음이 편하고 여유를 갖게 되지. 이제까지 너희들은 각각 5만 달러씩 이겼다. 이긴 돈이므로 부담이 없다. 벳을 훨씬 자유롭게 할 수도 있고 공격적으로 할 수도 있다. 하지만 하나 명심할 것이 있다. 언제나 이긴 돈이 나머지 돈을 쓸고 나가는 법이다. 누구도 처음부터 지지는 않는다. 얼마간 이겼을 때가 가장 위험하다."

"귀에 못이 박히도록 배워서 잘 알고 있어요."

"그래. 하지만 한 번 더 신중해야 한다. 목표는 다시 3만이다."

"네."

다시 테이블에 앉은 두 사람은 전 판과 똑같은 방법으로 플레이를 했다. 혜기는 확실한 찬스라고 생각될 때까지 기다렸고, 한혁은 처음부터 오직 안전한 플레이만 했다.

"우 프로, 저 한혁이는 그야말로 엄청난 친구군요. 어제부터 오늘까지 단 한 번도 위험한 플레이를 하는 적이 없어요."

"나도 속으로 감탄할 때가 한두 번이 아니에요. 전성기의 나보다 오히려 낫습니다."

"나는 바카라에 이렇게 안전한 플레이가 있으리라고는 생각도 못했어요."

"욕심을 어느 정도 다루는 단계로는 꿈도 못 꾸지요. 나는 저게 되지 않아 은퇴했어요, 결국은."

"그런데 어떻게 저런 게 가능하지요, 저 나이에?"

"저건 나이 문제가 아닌 것 같아요. 아무리 전문적인 훈련을 했다지만 훈련에도 한계가 있는 법이지요. 다른 아이들은 반의 반도 못 쫓아왔어요. 저 아이는 그러니까 천성적으로 타고난 도박사 같아요."

“허 참! 100만 달러를 앞에 놓고 100달러 베팅으로 한 시간을 보내다니. 이번에 나는 카지노 게임에 대한 혜안을 얻은 느낌이오.”

“내가 오히려 저 아이한테 배우고 있다고 해도 무리가 아닐 거예요.”

“둘 다 상대방은 전혀 의식하지 않는군요. 그건 아마도 우 프로가 확고하고 안전한 지침을 주기 때문이겠지요?”

“아니요. 아이들의 마음이 순수하기 때문이지요. 아무리 지침을 주었다고 해도 이렇게 어지러운 돈 판에서 저렇게 고요한 마음을 유지하는 것이 보통 사람에게 가능한 일은 아니겠지요.”

정말 그랬다. 한혁과 혜기는 시험 답안지를 채점하는 선생님처럼 시종 차분하고 사무적인 손길로 게임을 해냈다. 두 사람이 다시 3만 달러씩을 이기고 돌아오자 유 회장은 이제 승리를 확신한 듯 자신만만한 목소리로 말했다.

“이 게임은 질 수가 없어요. 우 프로는 정말 엄청난 일을 해냈소.”

그러나 우 학장은 달랐다.

“아직은 아니지요. 자, 일단 여기서 게임을 끝내라.”

우 학장의 지시에 놀란 건 유 회장이었다.

“아니, 아직 몸도 안 푼 것 같은데 게임을 끝내라고요?”

“이기든 지든 가장 경계할 것은 게임에 끌려 들어가서는 안 된다는 거지요. 오늘은 헬기를 타고 이 도시의 야경을 둘러보기로 하지요."

"허허 참, 그렇게 합시다."

유 회장은 우 학장의 게임 통제가 지나치다는 생각이 들었지만 자신이 관여할 입장은 아니었다.

"그런데 저 친구들은 이번에도 꽤 잃은 것 같던데."

"그건 우리가 신경 쓸 일이 아닙니다."

우 학장은 단호하게 유 회장의 다음 말을 막았다.

두 번째 격돌

다음날 우 학장 일행이 게임을 시작할 무렵에는 서후가 카지노에 와 있었다. 서후는 라운지에 앉아 하이네켄을 한 모금씩 삼키며 가끔 우 학장 일행을 지켜보았다.

"한혁은 지금까지 이긴 돈 8만 달러를 혜기에게 주어라. 이번의 목표는 2만이다."

유 회장은 어제에 이어 다시 한 번 놀랐다. 목표가 10만이나 최소한 5만은 될 걸로 생각했는데 우 학장의 목표는 어제의 3만보다 오히려 내려간 것이었다.

혜기가 우 학장에게 물었다.

"그럼 저는 116만으로 2만을 이기는 게임을 하나요?"

"그렇다."

한혁은 첫 벳을 100달러로 시작했다. 그는 1,000달러 단위로 목표를 차곡차곡 채웠다. 7,000달러가 되었을 때 한혁은 한번에 7,000달러 벳을 날렸다. 그러나 실패하자 한혁은 다시 100달러로 시작해 1,000달러 단위로 목표를 채워 나갔다. 이번에는 1만 달러가 되었을 때 다시 한번에 날렸다. 역시 실패하자 다시 100달러로 시작해 1,000달러씩 채워 나갔다. 이번에는 한번에 치지 않고 한참의 시간이 걸려 2만 달러를 채웠다.

혜기는 이미 이른 시간에 기다리고 기다렸다가 1만 달러 벳을 해서 이기고, 다시 기다렸다가 1만 달러 벳을 해서 2만 달러를 맞추어놓고 있었다.

"이번 목표는 3만 달러다."

혜기는 찬스라고 생각되는 곳에서 1만 달러 벳을 했다. 그러나 맞히지 못하자 한참을 기다렸다. 또다시 찬스라고 생각되는 곳에서 1만 달러를 날렸으나 이번에도 맞히지 못했다. 또 한참을 기다린 혜기는 완벽한 찬스에서 1만 달러를 날렸다. 그러나 이번에도 틀렸다. 얼굴에 약간 미소를 띠어 올린 혜기는 다시 한 번 찬스에서 1만 달러를 날렸으나 역시 맞히지 못했다. 한혁은 이런 혜기의 모습을 보면서 단 한마디도 하지 않았다. 그는 다만 맞지 않을 때에는 100달러만을 꾸준히 올려놓고 있었다. 혜기는 맞히지 못했을 때에는 최소한 여덟 번 이상은 벳을 하지 않고 기다렸다. 또다시 찾아온 찬스에서 혜기는 5만 달러를 질렀다.

"축하드립니다. 빅 벳은 꼭 맞히시는군요."

딜러가 지불하면서 축하의 말을 건넸다. 노련한 딜러는 이토록 흥분하지 않는 두 젊은이에 대해 속으로 보통 놀라고 있는 게 아니었다. 그는 일말의 존경심마저 느끼고 있었다. 혜기는 이긴 돈 1만 달러를 쥐고 있다가 찬스에서 벳을 했다. 그게 맞자 2,000달러와 3,000달러를 몇 번 베팅해 이기고 지고 하다가 또 다른 1만 달러를 채웠다. 한혁은 그로부터 한참 후에 3만 달러를 채웠다.

"이번 슈는 부끄러워."

혜기가 겸연쩍게 말하면서 앞장서서 우 학장에게로 걸어갔다. 한혁은 역시 아무런 표정의 변화도 없었다.

한혁과 혜기가 이긴다고 해서 꼭 반차이가 지는 것은 아니었지만 대체로 두 사람이 이길 때 반차이의 성적은 좋지 않았다. 사람들은 반차이가 포기할 걸로 생각했지만 그는 결코 포기하려 들지 않았다.

혜기와 한혁이 칩을 테이블에 쌓아둔 것이 그를 계속해서 자극했던 것이다.

"이번은 1만 달러다."

우 학장의 목표 설정은 현란했다. 1만 달러가 아니라 10만 달러의 목표라 할지라도 문제없이 달성해 올 수 있는 두 사람에게 우 학장은 마치 장난 같은 액수를 주문했다. 물론 두 사람은 한 치의 오차도 없이 임무를 수행하고 돌아왔다. 우 학장은 이후부터 계속해서 1만 달러씩의 목표를 주문했고, 두 사람은 하룻밤 사이에 무려 열여섯 번의 목표를 달성했다.

"혜기는 한혁에게 8만 달러를 돌려줘라. 그러면 너희들은 각각 30만 달러씩을 이긴 것이다."

"어머! 그렇게나 많이요?"

"그래. 카지노 게임은 이렇게 하는 것이다. 너희가 100만 달러를 앞에 놓고 있긴 하지만 거기서 10만 달러만 빠져도 반반의 승부가 되고 만다. 즉, 잃어버린 10만 달러를 찾아오느냐 아니면 가진 90만 달러를 다 잃느냐 하는 것의 확률은 정확하게 50퍼센트인 것이다."

"9대 1인 줄 알았어요."

혜기가 장난스럽게 말했다.

"맥시멈 베팅이 얼마나 위험한지는 여기서 확연히 드러난다."

"그렇네요. 10만 달러를 잃고 난 다음 그림이 좋으면 찾아오지만 계속 그림이 나쁘면 모두 다 잃으니까요."

"그렇다."

"학장님, 저는 이제껏 생각해본 모든 게임 중에 한혁이가 하는 게임이 제일이라고 생각되는데 학장님의 생각은 어떠세요?"

"오늘 게임은 여기서 접는다."

우 학장은 혜기의 말에 답변하지 않고 거기서 게임을 끝냈다.

"서후! 어때요, 그들의 게임이? 그토록 무시무시하던 태국 카지노파를 완전히 격파했어요. 저 사람들 표정 좀 보세요. 아마 500만 달러도 넘게 잃었을 거예요."

"그런가?"

"서후, 평을 한번 해봐요."

버틀러는 집요하게 서후의 얘기를 듣고 싶어 했다.

"잘하는군."

서후는 간단하게 대답하고는 자리에서 일어났다.

"왜? 가세요? 그런데 서후는 요즘 왜 게임은 안 해요?"

"해야지."

서후는 건성으로 대답하고는 객실로 올라가버렸다.

다음날 저녁 반차이는 눈에 독기를 품고 달려들었다. 그의 분노는 풀 벳으로 나타났다. 그는 처음부터 끝까지 한혁과 혜기의 반대편으로만 풀 벳을 질렀다. 그러나 한혁과 혜기는 조금도 흔들리지 않았다. 우 학장은 절묘하게 목표액을 정했다. 게임은 처음 시작한 그날부터 한 번도 위험한 적이 없었다.

"우우……."

반차이는 짐승과도 같은 소리를 지르며 벳을 해댔지만 한혁과 혜기의 반대로만 가는 벳으로는 판이 거듭될수록 손해만 눈덩이처럼 불어날 뿐이었다.

"저들의 방법이 천하무적인 줄 알았는데 이제 보니 어리석기 짝이 없는 방법이군."

플로어 매니저 중 한 사람이 낮은 목소리로 중얼거렸다. 옆에서 있던 책임자 케니가 눈총을 주었다. 하지만 속으로는 케니라고 다를 리 없었다.

"그나저나 20년 만에 진짜 게임을 보는 것 같습니다. 몇 억 달러씩 가지고 와서 베팅하는 사람들도 보았고, 몇 천만 달러의 게임을 대신 해주는 프로들도 보았고, 단돈 50달러로 하루 종일 게임하는 사람도 보았지만 저런 프로는 처음 봅니다."

"대단하군."

며칠간 게임은 더 진행되었지만 결과는 이미 정해진 것이었다. 한혁과 혜기는 각각 100만 달러씩을 이겼다. 반차이는 그간 이겼던 돈은 물론, 자신이 가지고 왔던 돈과 카지노에서 마커를 쓴 것까지 모두 다 잃고 말았다. 무려 2,000만 달러가 넘는 손실이었다.

"돈을 더 보내라고 해!"

반차이는 갑작스런 안면마비로 일그러진 얼굴 근육을 간신히 움직이며 괴물 같은 소리를 냈다.

"그게…… 우룽다이 회장님이 돈을 더 보내지 말라는 지시를 하셨다고 합니다."

"뭐야? 자기가 뭔데 그따위 지시를 하고 그래?"

"이번에 지분을 현금으로 많이 바꾸셨습니다. 그래서 지분이 우롱다이 회장님보다 많이 떨어지셨고요. 현지에선 우롱다이 회장님이 동업자를 바꾸겠다고 한다는데요. 지분이 너무 많이 떨어져 어떻게 대항할 수가 없습니다."

"뭐야!"

반차이는 순간적인 분노로 자리에서 벌떡 일어나다 그만 쓰러지고 말았다.

"복수를 해냈어!"

유 회장은 기쁨에 찬 목소리를 뱉었다.

"도움이 됐다니 기쁘군요."

우 학장은 오랜만에 이를 드러내고 웃었다.

"저들은 세계 최고의 프로로 우뚝 올라섰소. 물론 아직은 우 프로의 도움이 필요하겠지만, 한 가지 분명한 사실은 아무도 이 젊은이들과 같은 열에 설 수 없다는 거요."

그러나 우 학장은 유 회장의 이 말에 옅은 미소를 머금을 뿐 별 대답이 없었다.

"자, 이제 어떻게 할 거요? 더 게임을 할 거요, 아니면 한국으로 돌아갈 거요?"

"온 김에 다른 게임도 좀 해보도록 하고, 여러 사람들과 같이 어울려 게임을 하면서 자연스럽게 도박사로서의 경험과 매너를 익히도록 해야지요."

유 회장이 고개를 끄덕이곤 말했다.

"약속대로 이긴 돈 200만 달러는 우 프로의 것이오. 나는 하루만 더 머물고 먼저 돌아가야겠소."

서후의 게임

다음날 한혁과 혜기는 오후부터 게임을 시작했다. 카지노에서 그들의 명성은 대단했다. 한 테이블 안에서는 아무도 함부로 이들과 반대로 베팅을 하려 하지 않았고, 일단 베팅을 한 사람들도 이들이 베팅을 하면 따라서 옮길 정도였다.

"우리 대단하네."

혜기는 모든 사람들의 주목을 받는다는 사실이 부담스러우면서도 기분이 좋은 모양이었다. 그러나 한혁은 결코 감정을 드러내지 않아 속내를 알 수 없었다. 두 사람은 목표액을 채우자 잠시 게임을 접고 라운지에서 차를 마셨다. 옆 테이블의 한국인 몇 사람이 음료를 마시면서 하는 소리가 자연스레 들려왔다. 그들은 한혁과 혜기를 알아보지 못했다.

"야, 우리 한국인들이 그 마귀들을 물리쳤다는데."

"응, 나도 들었어. 아주 박살을 냈다면서?"

"그래. 젊은 남녀가 말이야. 그런데 여자보다는 남자가 훨씬 대단하대. 그 사람은 아주 완벽한 플레이를 한다는데?"

"그래?"

"보기만 해도 질릴 정도래."

"제2의 서후 리쯤 되나?"

"설마 그 정도까지일라구."

"그렇겠지? 그런데 오래전부터 서후 리가 안 보이던데, 무슨 일 있나?"

"아냐, 며칠 전부터 보이기 시작했대. 아, 저기 있다. 막 앉으려고 하잖아."

한혁과 혜기는 자신들도 모르게 그들의 눈길을 쫓아 막 바카라 테이블에 앉으려는 한 사나이를 보았다. 삼십대 초반으로 보이는 준수한 용모의 남자가 딜러들과 웃으며 인사를 나누는 것이 눈에 들어왔다. 한혁과 혜기의 눈이 자동적으로 남자 앞에 놓인 칩으로 향했다.

"900달러쯤으로 보이는데."

혜기가 한혁에게 작은 목소리로 말했다. 서후가 앉은 테이블은 25달러가 미니멈, 맥시멈은 1만 5,000달러였다.

"저리로 옮겨 앉자."

두 사람은 서후가 앉은 테이블이 더 잘 보이는 쪽으로 옮겨 앉았다.

"서후, 그동안 어떻게 지냈어요?"

여자 딜러는 다른 사람들이 베팅을 하는 동안 줄곧 시선을 서후에게 고정시킨 채 안부를 묻고 농담을 했다.

"당신 남편은 어때요?"

"불행히도 잘 있어요. 문제가 생기면 전화하란 말이죠?"

서후는 딜러와 농담을 하면서 가볍게 칩을 집어들어 베팅을 했다.

"25달러야."

헤기가 속삭이듯 말했다. 테이블에 앉은 사람들은 100달러에서 1,000달러 사이의 벳을 하고 있었다. 서후는 몇 십 번 이기고 지고를 거듭하면서 조금씩 칩을 늘려 나갔다.

"너하고 비슷하다."

게임을 지켜보던 헤기는 무심코 한혁을 돌아보다 깜짝 놀랐다. 한혁의 표정이 무서울 정도로 굳어 있었다.

"어머! 너 왜 그래?"

그러나 한혁은 아무런 대답 없이 서후의 게임에 강렬한 시선을 두고 있었다. 서후는 이번에는 플레이어에 8,000달러 벳을 했다.

"매니저님, 게임을 보세요."

딜러가 매니저의 주의를 촉구한 후 카드를 돌렸다.

"플레이어 윈."

같이 게임하던 사람들이 서후에게 축하의 말을 건넸다. 그들은 25달러 벳을 거듭하던 서후가 어느 순간 4,000으로, 또 다음 순간에는 8,000으로 벳을 키워가는 것을 보고는 눈이 휘둥그레져 있었다.

"자, 베팅들 하세요."

사람들은 좀 전보다 훨씬 많은 칩을 들었다. 좋은 그림인데다 서후의 대형 벳에 고무된 탓이었다. 그러나 서후는 다시 100달러로 벳을 낮추었다.

"원 참, 이 사람은 이해할 수가 없어."

사람들은 투덜거리며 벳을 줄였다. 모두가 벳을 한 쪽으로 그림이 나오자 사람들은 더욱 심하게 투덜거렸다.

"괜히 빼버렸잖아."

그들의 벳은 더욱 커졌다. 일단 찬스라고 생각했기 때문이었다. 그러나 그림은 순식간에 바뀌었다. 시간이 좀 흐르고 나자 그 테이블에 있던 사람들은 모두 지고 있었다. 다만 서후만이 맥주를 마시며 작은 벳을 거듭하고 있을 뿐이었다. 900달러어치 칩이 놓여 있던 서후 앞에 이제는 1만 6,000달러어치 칩이 쌓여 있었다.

서후는 침착한 손길로 맥시멈인 1만 5,000달러를 뱅커 존으로 밀었다.

"서후, 확신해요?"

"글쎄."

딜러는 천천히 손을 뻗어 카드를 꺼냈다.

"플레이어 윈! 미안해요."

"뭘!"

서후는 남은 칩 1,000달러에서 딜러에게 약간의 팁을 준 후 시원스레 일어났다. 한혁의 눈길이 그를 쫓았다. 서후는 한혁과 혜기가 앉아 있는 라운지로 곧장 걸어왔다.

"벡스요, 하이네켄이요?"

버틀러가 입가에 웃음을 띠며 서후를 맞았다.

"하이네켄!"

"하이네켄, 평화의 맥주. 그럼 게임을 끝내고 쉰다는 얘기군요."

서후는 고개를 끄덕였다.

"이젠 다른 사람들도 서후를 따라 해요. 싸울 때는 벡스, 게임을 끝내면 하이네켄을 마신단 말이에요. 무슨 이유라도 있어요?"

"벡스는 맛이 강하지. 하이네켄은 부드럽고."

"게임을 상당히 유연하게 하시네요."

같은 카운터에 앉아 있던 혜기가 옆에 앉게 된 서후에게 말을 걸었다. 혜기는 서후가 한국인이라는 사실만으로도 친밀감을 느끼고 있던 터에 그의 플레이를 보자 말을 걸고 싶어졌던 것이다.

"고맙습니다."

"게임하시는 것을 봤어요. 처음부터요. 그런데 마지막 벳은 아깝네요. 붙었으면 3만 달런데."

"늘 그렇죠. 나도 두 사람 게임하는 걸 지켜봤어요. 이틀간이나."

"운이 좋았어요."

"하하, 운 이상의 무엇이 있는 것 같던데."

혜기는 묘한 기분을 느꼈다. 모든 사람들이 입에 침이 마르도록 칭송한 자신들의 플레이를 이 사람은 너무도 간단히 취급하고 있었다.

모든 사람들에게 극도의 공포감을 안겨줬던 반차이를 물리친 자신들을 알아봐주지 않는 그에 대해 혜기는 어딘가 억울하다는 느낌이 들었다.

"하시는 일이 뭡니까?"

서후의 뜻밖의 질문에 혜기는 잠시 생각하다가 대답했다.

"이게 하는 일이에요. 우린 프로 도박사예요."

"프로 도박사라…… 재미있네요."

서후가 미소를 지으며 말했다.

"웃지 마세요. 우린 늘 이기니까요."

"그래요?"

서후의 표정은 어찌 보면 다소 빈정거리고 있는 듯도 했다.

"우린 계속 이기기만 했어요. 한국에서도요."

서후는 말없이 고개만 끄덕였다.

유 회장과 우 학장이 오자 네 사람은 자리에서 일어났다.

"자, 이별하기 전에 라스베이거스에서 가장 맛나는 식사를 합시다. 원숭이 골과 거위 간에 세상에서 가장 연한 복어를 먹어봅시다. 물론 최고의 와인을 곁들여야겠지. 이 도시가 승자에게 베푸는 성찬이라 여기시고."

유 회장은 한껏 기분이 고조되어 있었다. 카지노 안에 있는 모든 사람들이 자신들을 경의에 찬 눈빛으로 바라보고 있었다.

"혹시 식사를 안 하셨으면 같이 하시지 않을래요?"

뜻밖에도 혜기가 옆 사람에게 식사를 권하자 유 회장과 우 학장이 놀라 그를 보았다.

"누구신가? 내게 소개를 해주지 않겠어?"

유 회장이 묻자 혜기는 서후를 소개했다.

"게임하시는 걸 보았어요. 한혁과 매우 흡사한 게임을 하시더군요."

우 학장이 뜻밖이라는 표정을 지었다.

"고맙지만 사양하겠어요."

서후가 말했다.

"같이 가셔도 괜찮은데요."

혜기가 다시 한 번 권하자 서후는 혜기에게 친근한 미소를 지어 보였다.

"그 친절은 가슴에 간직할게요, 프로 도박사 아가씨. 어서 가서 맛있는 식사를 해요. 자, 그럼 다음에 봅시다."

서후는 네 사람에게 가볍게 고개를 숙여 인사하고 몸을 돌렸다.

"잠깐!"

뜻밖에도 한혁이 서후를 제지했다. 서후는 몸을 돌려 한혁을 바라보았다.

"같이 한 게임 하고 싶소."

평소답지 않게 한혁의 말투가 거칠다 못해 도발적이기까지 했다. 우 학장의 얼굴이 급격히 굳어졌다.

"게임을 같이 하자구? 그게 뭐 그리 의미가 있겠나? 어차피 바카라란 카지노와의 게임인데."

한혁의 거친 도발에 서후가 반말로 대꾸했다.

"나는 그렇게 생각하지 않소."

"그런가? 그런 면도 있긴 하지. 하지만 게임을 그렇게 공격적으로 하려는 건 옳지가 않은데."

서후가 타이르듯 말했다. 그것이 한혁을 더욱 흥분시킨 모양이었다.

"당신은 마치 바카라에 통달한 사람처럼 말하는군요. 나는 당신이 어떻게 게임을 하는지 보고 싶을 따름이오."

혜기는 처음으로 대하는 한혁의 무례하고 공격적인 태도에 놀랐지만, 생각해보니 아까 자신들을 무시하는 듯한 서후의 빈정거림에 자기처럼 한혁도 화가 나 있었다는 걸 알 수 있었다. 그에 더해 한혁은 이 사나이가 자신과 비슷한 방법으로 게임하는 것을 보고 질투심을 느꼈을지도 모를 일이었다.

"나는 자네들처럼 훌륭한 도박사가 아니야. 그러니 자네와의 게임은 사양하겠어."

서후는 담담한 목소리를 남기고는 몸을 돌려 가버렸다.

이상한 제안

"너 아까 왜 그랬어?"

네 사람이 식당에 자리를 잡고 앉자 기다렸다는 듯이 혜기가 물었다. 한혁은 대답을 하지 않았다.

"너무 뜻밖이었어. 네가 그렇게 아무것도 아닌 일에 화를 낼 줄은."

"……."

"무슨 일이 있었던 거냐?"

우 학장이 편치 않은 얼굴로 물었다. 혜기의 설명을 듣고 난 우 학장은 다시 한 번 눈살을 찌푸렸다. 그러나 유 회장은 한혁의 편을 들었다.

"한심한 놈이군. 남이 큰일을 했으면 박수는 못 쳐줄망정 그게 뭐하는 태도야. 우리 한국인들은 그게 가장 큰 단점이야. 우 프로, 별일도 아니니 식사나 즐깁시다."

그러나 우 학장의 얼굴은 좀처럼 풀리지 않았다. 그에 더해 뭔가를 깊이 생각하는 눈치였다.

"우 프로, 뭘 그리 깊이 생각해요? 이 바닥에는 별의별 놈 다 있는 것 아니오."

"그놈 자체는 별게 아닌데 문제는 한혁이가 분노를 품었다는 사실이오."

"무슨 뜻이오?"

"나는 한혁이의 분노를 풀어줘야 한다고 생각해요. 그렇잖으면 그놈의 말이 두고두고 한혁일 괴롭힐 거요. 그놈은 한혁이가 해낸 일이 얼마나 대단한 일인지 모르고 한 말이었겠지만 그게 한혁이의 마음에 쌓이면 언젠가 좋지 않은 쪽으로 폭발할지도 몰라요."

"그럴 수도 있겠군. 그런데 어떻게 한혁이의 분노를 풀어준단 말이오?"

"같이 게임을 하게 해야지요."

"그자는 게임을 안 하겠다고 하지 않았소?"

"하지 않을 수 없도록 만들어야지요."

"어떻게?"

"생각해봤는데, 내기를 걸어서 끌어들여야겠어요."

"어떤 내기를 말이오?"

"유 회장님이 상금을 좀 걸어주시죠. 한 30만 달러쯤. 그리고 각자 시드머니 5,000을 가지고 게임을 하게 하는 겁니다. 20만 달러를 먼저 따는 사람이 이기는 것으로 하면 좋겠네요."

"그런 방식이라면 해보나 마나 한혁이가 이길 거 아니오?"

"어쨌든 이기는 게 중요해요. 도박사는 나쁜 기억을 없애야 하니까."

유 회장은 고개를 끄덕였다. 우 학장의 말에 깊은 뜻이 숨어 있다는 생각이 들었다.

"난 하지 않겠습니다."

라운지에서 유 회장과 우 학장을 만난 서후는 뜻밖에도 유 회장의 제의를 한마디로 거절했다.

"이해할 수 없군. 그냥 자신의 게임만 하면 되는데 그걸 거절하다니."

유 회장은 어이가 없었다. 아무 위험 없이 그냥 자신의 게임을 하고 운 좋으면 30만 달러가 생기는데, 도박을 한다는 사람이 일언지하에 거절을 하다니.

"무슨 이유라도 있소? 아니면 5,000달러로 20만 달러를 따는 게 불가능해서 그렇소?"

서후는 대답을 하지 않았다. 대신 그는 맥주 한 병을 들고 테이블로 가서 앉았다.

"웰컴, 서후."

"땡큐!"

서후는 바로 게임에 휩쓸려버렸다.

"우 프로, 신경 쓸 것 없소. 그저 허세나 부릴 줄 아는 소인배일 뿐이오."

그러나 우 학장은 유 회장처럼 마음이 가볍지 않은 모양이었다.

"그냥 무시하라니까!"

우 학장은 고개를 저었다.

"저것 보시오. 술을 마시며 게임하는 놈 아니오."

때마침 서후가 술을 한 잔 더 시키자 유 회장은 그것 보라는 듯 우 학장을 채근했다.

"아니, 이제는 그게 한혁이의 문제가 아니라 내 문제로 되어버렸소."

"무슨 얘기요?"

"잘 모르겠지만 어딘지 우리를 비웃는 듯한, 아니 나를 비웃는 듯한……."

"신경과민이오. 우 프로는 지금 한혁이 때문에 예민해 있어서 그래요. 그렇지 않소?"

"그럴까요……?"

우 학장은 자신할 수 없었다.

"그렇다니까. 그러니까 염려할 것 없어요. 한혁이의 게임을 보시오. 태산 같은 위압감으로 게임을 완전히 장악하지 않소. 누가 한혁이만큼 할 수 있겠소?"

우 학장의 마음이 조금 풀리는 모양이었다.

"하지만 저 친구도 만만찮은 자임에는 틀림이 없어요. 누구라도 달려들 제안을 거절한 것만 봐도 말입니다."

"내가 가서 상금을 50만 달러로 높여볼까?"

유 회장이 웃으며 말했다.

"소용없을 겁니다."

"그래도 한번 제안은 해보지. 그래도 거절하면 저자는 확실히 미친 자요."

유 회장의 말도 틀린 건 아니었다. 우 학장은 고개를 끄덕였다.

우 학장과 한혁, 혜기는 라운지에 앉아 유 회장이 가지고 올 결과를 기다렸다.

"두 사람 다 여기로 오네요."

혜기가 반가운 표정으로 말했다. 두 사람이 무슨 이야기를 나누었는지 함께 라운지로 걸어오고 있었다. 아마 제안이 받아들여진 모양이었다.

우 학장은 만족스러웠다. 한 테이블에 앉아 5,000달러로 20만 달러를 딴다는 것은 천하의 한혁에게도 쉬운 일이 아니었다. 시합에 들어가면 한혁은 적어도 자신의 돈을 지키면서 꾸준히 올려갈 것이고, 상대는 먼저 5,000달러를 잃을 게 분명했다. 한혁은 그렇게 승리를 거둘 것이라는 게 우 학장의 생각이었다.

서후는 담담한 얼굴로 우 학장의 맞은편에 앉았다.

"꼭 내기를 하겠다면 다른 걸 걸어보지요."

우 학장은 말없이 고개를 끄덕였다. 이런 방식이라면 이 세상 누구도 한혁을 이길 수는 없을 것이었다. 따라서 뭘 걸든 상관없다는 생각이었다.

"말해보시오."

"게임에 진 쪽이 앞으로 3년간 게임을 하지 않도록 합시다."

"뭐라구!"

놀란 것은 우 학장만이 아니었다. 유 회장과 혜기는 말할 것도 없고 심지어는 표정의 변화가 전혀 없는 한혁조차 심상치 않은 기색을 보였다.

"하실 건가요?"

네 사람 모두 이 뜻밖의 내기에 놀라 아무 말도 하지 못하고 입을 다물었다.

"하실 의향이 있으면 대답을 주세요. 저기서 게임을 계속하고 있을 테니까요."

유 회장은 우 학장 일행과 헤어져 방으로 돌아오면서 자꾸 웃음이 나오는 걸 참을 수 없었다. 자신을 비롯해 하늘을 찌를 듯한 자신감에 차 있던 세 사람을 그 청년은 한마디로 꿀 먹은 벙어리로 만들어버린 것이다.

"하하하, 하하하!"

재미있는 게임이 될 수도 있을 것 같은데 못 보고 떠나게 되어 유 회장은 그게 아쉬웠다.

다음날 아침 우 학장은 짐을 꾸렸다.

"도대체 이해할 수 없습니다. 왜 그자와의 대결을 피한단 말입니까?"

한혁은 한 시간 이상이나 두 손으로 머리를 받치고 있다가 분노에 찬 음성을 내뱉었다.

그러나 우 학장은 말이 없었다.

"대답해주십시오. 저는 자신이 있습니다. 틀림없이 이길 자신이 있단 말입니다."

혜기는 안타까운 얼굴로 두 사람을 바라보고만 있었다. 상대의 코를 납작하게 만들어주려고 했던 것이 이런 결과로 돌아올 줄은 생각도 못했던 것이다.

"스승님!"

이제 한혁의 목소리는 떨려 나왔다.

"이 승부는 해야만 합니다. 아니면 앞으로 어떤 승리도 제게는 의미가 없습니다. 이 승부는 해야만 하고 저는 틀림없이 이길 수 있습니다."

그래도 우 학장은 허락하지 않았다.

"스승님, 끝까지 스승님이 허락을 안 하시면 혼자서라도 하겠습니다."

우 학장의 얼굴이 순식간에 비탄에 잠겨들었다. 그는 한동안 입을 꾹 다물고 있다가 한참 후에야 간신히 말문을 열었다.

"한혁아!"

"네, 스승님!"

"우리가 얼마나 굳게 맹세를 했더냐?"

한혁은 입술을 지그시 깨물었다.

"무슨 일이 있어도 너희들은 내 말을 듣기로 하지 않았느냐?"

"네."

"그토록 굳은 맹세를 하고서야 비로소 우리는 세상 밖으로 나오지 않았느냐?"

"알고 있습니다."

"우리가 그 맹세를 깨는 바로 그 순간이 패배의 길로 들어서는 길이다. 알겠느냐?"

"……."

"대답을 해다오."

우 학장의 목소리는 너무도 쓸쓸했다.

"네."

한혁이 들릴락 말락 한 목소리로 대답했다.

"혜기는?"

"네."

"그렇다면 내 말을 들어라."

혜기는 우 학장의 너무도 쓸쓸한 목소리를 듣자 자신도 모르게 눈물이 나려 했다.

"네."

하지만 한혁은 대답을 하지 않았다.

"한혁아! 네가 날 스승이라고 생각한다면 대답을 해다오."

"……네."

한혁은 어쩔 수 없이 깊은 한숨을 내쉬며 대답했다.

"이제 그만 이 도시를 떠나자."

"네."

세 사람은 짐을 챙기고 유 회장에게 전화를 걸었다.

"나는 떠날 준비가 다 됐소. 그런데 우 학장네는 좀 더 있기로 하더니 왜 이렇게 황급히 떠나려는 거요? 이해가 안 가는군요."

"가야만 합니다. 로비에서 만나지요."

"알겠소."

네 사람은 그렇게 황급히 라스베이거스를 떠났다.

알 수 없는 일들

은교는 처음으로 송병준의 회사에 들르게 되었다. 결혼할 여자가 남편이 어디에서 일을 하는지는 알아야 하지 않겠느냐며 송병준이 은교를 초대했던 것이다. 그렇게까지 말하는 송병준을 끝까지 무시할 수는 없었다.

송병준은 말은 그렇게 했지만 은교에게 자신이 일하는 모습을 자랑하고 싶어 했다.

테헤란로에 있는 송병준의 회사 앞에 도착한 은교는 건물을 올려다보았다.

'맨 위층이야. 들어오기 전에 한번 올려다봐. 내가 얼마나 높은 곳에 있는 사람인지 알 수 있을 거야.'

송병준의 말이 생각나서였다.

"이거 못 놔, 이 새끼야!"

현관으로 들어서던 은교는 뜻밖의 욕설에 무의식적으로 소리가 난 방향으로 고개를 돌렸다. 한 사나이가 세 사람의 경비원에게 떠밀려 나오고 있었다.

"이거 놓으란 말이야, 이 새끼들아!"

사십대의 사나이가 발버둥을 치고 있었지만 경비들은 사정없이 사나이를 끌고 나갔다.

"왜 이래요! 이거 놔요."

이번에는 다시 한 여자가 두 사람의 경비원에게 양팔을 잡힌 채 끌려 나왔다.

"놔! 이 자식들아. 그래, 가면 될 거 아냐!"

완력에 떠밀려 끌려나오다시피 한 사나이는 경비들로부터 벗어나자 어쩔 수 없다는 듯 옷매무새를 추슬렀다.

"여보, 다친 덴 없어요?"

역시 경비원들로부터 풀려난 여자가 근심스레 물었다.

"응, 당신은?"

"괜찮아요."

"가자. 어차피 넘어간 집, 어떻게 하겠어."

"정말 나쁜 놈들한테 속은 우리가 바보였어요."

여자의 목소리에 울음이 잠겨 있었다.

"그래, 간다 가. 잘 먹고 잘 살아라, 송병준 이 개새끼야!"

막 그 자리를 지나치던 은교는 움칠 놀라 걸음을 멈추었다. 갑자기 찬물을 뒤집어쓴 기분이었다.

"강도보다 더한 놈 같으니라고. 그렇게 돈 모아서 얼마나 잘사나 내 끝까지 지켜보마. 송병준 이놈!"

남자가 발악하듯 소리를 치고 있는데 누군가 은교에게 인사를 했다.

"사모님이시죠? 비서실의 김현경입니다. 사장님께서 제게 모셔 오라고 했어요."

은교는 망설여졌다. 마음이 편치 않았다.

"저분들은 왜 저러는 거죠?"

"저런 사람들이 있어요."

"왜죠?"

"돈을 쓰고 안 갚으니까요."

"아니, 돈을 쓰고 안 갚으면 자신들이 미안할 텐데 왜 오히려 욕을 해요?"

"회사에서 집행을 하니까요."

"집행? 강제집행을 말하는 거예요?"

"네. 채권 회수를 해야 하거든요."

"그럼 집을 빼앗는 거예요?"

"경매에 넘기죠. 법적 절차예요."

은교는 왠지 병준의 사무실로 들어갈 기분이 나지 않았다.

"저런 일은 흔해요. 신경 쓰지 마세요, 사모님."

"난 사모님이 아니에요. 누가 그런 호칭으로 날 부르랬어요?"

"사장님이요. 너무 익숙하게 부르셔서 전 당연히 그런 줄 알았어요."

은교는 그대로 돌아 나오고 싶었지만 다시 한 번 눌러 참았다. 이제 그와 결혼을 하기로 아버지와 굳게 약속을 한데다 무엇보다 자신이 마음을 정했으므로 하루라도 빨리 병준에게 익숙해지기 위해 노력해야 했던 것이다.

"자, 엘리베이터를 타시죠."

은교는 간신히 마음을 가라앉혔다.

"어서 와!"

은교가 사무실로 들어섰을 때 송병준은 한창 회의 중이었다.

"그럼 오늘 회의는 이걸로 끝내. 특히 김 이사는 그 일 잘 진행해. 100억이 넘는 프로젝트니까."

"네, 알겠습니다."

자기보다 열 살이나 더 많아 보이는 사람에게 병준은 아무렇지도 않게 말을 놓고 있었다. 회의실이 따로 있을 터인데 왜 자신을 불러놓고 이 시간에 이곳에서 회의를 하고 있는 것인지, 은교는 마음이 더욱 불편해졌다.

"참, 그리고 인사들 드려."

직원들은 모두 공손히 은교에게 눈길을 모았다.

"사모님 될 사람이야."

은교는 순간 뭐라고 반박하려 했지만 꾹 눌러 참았다.

"김은교입니다."

"반갑습니다, 사모님."

"아직 사모님 아니에요."

은교는 웃으며 대답했지만 불편한 마음으로 직원들과 일일이 인사를 나누었다.

"회의를 했었어."

직원들이 다 가고 나자 병준이 말했다.

"……."

"속도를 좀 올리기로 했지. 서민 금융은 모두 정리하고 좀 더 큰 필드에서 뛰려고 말이야."

"들어오는데 어떤 부부가 크게 실망하고 나가던데요."

"부부가? 어떻게 생겼는데?"

"사십대 정도 되어 보였어요."

"응, 그놈. 무식한 놈 같으니라고. 어디라고 찾아와서 행패야?"

"많이 안돼 보이던데요."

"신경 쓰지 마, 그런 것들. 남의 돈을 떼어먹으려는 놈들이니까."

"무슨 일인지 물어봐도 돼요?"

"별거 아니야. 빌린 돈을 안 갚아서 법대로 정리한 모양인데 생떼를 쓰는군. 뭐, 애들 핑계 대면서 봐달라는데, 그런 사정 하나하나 들어주다 보면 사업을 해나갈 수가 없어."

은교는 더 물어보려다 그만 입을 닫고 말았다. 어차피 자신이 어떻게 할 수 있는 일이 아니었다.

"자, 그런 건 신경 쓰지 말고 뭘 먹을 건지 결정해. 오늘은 어디로 갈까? 맨 그게 그거라 점심때가 제일 힘들어. 오늘은 신라 호텔 프랑스 식당으로 가볼까? 아니면 3층 아리아케로 갈까?"

"그냥 평범한 걸로 먹어요."

"그것들이 다 평범한 거야. 쎄느에 가서 프랑스 정식 먹는 건 어때? 와인 한 병 곁들여서."

은교는 내키지 않는 얼굴로 병준을 따라나섰다.

다음날 아침 은교는 사무실에서 바로 옆의 직원이 나누는 상담전화 중에 우연히 귀에 익은 회사 이름을 듣게 되었다.

"동풍파이낸스라고요?"

바로 병준의 회사였다.

은교는 자리에서 일어나 밖으로 나가버렸다. 들어보지 않아도 뻔한 전화였다. 그러나 점심시간에 직원들과 함께 식사를 하러 갔다가 은교는 어쩔 수 없이 병준의 회사 이름을 다시 듣게 되었다.

"집을 경매에 넘기는 바람에 가정이 깨지는 경우가 한둘이 아니야. 대출 이자도 이자지만 회수하는 데는 아주 지독한가 봐. 교묘히 법망을 피해서 구제도 쉽지 않고. 동풍파이낸스라는데 방법이 아주 악랄하고 지독해."

"동풍파이낸스라면 나도 상담한 적 있는데."

그러자 여기저기서 자기도 그 회사로 인해 문제를 겪는 전화를 받은 적이 있다며 모두들 한마디씩 거들고 나섰다.

은교는 얼굴이 달아올라서 그 자리에 앉아 있을 수가 없었다.

그날 저녁 은교는 병준을 만나기로 되어 있었지만 핑계를 대고 일찌감치 집으로 돌아왔다. 책상 앞에 앉자 저절로 눈물이 났다. 분명히 뭔가가 잘못돼가고 있었지만 자신은 출구를 찾지 못하고 있었다.

'이건 아냐, 이런 식으로 끌려갈 수는 없어!'

흐르는 눈물을 닦던 은교의 눈에 책꽂이에 꽂혀 있는 책 한 권이 들어왔다.

《명상록》.

서후의 책이었다. 카트만두의 그 호텔에 남겨져 있던 서후의 책. 자신은 그 후 얼마나 서후를 기다려왔던가. 생각하면 자신의 인생에서 가장 즐거웠던 일이 바로 서후와의 몇 번 만남이었다. 그러나 자신은 서후를 거부했고, 서후는 떠나버렸다. 은교는 그 일을 후회한 적이 없었고 생각조차 하지 않으려 했다. 그런데…….

"미안해요."

은교의 입에서 자신도 모르게 생각지도 않았던 말이 흘러나왔다. 알 수 없는 일이었다.

그날 저녁 한참을 방 안에서 서성이던 은교는 전화기를 들었다.

"라스베이거스의 MGM 호텔 부탁해요."

은교

다음날 저녁 은교는 로스앤젤레스로 가는 대한항공 747 여객기에 몸을 싣고 있었다.

아무에게도 말하지 않고 도망치듯이 옷가지만 몇 벌 챙겨 가방에 담은 채 혼란스런 기분으로 집을 나섰지만, 비행기가 한국으로부터 멀어질수록 은교는 마음이 편해지는 것을 느꼈다. 아무리 생각을 해봐도 병준과 평생을 함께할 자신이 없었다.

서후는 입국장에서 기다리고 있다가 은교를 보고 손을 들었다. 은교 역시 반갑게 손을 들었다.

"여행은 어땠어요? 피곤하시죠?"

"아니에요. 즐거웠어요."

은교는 이상하다는 생각이 들었다. 번듯한 기업을 앞세운 병준은 온몸을 돈으로 치장하고 있는 기분이었는데, 도박을 업으로 하는 서후에게서는 오히려 돈 냄새가 전혀 나지 않았다.

"코리아 타운으로 가시죠. 묵을 만한 호텔을 잡아놨어요. 고급은 아니지만 지내시기 괜찮을 겁니다."

"네. 고마워요."

"로스앤젤레스에 일이 있으시다고요?"

"네. 하지만 간단한 일이에요."

"아무래도 오늘은 쉬고 내일 일을 봐야겠군요. 제가 모셔다 드리죠."

"아니에요. 혼자 가면 돼요."

"차가 필요하실 텐데요."

"호텔에서 택시를 타고 가겠어요."

"그 일이 끝나면 어떻게 하실 거죠?"

"한국으로 돌아가야죠."

"시간이 괜찮으시면 제가 라스베이거스를 한번 구경시켜드리고 싶은데요."

은교는 대답을 하지 않았다. 자신은 서후에게 거짓말을 하고 있었다. 은교는 자신이 하는 일에 도무지 확신이 서지 않았다. 그래도 서후를 한 번은 꼭 만나봐야만 했다.

"저녁은 한식으로 하는 게 어떨까요?"

"네, 좋아요."

체크인을 마친 두 사람은 코리아 타운을 걸어서 순두부 집으로 갔다.

"어머, 순두부가 어쩜 이렇게 맛있어요?"

"은교 씨가 있으니 오늘은 특히 더 맛있군요."

"농담도 하시네요."

"저는 원래 농담을 잘합니다. 미국인들과 함께 있다 보면 농담을 자주 하게 되죠. 화난 사람처럼 뚱하고 있을 수는 없으니까요."

은교는 마음이 편했다. 순두부 한 그릇이 병준과 먹던 그 비싼 프랑스 식당의 음식들보다 훨씬 맛있었다. 이상하게 서후와 있으면 마음이 편했다. 그가 도박사라는 사실이 끊임없이 의식의 한가운데를 비집고 들어 무겁게 자리하고 있었지만, 그럼에도 불구하고 서후와 있는 시간은 언제나 좋았다.

"괜히 저 때문에 이리 오시게 해서 미안해요."

"아니에요. 솔직히 전화 받고 너무 기뻤습니다."

"한창 운이 오를 때 제 전화를 받아서 혹시 운이 중단된 건 아니었나요?"

"무슨 말씀을요. 게다가 저는 운이란 걸 믿지 않아요."

"도박사에겐 운이 중요한 게 아니던가요?"

"하하, 운이란 아마추어들에게나 해당되는 말이지요. 게임을 운으로 하면 다 잃어요."

"그럼 뭘로 해요?"

"승부를 좌우하는 인자가 너무 많아서 한마디로 얘기할 수가 없어요."

"그래요? 카지노 도박이 그렇게나 복잡해요? 비즈니스처럼요?"

"더 복잡합니다. 아니, 훨씬 단순하기도 하죠. 음, 뭐랄까. 카지노 게임은 천의 얼굴을 지녔어요. 복잡해서도 안 되고 단순해서도 안 되는 그런 거죠."

"좀 이해하기 어렵네요."

은교는 여전히 카지노 도박이란 말이 나오면 자신이 이제껏 보아온 수많은 가정 파탄자들의 모습이 떠올랐지만, 서후의 카지노에 대한 접근은 이들과 달리 진지하다는 느낌이 들었다. 그리고 이런 느낌은 지금 이 순간만큼은 아무 생각 없이 어린애처럼 그저 서후 곁에서 편하고 행복하고 싶다는 기분으로 이어졌다. 카지노 도박도 그저 농사, 정육점, 교사, 주식, 금융업, 이런 것들과 별다를 것 없는 사회의 한 구성 요소일 뿐이며, 그저 다른 일에 비해 순간에 끝나고 마는 오락 같은 것이라고 가볍게 생각하고 싶었다.

"이제 그만해요. 도박에 대해 은교 씨도 전문가잖아요."

"제가 아는 건 표피적인 거죠. 실체를 알고 싶어요."

"은교 씨도 참, 뭘 더 알고 싶은데요?"

"카지노 도박에서 이기는 방법, 그런 게 있나요?"

"왜요? 한번 해보시게요?"

"그래볼까요?"

"하하하. 안타깝게도 카지노 게임에 이기는 방법이란 없어요. 지금 이 순간에도 카지노를 이기는 방법을 연구하는 사람이 전 세계에 수백만인데 불행히도 아무도 성공하지 못한 것 같아요."

"그럼 반드시 지나요?"

"네."

"반드시 진다고요?"

"네. 반드시 집니다."

"그런데 서후 씨는 왜 카지노 도박을 계속하는 거예요?"

서후는 잠시 생각하다 고개를 저었다.

"그건 말할 수 없습니다."

"아니, 말씀해주세요."

"말할 수 없어요."

"이유가 있긴 한가요?"

"네?"

"자신이 그렇게 카지노 도박에 열중하는 이유를 분명히 파악하고 계시냐고요?"

"물론입니다."

"그럼, 그 이유를 말해주세요."

"말하고 싶지 않아요."

서후는 평소의 그답지 않게 너무도 완강했다. 그런데 이 순간

은교는 뭔가 이상한 점을 느꼈다. 서후는 카지노에 절대로 이길 수 없다고 말하면서도 오랜 세월 카지노 도박을 해왔다는 사실이 떠올랐다.

"서후 씨는 백만장자예요?"

"네? 아니요."

"특별한 직업도 없잖아요."

"네."

"그런데 어떻게 그 오랜 세월 동안 카지노 게임을 할 수 있었어요?"

서후는 웃었다.

"또 대답을 회피하시는 거예요?"

"네."

"저는 카지노 도박이 얼마나 무서운 건지 누구보다 잘 알아요. 그 흐름은 너무도 급해요. 내가 아는 누군가는 강원랜드에서 불과 석 달 사이에 500억을 잃었어요. 일 년이 안 돼 남은 재산마저 몽땅 쏟아부었죠. 가족을 망치고, 그 다음에는 주변을 망치고, 그렇게 세월을 보내고 있어요. 그런데 서후 씨는 어떻게 그 오랜 시간 동안 망가지지 않고 카지노 도박을 직업처럼 갖고 있느냐고요. 그건 계속 이겼다는 얘기인데, 그러면 지금쯤 갑부가 되어 있어야 하는 것 아닌가요? 그도 아니라면 서후 씨에게 도대체 인생은 뭔가요?"

서후가 대답을 않자 분위기가 어색해졌다. 서후는 자리에서 일어섰다.

"우리 어디 좀 시원한 곳으로 가볼까요?"

"어디요?"

"바닷가는 어때요?"

"네. 좋아요."

서후는 자동차를 몰고 프리웨이로 나갔다. 얼마 후 두 사람은 샌타모니카 해변을 걷고 있었다.

은교의 선택

은교는 다음날 한나절을 시내에서 보내고 오후에 다시 서후를 만났다.

"내일은 돌아갈 거예요."

"그렇게나 빨리요?"

"네."

"아쉽군요. 보통 한국에서 오면 최소한 일주일은 있다 가는데요. 무슨 일인데 그렇게 빨리 끝냈어요?"

"네, 그냥……."

은교는 뒤를 얼버무렸다.

"이제 한국에는 안 오세요?"

"가야지요."

"언제요?"

"미정입니다."

"여기서 계속 카지노 도박을 하실 거고요?"

"네."

은교는 희미하게 웃었다.

"이거 받으세요."

"뭐지요?"

"지난번 한국에서 드렸어야 했는데, 서후 씨 책이에요."

"아, 《명상록》. 이후에 다시 샀어요. 은교 씨 가지세요."

"자주 읽으셨나 봐요."

"네. 저를 이루는 요소들 중 하나였지요. 힘들었던 어린 시절 내내 《명상록》을 읽으며 마음의 힘을 키웠어요."

"돌아가면 곧 결혼할 것 같아요. 마지막으로 서후 씨를 만나러 온 거예요. 사실은 그게 이곳에 온 목적이에요."

"……그래요?"

"서후 씨를 만나 책을 전해주고 결혼한다는 사실을 알리고 싶었어요."

"그랬군요."

"만약에요……."

"네."

"카지노와 저, 둘 중 하나를 택해야 한다면 어떻게 하실 거죠?"

서후는 당황한 듯이 보였다.

"대답해주세요."

은교는 서후의 시선을 한 갈래도 놓치지 않겠다는 듯 뚫어지게 쳐다보고 있었다.

"그건 대답할 수 없습니다. 말할 수 없어요. 말하지 않겠어요."

은교는 억지로 웃어 보였다.

"그렇겠지요. 말할 수 없겠지요. 당신은 카지노를 떠날 수 없는 사람이니까."

"그럴지도 모르지요. 그런데 왜 그렇게 이분법적으로만 생각해요? 인간이란 매우 다양한 존재예요. 사고도 다르고 살아가는 방식도 다 달라요. 나에게 카지노 게임은 단순한 노름이 아니에요. 내가 고요히 나 자신을 살피며 살아가는 수양의 한 방식이에요. 그건 결코 포기할 수 없어요."

"잘 알겠어요."

은교는 온몸에 힘이 빠지는 것을 느끼며 자리에서 일어났다.

"오지 말았어야 했나 봐요."

"은교 씨, 그럼 저도 하나 얘기할까요?"

"네."

"인간의 가능성을 무조건 부인하는 것도 큰 오류예요. 카지노 게임도 인간이 하는 거고 이길 수 있는 길이 있어요. 어떤 사람에게는 카지노 게임이 가장 깨끗하게 돈을 버는 방법이에요. 내가 못한다고 해서, 또 싫어한다고 해서 무조건 부정해버리면 안 돼요."

"그럼 서후 씨는 사람들에게 카지노 도박을 장려해야 한다고 생각해요?"

"그건 물론 아니지요."

"그럼 서후 씨가 잘못된 거예요. 저는 가겠어요. 서후 씨는 지금 헛것을 보고 있어요. 도박은 아무것도 책임지지 못해요. 아내도, 자식도, 아니 그전에 자신조차 책임지지 못해요. 이걸로 서후 씨에 대한 제 마음의 빚을 버리려고 해요. 저는 진심으로 서후 씨에게 카지노와 저 가운데 어느 쪽을 택하겠느냐고 물었고 서후 씨는 대답하지 않았어요. 그건 도박을 선택했다는 얘기겠죠. 저는 그렇게 알고 저의 길을 가겠어요."

"……."

은교는 천천히 고개를 숙이고 뒤로 돌아섰다. 서후는 은교를 붙잡지 않았다.

다음날 은교는 톰 브래들리 터미널에 모습을 나타냈다.

"인천 가시죠? 티켓을 보여주세요."

"여기 있어요."

"아, 김은교 씨. 어떤 좌석이 좋으세요?"

"통로 쪽 있나요?"

"통로 쪽은 없네요. 그런데 비상구 옆쪽에 널찍한 두 자리가 있어요. 거긴 넓어요."

"그럼 그걸로 주세요."

은교는 보딩패스를 받아 들고 게이트로 향했다. 아무렇지 않은 듯 걷고 있었지만 사실 은교의 가슴은 찢기듯 아렸다. 자꾸 마음이 약해졌지만 은교는 그럴 때마다 고개를 저었다.

'아니야, 도박만큼은 아니야.'

은교는 서후의 모든 것을 기꺼이 다 받아들일 수 있었다. 그러나 도박만은 결코 아니었다.

"제가 카지노를 포기할게요."

창가 자리에 앉아 밖을 내다보고 있던 은교는 갑자기 들려온 목소리에 놀라 옆을 보았다. 거기 거짓말처럼 서후가 서 있었다.

"서후 씨……."

"은교 씨 말이 옳아요. 카지노 게임을 포기하는 게 옳은 선택입니다."

"네?"

"은교 씨와 카지노, 둘 중 하나를 꼭 버려야 한다면 당연히 카지노를 버려야지요."

"정말인가요?"

"정말이에요."

"진심이냐고요!"

서후는 대답 대신 은교의 뺨에 가볍게 입을 맞추었다.

"믿으세요."

"아!"

"노력할게요."

"그런데 후회 안 하시겠어요?"

"맹세할게요."

은교의 눈에 눈물이 핑 돌았다. 은교는 눈물이 고인 눈으로 서후의 눈을 바라보았다. 서후의 눈은 맑고 투명했다.

"아아!"

"세상에 사람보다 소중한 건 없어요. 더군다나 사랑하는 사람이 원하는 일이라면 더 말할 필요도 없지요."

은교는 확신할 수 있었다. 서후라는 사람은 분명 도박에 갇혀 있는 사람이 아니었다.

"그런데 약속해둔 게임이 하나 있어요. 꼭 하게 된다면 그것만은 어쩔 수 없어요."

"무슨 게임인데요?"

"지금은 뭐라고 말할 수 없어요. 아무튼 꼭 하게 된다면 그 한 게임만 허락해주세요."

은교는 서후의 눈을 똑바로 바라봤다. 역시 맑고 투명했다.

"윤허할게요."

두 사람은 같이 웃었다.

카지노를 이기는 방법

한국으로 돌아온 서후는 은교의 사무실 근처에 작은 오피스텔 하나를 얻었다. 카지노 게임을 하지 않고 이제 어떻게 살 것인가. 은교에게 부끄럽지 않은 사람이 되고 싶었다. 은교는 서둘지 말고 천천히 직장을 찾아보자고 했지만 서후는 사실 생각해둔 게 있었다. 서후는 우선 책을 쓸 참이었다. 그것이 소설이 될지 인문서가 될지는 모르겠지만 도박에 관한 책이라는 건 분명했다. 그 사이 도서관 일을 보면서 조금씩 준비해둔 일이기도 했다. 어느 정도 모양이 갖춰지기 전까지는 은교에게도 밝히지 않을 참이었다.

서울에 정착한 지 이틀이 지난 토요일 오후였다. 서점에서 책을 보고 있는데 은교로부터 전화가 걸려왔다.

"지금 시간 괜찮으세요? 제가 저녁 살게요."

"좋지요."

"그런데 동행이 있는데 괜찮겠어요?"

"물론이지요."

"몇 시에 어디서 볼까요?"

"좀 멀지만 잠실역에서 봬요. 저는 지금 출발할게요."

서후는 시간을 따져보고는 서둘러 서점을 나와 지하철역으로 향했다.

잠실역에 내리자 은교가 기다리고 있다가 서후를 맞았다.

은교는 서후를 데리고 송파 쪽으로 방향을 잡았다. 걸으면서 은교가 말했다.

"사실 서후 씨 도움이 필요했어요."

"도움이요?"

"오늘 만날 사람은 도박꾼이에요."

"……?"

"오래전에 상담을 해왔던 사람인데 울면서 보육원 사정에 대해서 묻더군요. 카지노를 다니다 파산을 했는데 부인은 행방불명이고, 자신이 돌볼 처지가 못 되는 초등학생 딸아이를 맡아줄 만한 곳을 찾고 있다고요. 그렇게 말하는 그는 분명 자살을 준비하고 있는 느낌이었어요. 우리는 긴 시간 통화를 했어요. 결국 그분을 살려낼 수 있었는데, 그분이 재기하는 동안 제가 그의 딸아이를 맡아주기로 한 거예요. 마침 보육원을 운영하는 친구가 있어서 신세를 지고 있어요. 그래도 그 사람이 저와의 약속을 지키려고 그동안 막노동을 하면서 열심히 돈을 모은 모양이에요. 딸과는 채권자의 눈을 피해 저와 같이 가끔씩 만나왔는데, 어제 전화를 걸어와서는 울면서 나한테도 미안하고 딸아이를 볼 면목이 없다며 딱 한 번만 카지노 도박을 다시 하겠다는 거예요. 얼마 전 공사판에서 허리를 다쳐 이제 일도 할 수 없게 되었다며……."

"……?"

"1억만 있으면 딸을 데리고 다시 새 생활을 시작할 수 있을 것 같은데, 지금처럼 살아서는 도저히 1억을 만들 방법도 기약도 없다는 거지요."

"그래서요?"

"저는 화가 나서 그럴 거면 당장 아이도 데려가라고 소리를 질렀지만 그가 마음을 돌린 것 같지는 않아요. 오늘 아이와 함께 그 사람을 만날 텐데 어찌해야 좋을지 모르겠어요."

서후는 은교로부터 이야기를 듣고 상황을 이해할 것 같았다.

"딱한 이야기군요."

"결국 이렇게 또 끝나는구나 싶어서 너무 가슴이 아파요."

"……."

서후는 고개를 끄덕이고는 말없이 은교를 따라 걷다가 말했다.

"내가 한번 이야기해볼게요."

"고마워요. 이런 부탁이나 드리고……."

공원 앞에 이르렀을 때였다.

"언니!"

한 아이가 은교에게 손을 흔들며 달려왔다.

"그래, 샛별아."

은교는 달려온 아이를 안아주었다. 둘은 다정한 자매 같았다.

아이의 아빠라는 사내는 순한 인상의 평범한 사람이었다.

"너무 고맙습니다."

사나이는 먼저 은교에게 깊이 고개를 숙여 인사했다.

"언니, 이제 아빠가 같이 살 수 있을 거래."

"그래?"

샛별의 말에 은교가 사내를 돌아봤다.

사나이는 애써 시선을 돌렸다. 은교가 옆에 있는 서후를 소개했다. 서후는 스스럼없이 손을 내밀었다.

"이서후입니다."

"이형천입니다."

함께 저녁식사를 마치고 샛별을 돌려보내고 난 후 은교가 사나이에게 말했다.

"서후 씨는 우릴 도와주러 오신 분이에요."

"네?"

이형천은 의아한 얼굴로 은교와 서후를 번갈아 보았다.

서후는 에두르지 않고 직접적으로 물었다.

"그동안 얼마나 잃으셨어요?"

"15억 언저리 됩니다. 하지만 지금은 잃어버린 재산에는 아무런 미련도 없습니다. 다만 깡패들 빚만 갚고 아이하고 같이 살기만 했으면 좋겠습니다."

"다시 게임을 하시겠다고요?"

서후의 물음에 사내는 은교를 바라봤다. 은교는 고개를 끄덕였다. 모두 이야기했다는 뜻이었다. 사내는 고개를 떨구었다.

"정말 그 방법밖에 없을까요?"

서후의 물음에 사내가 띄엄띄엄 말했다.

"은교 씨 덕분에 돈을 좀 모았습니다. 조금만 참고 기다리라고 아이와 한 약속도 있어서 정말 열심히 노력했습니다. 저도 배울 만큼 배운 놈이지만 빚 때문에 원래 하던 일도 할 수 없었습니다. 그동안 노가다판을 전전했습니다. 그런데 얼마 전 질통을 지다 허리를 다치고 말았습니다. 더 이상 은교 씨에게 폐를 끼칠 수도 없고, 지금 같은 방식으론 도저히 희망이 없습니다."

서후는 그의 말에 진정성이 느껴져서 다시 물었다.

"얼마나 모으셨는데요?"

"1,200만 원입니다."

"1억이 필요하시다고요? 그 1억이 되면 어떻게 하실 건데요?"

"깡패들 돈 7,000만 갚으면 다시 직장에 나가 설계 일을 할 수 있습니다. 나머지 3,000을 보증금 삼아 방을 구하고 아이를 데려올 생각입니다."

"휴!"

은교가 안타까운지 한숨을 쉬었다.

"정말 다신 카지노 도박을 안 하실 거고요?"

사내가 고개를 절레절레 흔들며 말했다

"아유! 이젠 덧정 없어요. 꿈에 볼까 무섭습니다."

"그런데 지금도 하려고 하시잖아요?"

"지금 이 돈 1,200은 있으나 없으나 마찬가지입니다. 그럴 바엔 모험이라도 한번 해보자는 심정입니다. 다른 방법이 없으니까요. 결코 도박을 하고 싶어서가 아닙니다."

사나이의 결심은 확고한 듯했다.

"그럼 한번 설명해보세요. 어떻게 게임을 하실 건지."

"네?"

"어떤 방법으로 게임을 하실 건지 한번 설명해보시란 말입니다. 시뮬레이션 같은 거죠."

서후의 물음에 사내가 주저하다 자신 없는 목소리로 말했다.

"사실 저도 어떤 방법으로 게임을 할지 아직 마음을 정하지는 못했습니다. 잘하는 사람을 따라가볼까 하는 생각도 있고……."

"잘하는 사람이요?"

"네. 그날 운이 좋은 사람 말입니다."

"베팅은 어떻게 조정할 거죠?"

"1,200이면 300씩 네 번 칠 수 있으니까 300 다이에 앉아서 기다렸다가 300씩 칠까 하는 생각도 해보고…… 그렇습니다."

"8,800을 얼마 동안에 이길 생각입니까?"

"네?"

"어느 정도 시간을 들여 8,800만 원을 따려고 하느냐는 말입니다."

"패가 좋으면 한두 슈에라도 딸 수 있는 게 바카라 아닙니까?"

서후는 뭐라고 대답을 해야 할지 몰랐다. 사내와 이야기를 나누어보니 그가 강원랜드에 가서 8,800만 원을 따기는커녕 본전 1,200만 원을 잃을 확률이 100퍼센트였다.

"뭐가 잘못됐습니까?"

"음, 잘못됐다기보다 무모하군요."

"도박에 무슨 방법이라도 있습니까? 운이 따르길 바랄 뿐이지요."

"제가 몇 가지 말씀드려도 될까요?"

"물론입니다."

"우선 가서 게임을 하실 강원랜드에 대해 제대로 아셔야 합니다."

"네?"

"강원랜드라는 곳은 기본적으로 돈을 딴다는 게 불가능한 곳이죠."

"그건 왜 그렇죠?"

"우선 디퍼런스 때문입니다."

"디퍼런스가 뭡니까?"

"맥시멈 벳과 미니멈 벳 사이의 간극이죠. 이게 최소한 100배는 되어야 게임을 할 수 있어요. 라스베이거스는 600배, 마카오는 250배예요. 하지만 강원랜드는 30배지요."

"디퍼런스하고 게임하고 무슨 상관인데요?"

"경마하고 비교하면 이해가 빠르겠네요. 사람들이 경마에서 돈을 잃는 것도 바로 그 디퍼런스 때문이지요. 경마는 한번에 큰돈을 베팅할 수 없어요. 잘게 나누어 베팅을 하도록 되어 있습니다. 그런데 맞힐 수 있는 확률보다 못 맞힐 확률이 당연히 훨씬 크겠죠. 처음에 한두 번 못 맞히면 정상적으로 본전을 복구하기가 불가능해져요. 이제까지 잃은 것을 한번에 복구할 수 있는 금액을 베팅할 수 없기 때문이에요. 게임이란 몇 번 못 맞히면 한번에 크게 올려서 복구를 해올 수 있어야 해요. 커미션이 있는 바카라에서는 더욱더 그래요. 그런데 강원랜드의 디퍼런스는 기형이에요. 그래서 한번 잃으면 복구가 쉽지 않은 겁니다. 한두 번 운이 좋아서 이길 수 있다 해도 결과적으로 몽땅 잃게 되는 게 그런 이유 때문입니다."

"아무것도 모르고 잃은 사람들만 억울하군요."

이형천은 낯빛이 달라졌다. 이제야 자신이 얼마나 무모했는지 느껴지는 모양이었다. 또한 앞에 앉은 이 서후라는 사람이 자신보다 나이는 어리지만 은교의 말대로 정말 도움이 될 수 있을 사람이라는 확신이 든 모양이었다.

"그럼 저는 어떻게 하지요? 강원랜드에서 게임을 해야 하는데."

"방법을 가르쳐드릴게요."

"그게 방법으로 가능할까요? 카지노 게임에 이기는 방법이란 게 있나요?"

"무슨 일이 있더라도 제가 얘기한 대로만 한다면요."

"죽는 한이 있더라도 그렇게 하겠습니다."

"그러고 나서는 완전히 끊겠다고 약속을 하세요."

"물론입니다. 아까도 말씀드렸지만 이제 정말 저는 카지노라면 덧정 없습니다."

"우선 카지노에서 게임하는 자세에 대해 몇 가지 말씀드리지요."

"게임하는 사람의 자세라는 것도 있습니까?"

"우선 테이블에서건 어디서건 일단 카지노 안에 들어가면 말을 하지 마세요."

"네? 왜요?"

"그냥 그렇게 하세요."

"알겠습니다."

"콜라나 맥주 같은 것을 마시지 마세요. 음료수는 오직 물만 마셔야 합니다."

"네."

이형천은 이해가 안 갔지만 잠자코 대답했다.

"다른 사람의 플레이에 신경 쓰지 마세요. 모두 다 뱅커에 가더라도 자신이 플레이어라고 생각되면 플레이어에 벳을 하세요."

"알겠습니다. 그런데 모두가 같은 방향으로 벳을 하면 혼자 반대로 가기가 어쩐지……."

"어떻단 말이지요?"

"두렵기도 하고, 이길 때 미안하기도 하고."

"목숨을 걸고 하는 도박에 그런 기분이 들어요?"

서후가 쏘아붙이자 이형천은 머쓱해 했다.

"그렇군요. 목숨 걸고 하면서……."

"다른 사람이 이기고 지는 것에도 신경 쓰지 마세요. 저 사람들은 저렇게 잘 따는데 나는 왜 이 모양인가 하는 마음을 버리셔야 합니다."

"알겠습니다."

"무엇보다도 중요한 건 바로 이거예요."

이형천은 숨을 죽이고 서후의 입술에 시선을 모았다.

"카지노 안에서 절대 계획을 변경하지 마세요."

"네?"

"이번만 하고 앞으로는 발길을 안 하실 테니까 원리를 설명하지는 않겠어요. 다만 제가 목표액을 지정해주는 대로만 하시면 돼요."

"알겠습니다."

서후는 종이를 꺼내 펜으로 목표액을 써 내려갔다.

제1일 300

제2일 400

제3일 200

제4일 500

제5일 400

제6일 600

제7일 500

제8일 700

제9일 900

제10일 600

제11일 900

제12일 800

제13일 700

제14일 500

제15일 800

"꼭 이대로만 하셔야 해요."

"알겠습니다."

"목표를 이루면 그 즉시 뒤도 돌아보지 말고 나오셔야 해요. 사소한 경비 몇 만 원 욕심내서 벳을 더 하면 절대 안 됩니다."

"네."

"그럼 이제 게임하는 방법을 알려드릴게요."

"네."

이형천은 잔뜩 긴장한 얼굴로 숨조차 죽인 채 서후의 말에 집중했다. 사실 지금까지 어떤 때는 500만 원을 가지고 10만 원도 못 이겨보고 졌던 적이 수없이 많았기 때문이었다.

"게임을 100 단위로 끊으세요."

"무슨 말씀이신지?"

"목표가 300만 원인 날은 100만 원씩 세 번을, 800만 원인 날은 100만 원씩 여덟 번을 이기란 말이지요."

"그러니까 목표는 항상 100이라 생각하고 그걸 몇 번 이긴다, 이런 말이군요."

"그렇지요. 목표가 100인 사람의 벳은 어때야 할까요?"

"네?"

"한번에 100을 전부 갈까요?"

"……."

"첫 벳이 5나 10이어야 해요. 그것도 기회라고 생각될 때에만 말이지요."

"그 벳이 지면요?"

"그 벳을 찾아와야지요. 아주 조심스럽게요."

"이기면요?"

"계속 그렇게 조금씩 벳을 하는 거예요. 이긴 돈이 쌓이면 한 번에 다 벳을 해도 좋아요. 그러나 그 벳이 죽으면 다시 아주 조심스럽고 섬세한 벳을 해서 본전을 지키면서 게임을 해야지요."

"제겐 좀 어렵군요."

"그래서 게임을 100 단위로 끊으란 얘기예요. 100 단위로 끊으면 목표가 달성되었을 때 다시 10 단위로 벳이 내려가기 때문에 아무리 나쁜 그림을 만나도 위험이 없어요. 첫 100이나 200이 달성되고 나면 그 다음은 비교적 쉬워요."

"그렇겠군요."

"그럼 가서 하세요."

"거기서 방을 구해 자면서 해야 할까요?"

"안 돼요. 서울에서 매일 기차를 타고 갔다 오세요. 이틀에 한 번 가도 좋고 매일 가도 좋겠지만 서울에서 다니세요."

"그건 왜죠?"

"아무튼 그대로 하세요. 기차에 타고 있는 동안은 뼈저린 반성을 하세요. 부인에게 진심으로 사과하고 아이에게 마음속으로 빌어보세요."

"알겠습니다."

"반드시 명심해야 할 것은 제가 얘기한 것 중 어느 하나라도 어기면 실패합니다. 반드시 그대로만 하셔야 해요."

서후는 다시 한 번 강조했다.

"알겠습니다. 어려운 것도 아닌데요."

서후는 고개를 저었다.

"아니요, 아주 어렵습니다. 하지만 갱생을 위해서는 꼭 그대로 해야만 합니다."

"네!"

이형천은 결의에 찬 목소리로 대답했다.

"그럼 이제 가세요."

이형천은 고개를 숙이고 자리에서 일어났다.

"샛별이를 생각하세요."

은교가 말했다.

"네."

사나이가 나가고 나자 은교가 걱정스런 얼굴로 물었다.

"가능할까요? 이제까지 지기만 했다는데."

"글쎄요. 믿어야지요."

"액수가 너무 커서 걱정돼요."

"그분에게 달렸어요. 몇 번의 위기도 있겠지만……."

카지노의 신화

라스베이거스에서 돌아온 혜기와 한혁은 예전처럼 강원랜드로 가서 게임을 했다. 우 학장의 철저하고도 엄격한 관리는 이들로 하여금 연전연승을 하게 만들었고, 시간이 지나면서 젊은 두 남녀는 강원랜드에서 모르는 사람들이 없게 되었다.

"47연승째라는군."

"여자는 간혹가다가 한 번씩 진대. 그런데 남자는 불패야."

그들의 연승이 계속되자 말들은 계속해서 부풀려져 갔고 이제 우 학장의 존재도 드러나기 시작했다.

"50연승을 한 그 젊은 남녀들 말이야, 사실은 그 뒤에 진짜 엄청난 사람이 조종하고 있다더군."

"두 사람이 잘해서라기보다 뒤에 있는 그 사람 때문이라더군."

"그 사람 지시를 받으면 누구라도 이길 수 있다던데."

"정말이야? 그럼 그 둘은 그냥 로봇이었단 말야? 아바탄가?"

"따지고 보면 그런 셈이지."

두 사람 뒤를 받쳐주는 '엄청난 사람' 우 학장에 대한 이야기는 이제 한혁과 혜기를 넘어서 강원랜드의 신화가 되어가고 있었다.

그런 소문들에 아랑곳없이 그들은 아침이면 강원랜드 현관에 내리고 목표가 달성되면 바로 그 자리에서 타고 온 자동차에 올라 사라지곤 했다. 그러나 소문들이 새끼를 쳐가고 급기야 그들의 귀에도 들어가기 시작하면서 상황은 달라졌다. 혜기는 여전히 게임을 즐기고 있었지만 한혁은 흥미를 잃은 걸로 보였다.

그러던 어느 날이었다. 이른 아침부터 비가 내리던 그날 일찌감치 목표액을 채우고 차에 오른 한혁이 무거운 얼굴로 우 학장에게 물었다.

"저는 아직도 이해할 수 없습니다."

"무엇을?"

"왜 그때 스승님은 그자와의 내기를 피하신 겁니까?"

우 학장은 말이 없었다.

"스승님!"

한혁의 목소리는 단호했다.

"대답해주십시오! 저는 지금 흔들리고 있습니다."

"무슨 말이냐?"

"자신감이 없어지고 있단 말입니다. 세계 제일의 도박사로서 의당 가져야 할 자신감을 못 가지고 있습니다. 사람들 말대로 저는 정말 스승님의 로봇에 불과한 겁니까? 그래서 그와의 일전을 피한 것입니까?"

"누가 뭐래도 넌 세계 일인자다. 어째서 아직도 그런 일 따위를 잊지 못하고 있는 거냐."

"말씀해주십시오, 왜 내기를 피했는지. 이유를 설명해주지 않으시면 저는 당장 내일부터 게임을 할 수 없을 것 같습니다."

한혁의 확고한 태도에 학장은 결심한 듯 입을 열었다.

"그때 나는 게임을 피한 것이 아니다."

"피한 게 아니라니요?"

"우리가 진 것이다. 아니, 내가 진 것이다."

"우리는 게임을 하지도 않았잖습니까?"

"그는 내가 응할 수 없는 내기를 걸어왔다. 바로 그게 승부였어. 그는 승부의 맥을 아는 자야. 일단 내가 응할 수 없는 내기를 걸어온 것 자체가 승부였단 말이다."

"하지만 저는 이길 수 있었습니다. 스승님이 내기에 응하기만 하셨다면 말입니다. 저는 그와 반드시 승부를 하고 싶습니다."

우 학장의 표정이 일그러졌다. 언젠가 이런 날이 올 줄은 알고 있었지만 의외로 너무 빨리 다가왔다는 생각이 들었다.

"한혁이 네가 무슨 말을 하고 싶은지 알겠다. 그와의 승부는 핑계다. 너는 이제 날 떠나고 싶은 게다. 너는 언제나 돈이 문제가 아니었지. 내 지시를 받는다는 게 이제 부담스러워진 게다. 너 혼자 서고 싶은 게 아니냐?"

"……"

한혁은 아무 말도 하지 못했다.

"하지만 아직은 안 된다. 우리는 좀 더 같이 있어야만 한다."

"싫습니다! 지금 떠나겠습니다."

"음!"

우 학장의 입에서 무거운 신음 소리가 새어 나왔다.

"한혁아!"

혜기 역시 안타까운 목소리로 한혁을 불렀지만 그의 표정은 굳어 있었다.

"너는 아직 카지노를 모른다."

"아닙니다. 저는 압니다. 저는 절대로 안 집니다. 저는 진다는 게 뭔지 누구보다 잘 압니다. 스승님도 아시다시피 저는 고아 출신입니다. 제 부모는 인생에서 패배하고 음독했습니다. 어린 저를 이 세상에 내팽개치고 말입니다. 저는 안 집니다. 절대로, 절대로 안 집니다."

"지금 네가 나를 떠난다면 질 수도 있다."

"아니, 절대로 안 집니다. 저는 돈이 없다는 게 뭔지 누구보다 잘 압니다. 돈 없어서 맞고, 돈 없어서 울고, 돈 없어서 굶어야 했습니다. 저는 죽으면 죽었지 자신을 통제하지 못해 지지는 않습니다."

무거운 정적이 차 안을 채웠다. 한참이 지난 후에야 우 학장이 입을 열었다.

"지면 돌아는 오겠느냐? 돌아오겠다고 약속하면 보내주마."

"약속드리겠습니다."

"한혁아!"

혜기의 눈에 눈물이 맺혔다.

"혜기, 너는 정말 훌륭한 여자야. 스승님을 부탁해."

"서울로 가자. 돈을 찾아주마."

"아닙니다, 스승님. 돈은 필요 없습니다."

"안다. 하지만 주고 싶구나."

"아닙니다. 저는 저를 시험하기 위해 가는 것입니다. 제가 지금 가진 100만 원이면 족합니다."

"알았다. 어려운 일이 생기면 연락하고……. 이제부터는 많이 고독할 것이다. 도박사의 가장 큰 적은 외로움이다. 그 고독을 이겨낼 수 있을 때만이 진정한 도박사가 될 수 있다."

"명심하겠습니다."

"자, 가거라!"

우 학장은 기사에게 차문을 열도록 했다. 한혁은 한동안 말없이 혜기의 얼굴을 들여다보았다.

"혜기야!"

"한혁아!"

"연락할게."

"어디로 갈 거야?"

"아직 몰라."

한혁은 한참이나 더 혜기를 바라보다가 우 학장에게 깊이 고개를 숙이고는 차에서 내렸다.

갱생의 첫발

청량리역을 출발한 강릉행 열차는 새벽 어스름을 가르며 긴 울음을 토해냈다. 새벽 기차를 타는 사람들의 사연이 모두 같을 수는 없겠지만 승객 대부분의 표정엔 어딘지 곤궁한 피로가 깃들어 있었다.

"이젠 많이 추워졌어요."

옆자리에 앉은 비슷한 연배의 사내가 파카 자락을 여미며 말을 건넸지만 이형천은 예, 하고 짤막히 대답하고는 차창 밖으로 눈길을 돌렸다. 바깥은 아직 어둠에 잠겨 있었다. 새벽길을 떠나 강원랜드로 가는 신세가 우스웠지만 한편으로는 눈물이 나려 했다. 그는 울음을 참으려 목을 젖히고 고개를 들어 천장을 보았다.

'샛별아!'

이형천은 딸의 이름을 마음속으로 불러보았다. 그는 두 손으로 옷깃을 여몄다. 이게 마지막 기회라는 생각이 들자 엄숙한 기분이 들었다.

'진다면?'

죽음.

진다면 죽음뿐이라는 생각은 확고했지만 어떻게 죽어야 할지 알 수 없었다. 딸아이를 데리고 죽어야 하는지 혼자 죽어야 하는지 판단이 서지 않았다. 이형천은 엄습해 오는 절망감을 어쩌지 못하고 몸을 떨었다.

'과연 내가 이길 수 있을까.'

네 시간 가까이를 달린 열차는 마침내 사북역에 도착했다. 앞서의 역들보다 훨씬 많은 사람들이 자리에서 일어나 내릴 채비를 했다. 대부분 강원랜드로 가는 사람들일 터였다. 이형천은 평소와 달리 쉽게 걸음이 떼어지지 않았다.

"안 내려요!"

안면이 있는 도박꾼 하나가 졸음에서 깨어 후다닥 뛰어내리며 말했다. 이형천은 천천히 열차에서 내렸다. 그때부터 이형천은 오로지 이서후라는 젊은 친구가 일러준 내용을 머리에 떠올리고 또 떠올렸다. 그가 어떤 사람인지 알 수는 없었지만 그동안 카지노 게임이 뭔지도 모르면서 단 한 번에 거액을 챙길 수 있다는 환상을 깨준 것만으로도 그의 말은 충분히 가치가 있었다.

'그래, 1,200만 원으로 100만 원 이기는 게임을 세 번 하면 된다. 결코 어렵지 않아!'

이형천은 속으로 몇 번이나 오늘의 게임 목표를 되뇌었다.

"뱅커 윈!"

이형천은 처음 베팅한 10만 원을 잃고 나자 불안해졌다. 이제껏 이렇게 불안해 보기는 처음이었다. 아직 1,190만 원이나 남아 있고 잃은 돈은 고작 10만 원이었음에도 그랬다. 긴장한 가운데 다음 벳을 하려던 이형천은 멈칫하며 손을 거두어들였다. 사람들이 반은 뱅커에 반은 플레이어에 벳을 하고 있었다. 자신의 판단으로는 뱅커였지만 플레이어에 벳을 한 사람들의 견해도 참고하기로 했다.

"플레이어 윈."

이형천은 고개를 끄덕였다.

이번에는 사람들이 모두 뱅커에 벳을 했다. 이형천 역시 뱅커에 10만 원을 쳤다.

"플레이어 윈!"

"에이, 씨팔!"

게임을 시작하자마자 세 번 벳을 하고는 자리에서 일어나는 사람이 있었다. 그는 매판 맥시멈 벳을 했는데, 세 번 모두 틀리자 그만 다 잃어버렸다.

'한때 나도 저런 식의 플레이를 한 적이 있었잖은가!'

이형천은 과거의 후회스러운 기억들이 떠오르자 더욱 조심스러워졌다. 그는 기다리다가 기회라고 생각되었을 때 20만 원을 쳤다.

"뱅커 윈!"

다행이었다. 이형천은 매판을 조바심치며 벳을 하거나 참았다.

의외로 칩이 자꾸 들어와 모였다. 한 개 두 개의 벳이 한 번에 열 개를 칠 때보다 더 안전하게 빨리 돈이 된다는 것을 이형천은 차츰 느끼고 있었다.

100만 원이 되자 이형천은 칩을 옆으로 빼놓고 다시 처음부터 시작했다. 10만 원짜리 칩 하나하나에 이형천은 일희일비하며 칩을 뺏고 뺏기곤 했다.

신기하게도 별로 게임을 한 것 같지도 않은데 어느새 10만 원짜리 노란 칩 20여 개가 모여 있었다. 약간의 시간이 더 흐르자 이형천은 노란 칩 30개를 모았다. 그는 그 즉시 뒤도 안 돌아보고 자리를 떴다.

다음날 같은 시간 같은 기차 안에서 이형천은 다시금 샛별을 떠올리며 결의를 다졌다. 비록 하루 게임을 했을 뿐이지만 희미하게나마 희망이 보이는 것 같기도 했다. 그래도 샛별에게 희망이 깃든 전화를 한 것은 경솔했다고 생각하면서 이형천은 오늘의 목표를 다시 떠올렸다.

'1,500으로 400을 이기는 게임이다. 그런데 100씩 네 번으로 쪼개야 한다.'

설마 그게 안 될까 생각하던 이형천은 이내 고개를 세차게 흔들었다. 그는 더욱 겸허해져야 한다고 생각했다.

목표액

이상하게도 서후가 준 목표액 표는 엄청난 힘이 되어주었다. 이형천은 모든 잡념을 떨치고 오직 선생님이 내준 숙제를 제출해야 한다는 일념뿐인 초등학생처럼 게임에 집중했다.

'바보, 내가 이런 바보였나!'

이형천은 게임을 하면서 자신의 과거를 하나씩 떠올렸다. 그저 두 손으로 카지노에 돈을 갖다 바치던 어리석은 시절이었다. 도대체 왜 카지노 게임을 했는지, 무엇을 목표로 무작정 그 길을 나섰던 것인지 이해가 되지 않았다. 그러다 문득 이형천은 지금 주변 사람들이 전부 과거의 자기와 별로 다르지 않은 방식으로 게임을 한다는 사실을 깨달았다. 사람들은 오로지 감정과 기분으로 벳을 질러대고 있었다.

'가련한 사람들!'

이형천은 그들의 미래가 눈앞에 보이는 듯했다.

"플레이어 윈입니다."

딜러가 이형천의 손을 들어주었다. 이형천에게는 오늘의 마지막 벳이 성공한 셈이었다. 예전 같으면 1,500만 원으로 400만 원을 이겼다는 사실을 너무나 쉽게 받아들였을 터이지만, 지금 이 순간 이형천은 더없이 겸허하게 400만 원을 챙겨 넣었다. 과거에는 느껴보지 못했던 긴장감이 게임하는 내내 가슴을 떨리게 했고, 게임이 끝난 지금도 그것은 사라지지 않고 있었다.

'샛별아! 어쩌면 해낼 수 있을 것 같기도 하구나.'

이형천은 서울로 돌아가는 기차 안에서 2,000원짜리 김밥을 점심으로 사 먹었다. 예전 같으면 흥청망청 돈을 써댔을 것이지만 지금은 밥값조차도 아까웠다.

다음날 새벽 이형천은 같은 기차를 탔다.

'이상하다. 오늘은 목표가 왜 200일까?'

첫째 날이 300, 둘째 날이 400이면 오늘의 목표는 500이나 그 이상이어야 했다. 그러나 서후는 셋째 날의 목표를 오히려 200으로 줄여놓았다. 한참 생각하던 이형천은 이 200은 묘한 심리적 효과가 있다는 사실을 깨달았다. 1,900만 원으로 200만 원을 이기는 게임은 너무나 쉬웠다. 이것은 위험을 방지하고 목표에 대한 뚜렷한 확신을 심어주는 금액이었다. 이형천은 처음의 두 번보다도 훨씬 여유 있게 게임에 임했다. 이날따라 게임도 더욱 잘 풀렸다.

이형천은 자리에 앉은 지 10분도 안 되어 목표를 채울 수 있었다.

'너무 좋은 그림인데 이대로 일어나기는 아쉽다. 내일 목표액까지 쉽사리 채울 수 있는데…….'

이형천은 종이를 꺼내 내일의 목표액을 보았다. 500이었다. 이 좋은 그림이라면 500을 더 이기는 것이 어려울 것 같지 않았다. 한참을 자리에 앉은 채 고민하던 이형천은 마지막 순간 고개를 세차게 흔들었다. 서후에게 무슨 일이 있어도 카지노 안에서 마음을 바꾸지 않겠다고 약속한 것이 생각났던 것이다.

'그 사람이 특별히 그런 맹세를 받은 것에는 틀림없이 이유가 있을 것이다.'

이형천은 칩을 집어넣은 다음 뒤도 안 돌아보고 테이블을 떠났다.

다음날 이형천은 확고한 자신감 가운데서도 한 줄기 불안감이 가슴 깊숙한 곳에서부터 피어오르는 것을 느끼며 기차에 올랐다.

'어째서 게임이 이렇게 잘되는 것일까?'

과거에는 어림도 없었던 일이었다. 한 번 이겨보지도 못하고 가져온 돈을 삽시간에 잃은 적이 절반은 넘었다. 그러나 지금은 자신이 마치 프로 도박사처럼 침착하게 게임에 임하고 있는 것이다. 이형천은 두 손을 모으고 생전 처음 마음속으로 기도를 했다.

'오늘 게임이 아주 중요합니다. 500만 이기면 2,600이 되고 그러면 훨씬 안정감이 생길 것 같습니다. 저는 욕심도 없습니다. 깡패들 빚만 갚으면 온몸을 던져 열심히 일하겠습니다. 일만 할 수 있다면 이제까지 잃은 것은 다 잊어버릴 수 있습니다. 샛별이와 같이 아내도 찾아내겠습니다. 그 아이를 어미 없는 아이로 키울 수는 없습니다. 하느님, 제가 미쳤었나 봅니다. 오늘도 최선을 다하게 해주십시오.'

기도를 마치는 이형천의 두 눈에 눈물이 맺혔다. 자신이 어쩌다 이런 지경에까지 왔는지 기가 막힐 일이었다. 그러나 이형천은 두 주먹을 꽉 쥐었다. 오늘도 반드시 해낼 것이었다.

"뱅커 윈. 요즘 잘하시네요."

딜러는 이형천이 일어나는 것을 보고 한마디 던졌다. 이형천은 팁을 던지려다 말고 고개만 숙이고 돌아서 나왔다. 함부로 팁을 던지면 왠지 뭔가가 깨질 것만 같은 기분이 들었다. 대신 이형천은 어린 딜러에게 고개를 숙였다. 딜러는 팁을 받았을 때보다 더 좋아하는 눈치였다. 이형천은 예전에 딜러에게 욕까지 해대곤 했던 자신을 떠올리며 숙연한 걸음걸이로 카지노를 나왔다.

이형천은 여느 때처럼 2,000원짜리 김밥을 사 먹고 서울로 돌아왔다.

다음날은 2,600으로 400을 이기는 게임이었지만 처음부터 어려웠다. 같은 테이블에 앉은 사람들 모두가 순식간에 가진 돈을 다 잃는 사태가 벌어졌다. 아무도 못 맞히는 그런 그림이 연속으로 나오고 있었다. 그러나 이형천은 100도 채 잃지 않았다.

"대단하군요. 모두가 다 오링됐는데 어째 혼자서만 그렇게 잘하쇼?"

이형천은 자신의 게임법을 얘기하려다 입을 꽉 다물었다. 아무와도 얘기하지 말라던 서후의 말이 떠올랐기 때문이다. 생각해보니 이해가 될 것도 같았다. 언젠가 자기만 잘됐던 날 자랑하기에 바쁘다가 순식간에 가진 것 모두를 잃어버렸던 기억이 떠올랐다.

게임을 100 단위로 쪼개 100만 이기려 하다 보니 못 맞힐 때라 하더라도 그렇게 크게 잃지는 않았다. 이형천은 몇 번 못 맞히면 그대로 오링으로 이어지곤 하던 예전의 게임 방식이 얼마나 위험한 것이었던가를 새삼 떠올렸다.

욕심으로만 잔뜩 어우러졌던 과거의 게임은 그야말로 자살행위나 마찬가지였다. 이형천은 기다리고 또 기다렸다. 이상하게도 과거와는 달리 마음의 여유가 생기고 얼마든지 기다릴 수 있었다.

"갑자기 게임이 엄청나게 느셨어요."

과거의 자신을 기억하는 한 딜러가 놀랍다는 듯 말을 던져왔다. 이형천은 그냥 싱긋 웃고는 아무런 대답도 하지 않았다. 시간이 흐르자 그림이 바뀌면서 누구나 맞힐 수 있는 쉬운 그림이 되었다. 그러나 사람들은 이미 다 잃고 떠났기 때문에 이형천은 혼자 슬슬 벳을 했다.

너무도 쉬운 게임이었다. 이형천은 아주 안전하게 100씩 게임을 잘랐고 어렵지 않게 목표를 채웠다.

다시 이형천은 딜러에게 고개를 숙여 인사하고 카지노를 나왔다. 딜러에게 건방진 자세로 팁을 던지는 것보다 고개를 숙여 인사를 하다 보니 겸허한 마음이 더 생기는 것 같았다.

이형천은 다시 당연한 것처럼 2,000원짜리 김밥을 사서 기차에서 먹었다.

'내가 5연승이나 하다니!'

게임의 법칙

6일째의 목표는 600이었다. 3,000으로 600을 이기는 게임이라 쉽게 생각할 법도 했지만 이형천은 결코 자만하지 않았다. 과거 같으면 한 벳에 500을 쳤을 것이다. 그러나 지금은 목표를 100으로 묶었다. 이형천은 서후가 가볍게 언급했던 것들이 얼마나 중요한 것인가를 뼈저리게 느끼고 있었다. 비록 목표가 600이라 해도 100씩 처음 두 번 정도만 이기면 이미 목표는 달성한 것이나 다름이 없을 정도로 그 후의 게임은 안정이 되었다.

'이럴 수가!'

이기고 돌아오는 기차에서 이형천은 자꾸만 솟아오르는 의문을 어쩌지 못하고 있었다. 이대로라면 자신은 할 때마다 이길 것 같았다. 내일은 3,600으로 500을 이기는 게임이었다. 오늘보다 한층 쉬운 게임이 될 터였다. 게다가 게임을 100으로 끊으면 3,600으로 100을 이기는 게임이었다. 아무리 나쁜 그림이 나와도 자신은 잃을 턱이 없었다.

'이대로라면 카지노 게임을 직업으로 하는 게 훨씬 낫지 않은가!'

어느덧 자신감이 넘쳐흘렀다. 하지만 다음 순간 이형천은 창밖을 내다보며 쓴웃음을 지었다.

7일째.

목표는 어제보다 더 쉬웠다. 마음에 여유가 생기니 게임이 더 잘 보였다. 비단 게임만 잘 보이는 게 아니었다. 게임을 하는 사람들 하나하나가 너무나 잘 보였다. 그들이 잃는 이유를 훤히 알 것 같았다. 그들의 게임을 보고 있노라면 과거의 자신을 보는 것만 같았다.

'한 호흡만 참아요. 하다못해 화장실에라도 갔다 와요!'

이형천은 최악의 그림에서 흥분을 절제하지 못하고 미친 듯 질러대는 사람들에게 이런 충고라도 하고 싶었다. 그러나 꾹 눌러 참았다. 서후는 아무하고도 말을 하지 말라고 했다. 그의 말은 무조건 일리가 있다는 것을 이제 이형천은 확실히 알게 되었다.

"또 도망가는 거요? 그림이 이렇게 좋은데."

"어제 왜 그렇게 급히 갔어요? 어제 가고 나서 엄청난 그림이 나왔어요. 뱅커가 줄을 탔단 말이에요. 열네 개나 쏟아져 나왔는데……."

그러나 이형천은 조금도 동요하지 않았다. 과거 같으면 테이블을 치며 안타까워했을 것이다. 그러나 이제는 너무도 잘 알고 있었다. 그런 그림을 만나서 한순간 땄다 해도 결국엔 아무도 따지 못했을 거라는 걸.

이형천은 목표액을 채우자 도망치듯 카지노를 나왔다.

다음날 이형천은 같은 기차에서 같은 기도를 드렸다.

'오늘 이기면 목표의 반을 채우는 겁니다. 제발 저를 겸허한 상태로 유지시켜주십시오.'

딱히 믿는 신은 없지만 이형천은 기차에 앉으면 이제 누군가에게 기도를 하지 않고는 견딜 수 없었다.

4,100으로 700을 이기는 게임. 사실은 4,100으로 100을 이기는 게임. 이런 걸 몇 번 하면 되는 게임이었다.

"야, 뱅커고 플레이어고 따지고 자시고 할 거 없어. 무조건 저 분만 따라가! 저분이 최고야. 매일 이기는 분이야."

같은 테이블에서 게임을 하던 누군가가 친구에게 말했다. 그의 시선은 이형천을 가리키고 있었다. 이형천은 가슴이 뿌듯했다. 이제 사람들이 자신을 인정하기 시작한 것이었다. 그러나 다음 순간 이형천은 다시 어제 서후가 전화로 한 말을 떠올렸다.

"사람들이 이 선생님을 칭찬할 겁니다. 그런 때는 재빨리 테이블을 떠나세요. 게임을 하면서 누군가를 죽이고 싶을 때는 잘한다고 칭찬을 하라는 말이 있습니다."

이형천은 바로 자리를 떠났다. 다시 돌아오니 아무도 그런 말을 하지 않았다. 따라서 편안한 마음으로 자신의 게임을 할 수 있었다.

그날도 이형천은 평소와 다름없이 자신만의 자잘한 게임을 했다.

"베팅이 어째 그래요, 이 좋은 그림에서? 치면 치는 대로 먹는 게임 아닙니까? 모두 풀 벳으로 엄청나게들 들어왔는데 쪼잔하게 칩 몇 개가 뭡니까?"

이형천은 웃기만 할 뿐 아무런 대답도 하지 않았다. 자신에게도 그런 벳을 했던 시기가 없는 게 아니었다. 아니, 항상 그런 벳으로 일관했었다. 이제 이형천은 게임에서 이기고 지는 원리를 확연히 깨닫고 있었다.

과거의 자신은 게임은 결과가 중요하다고 믿었다. 어차피 이겼느냐 졌느냐가 모든 것을 결정하는 도박판에서 과정이란 아무런 의미가 없다고 생각했다. 그러나 이제 이형천은 고개를 저었다. 도박처럼 과정이 중요한 것도 없을 것이었다.

이형천은 잠시 쉬면서 옆의 젊은이가 하는 게임을 지켜봤다. 1,000만 원을 들고 온 그는 좋은 그림에서 500을 몇 번 찍더니 옆의 사람에게도 칩을 건네주며 찍어달라고 부탁했다. 5분도 안 돼 그는 5,000을 이겼고 사람들은 모두 부러운 시선을 보냈다. 그러나 이형천은 그를 부러워하지 않았다. 그 결과가 어떻게 될지 누구보다 잘 알고 있었기 때문이다.

"카지노 게임은 과정입니다. 돈을 이겨오는 과정이 얼마나 진지하고 치밀한가가 무엇보다 중요해요. 어렵게 이겨온 돈은 쉽게 무너지지 않아요. 하지만 쉽게 이겨온 돈은 쉽게 무너지지요."

어제 걸려온 전화에서 서후는 마치 자신의 심정을 꿰뚫기라도 하는 양 흔들릴 수 있는 부분을 미리 차단해주었다.

4,800을 가진 시점에서 이형천은 9일째를 맞았다. 기차에 앉는 순간 그는 뿌듯한 기분을 느꼈다. 자신은 반을 해낸 것이다. 이제 반환점을 돌아가기만 하면 된다. 무엇보다도 과거와는 달리 이제 확고한 자신감이 생겼다.

"샛별아!"

이형천은 자신도 모르게 딸의 이름을 불렀다.

"내가 간다!"

이형천은 옆에 누가 있는지 신경도 쓰지 않고 악을 쓰듯 외쳤다.

"이 아빠가 간단 말이다!"

게임은 어려울 것이 없었다. 4,800으로 100을 이기는 게임이 그리 어려울 리가 없었다. 이형천은 처음 왔을 때와 마찬가지로 이긴 100을 옆으로 밀어놓았다. 그리고 다시 10이나 20, 혹은 40을 베팅하면서 시간과 싸웠다. 오늘의 목표액은 900. 이형천은 400을 이긴 시점에서 그림에 확고한 자신을 가졌다. 자신이 가장 좋아하는 그림이었다. 뱅커와 플레이어가 하나씩 번갈아 나오는, 소위 원 바이 원이었다.

"깔룩이야!"

누군가가 소리쳤다.

"그래. 찬스지!"

이형천은 특히 이 그림을 좋아했다. 그에게는 어떤 그림보다 이 그림이 안정돼 보였다. 이형천의 심장이 꿈틀했다.

'이미 이겨둔 400이 있지 않은가!'

400을 가서 맞으면 남은 목표액 100은 문제도 아니었다. 모두들 뱅커에 거의 맥시멈 벳을 싣고 있었다. 이형천은 100만 원짜리 칩 네 개를 집어들었다. 져도 본전이었다. 다시 시작하면 되는 것이었다. 이형천은 칩을 뱅커 존으로 밀어넣었다.

"플레이어 식스, 뱅커 세븐. 뱅커 윈!"

딜러의 힘찬 목소리에 이형천은 가슴이 다 시원해졌다. 그동안 아무리 그림이 좋아도 10이나 20을 베팅하며 억누르고 억눌러온 가슴이 하늘을 향해 뻥 뚫리는 듯한 기분이었다. 그 쾌감은 결코 돈으로 살 수 있는 게 아니었다. 이형천은 이후 노란 칩 몇 개를 베팅해 100을 더 채워 넣었다.

900.

반환점을 돌아선 후의 첫 목표인 900을 시원스럽게 해결한 것이었다. 이형천은 자리에서 벌떡 일어났다. 다른 어떤 때보다 기분이 좋았다.

이형천은 기차에서 2,000원짜리 김밥을 맛있게 먹었다.

딱 한 번만 더

"하하, 그것 참!"

서후라는 젊은이는 참 묘한 사람이었다. 빽빽한 험산 준령 사이에 반드시 나지막한 고갯길 하나를 끼워주는 것이었다. 5,700을 가진 시점에서 600이란 목표는 참으로 쉽게 생각됐다. 그리고 실제로도 쉬웠다. 이형천은 100씩 네 번을 채워 넣은 시점에서 200짜리 벳을 했다. 맞았다. 아니, 틀렸어도 상관할 게 없었다. 한 번 더 질 수 있는 200이 있었고, 그게 죽으면 다시 10에서 20벳을 하면 될 것이었다.

'온 김에 내일 목표까지 채우고 돌아갈까?'

이형천은 그림을 예의 주시했다. 어렵지 않게 나오는 그림이었다. 그러나 마지막 순간 이형천은 꾹 참았다. 서후가 전화상으로 했던 말을 가까스로 떠올렸기 때문이었다.

"카지노 게임이란 감속이 중요해요. 뜨겁게 달아오르기 때문에 스스로 속도를 줄여야 해요. 게임을 15일간으로 나누고 또 100으로 끊고 하는 것도 다 감속 때문이지요."

"그러나 잘될 때 한껏 올리는 것이 안 될 때 끙끙거리며 하는 것보다 낫지 않습니까?"

이형천이 물었을 때 그는 말했었다.

"카지노 게임에는 잘될 때도 없고 안 될 때도 없어요."

서후의 그 마지막 말은 이해할 수 없었다. 모든 사람이 뱅커나 플레이어가 나온 걸 그때그때 기록하는 것도 좋은 그림, 나쁜 그림을 판독하기 위해 하는 게 아닌가.

어쨌든 이형천은 마지막 순간 역시 서후의 말을 따르기로 하고 자리에서 일어났다.

'얼마든지 자신은 있는데…….'

다음날 이형천은 온갖 잡념을 떨치고 처음 왔던 날과 똑같은 게임을 했다. 역시 같은 테이블의 다른 사람들이 거의 다 잃고 자리를 떠났지만 그 나쁜 그림에서도 그는 꿋꿋이 버텨냈다. 이제 이형천의 플레이는 아무리 나쁜 그림에서도 돈을 쉽게 잃는 스타일이 아니었다. 6,300으로 900을 이기는 게임이었지만 이형천은 신중하고 또 신중하게 게임을 해냈다.

서울로 돌아가는 기차에서 그는 다시 한 번 큰 소리로 샛별의 이름을 불렀다. 죽음밖에는 남은 것이 없던 인생이 다시 빛을 찾는 마당에 남의 시선 따위는 문제가 되지 않았다.

12일째.

이형천은 기차를 타면서 어젯밤 딸과 통화했던 기억을 떠올렸다.

"샛별아, 지낼 만하니?"

"네. 오늘도 언니가 다녀갔어요."

"그래, 참 고마운 언니구나."

"근데, 아빠. 언제 절 데리러 오세요?"

"이제 며칠만 참아. 아빠가 요즘 일할 사무실도 알아보고 우리가 같이 살 방도 알아보고 있다."

샛별은 울먹였다.

"아빠, 우리 다시 옛날로 돌아갈 수 있는 거예요?"

순간 얼마나 가슴이 뭉클했던가. 가엾은 녀석의 바람은 오직 옛날로 돌아가는 것이었다. 아니, 그건 자신도 마찬가지였다. 옛날로만 돌아갈 수 있다면 무얼 못하랴.

"그럼."

"엄마도 다시 돌아오구?"

"그래. 우리 같이 가서 엄마를 찾아오자."

"엄마 어디 있는지 알아요?"

"으응, 그래."

"정말요? 야, 신난다."

마음속으로 눈물을 뿌리며 나눴던 대화였다. 이형천은 오늘의 목표를 되뇌었다. 800.

7,200으로 800을 이기는 게임이었다.

'더욱 차분해져야 한다. 더욱 진지해야 한다. 요 며칠이 나와 내 딸의 운명을 결정하는 순간이다. 내 아내와 내 딸에게 속죄할 수 있는 기회를 놓쳐서는 안 된다!'

이형천은 여느 때보다 시간을 더 들여 게임을 했다. 매순간 조급해지는 가슴을 누르며 100씩 100씩 차분히 끌어 모았다.

'차가운 머리, 차가운 머리, 차가운 머리를 유지해야 해! 고지가 바로 저기가 아닌가!'

이형천은 수십 번도 더 자신을 일깨우고 경계하는 경구들을 입속으로 되뇌었다.

"플레이어 윈. 축하드립니다."

이형천은 딜러에게 더욱 깊이 고개를 숙였다.

"하하하하!"

"원, 돈 몇 푼 딴 게 그리도 좋은가? 젊은 애한테 고개를 다 숙이고."

"하여튼 세상에는 별 웃기는 인간도 많아!"

많은 사람들의 비웃음을 뒤로하고 이형천은 종종걸음으로 카지노를 나왔다. 자신도 모르게 눈물이 나려 했다. 건물 밖으로 나오자 파란 하늘이 눈에 들어왔다. 불과 보름 전만 해도 하늘은 언제나 우울한 잿빛이었다.

카운트다운 쓰리.

앞으로 3일만 견디면 된다는 생각에 이형천은 다시 한 번 주먹을 불끈 쥐었다. 자신이 생각해도 대견한 나날들이었다.

"좀 어때요?"

기차에서 늘 보는 사람이었다.

"대략……."

이형천은 얼버무렸다. 과거 같으면 입술이 부르트도록 자랑을 했을 터였다.

"아 참, 미치겠어요. 벌써 열다섯 번이나 연패하고 있어요. 이젠 자신도 없고 겁만 나요. 그래도 안 갈 수도 없고. 에이, 정말 죽고 싶어요."

이형천이 아무런 반응도 보이지 않자 그는 혼잣말처럼 중얼거렸다.

"혼자라면 확 죽어버릴 텐데."

보름 전에는 자신도 이 사람과 다를 바가 없었다.

목표는 700. 비록 100이나 200 차이지만 800이나 900일 때보다 훨씬 쉽게 생각됐다. 이형천은 조심스럽게 게임을 하면서 아침에 기차에서 만났던 사람을 떠올렸다. 이형천은 그제야 도박을 하는 사람들 거의 다가 자살을 가슴에 묻고 산다는 사실을 깨달았다. 그러자 게임이 더욱 조심스러워졌다. 그림은 매우 안정적이었고 700을 안전하게 이길 수 있었다. 이형천은 자리에서 일어나려다 기록 용지를 살폈다. 매우 좋은 베팅 찬스였다. 내일의 목표는 500. 지금 이긴 것은 700. 500을 한 번 치고 싶었다. 반드시 이길 것만 같았다. 모든 사람들이 플레이어에 벳을 하고 있었다. 이형천은 슬며시 500을 집었다. 몇 번 망설이던 그는 500을 플레이어에 밀어 넣었다.

"플레이어 내추럴 에잇, 뱅커 식스. 플레이어 윈!"

언젠가처럼 가슴이 시원하게 확 뚫어지는 것 같았다.

이형천은 다시 한 번 스코어 카드를 뚫어지게 쳐다봤다. 이번에는 뱅커 찬스였다. 마지막 날의 목표는 800. 테이블 맥시멈은 500. 이형천은 망설였다. 이 벳만 성공하면 목표는 300만 남는다. 그런 다음 300이야 어떻게든 이길 수 있다. 그림은 누가 봐도 틀림없는 뱅커였다. 사람들이 모두 뱅커에 몰려들었다.

"그래, 가자!"

이형천은 기합을 넣었다. 오늘 목표를 다 채우고 내일 목표인 500마저 이겼으니 잘못되어도 오늘 목표는 채운 셈이 된다. 진다면 내일 목표 500은 내일 와서 이기면 되고 마지막 목표 800은 마지막 날 와서 이기면 될 일이었다. 이형천은 힘차게 500을 뱅커에 밀어 넣었다.

"플레이어 에잇!"

순간 이형천의 가슴 밑바닥에서부터 후회가 물밀듯 밀려왔다. 역시 욕심을 부린 것이었다. 플레이어 에잇이면 막강했다. 오직 나인을 잡아야만 이길 수 있지만 그 확률은 7퍼센트나 될까 말까 한 것이었다. 그러나 다음 순간 이형천은 자신의 귀를 의심할 수밖에 없었다.

"뱅커 내추럴 나인!"

사람들 사이에서 함성이 터져나왔다.

"와!"

"그럼 그렇지. 이건 누가 봐도 뱅커잖아!"

이형천은 감동을 억누른 채 예리한 눈으로 스코어 카드를 살폈다. 이대로면 단숨에 300을 이길 수 있을 것 같았다. 그러면 목표인 1억을 다 완성하는 것이었다. 그리고 그림은 너무 좋았다. 다시 한 번 플레이어의 찬스인 것이다. 이형천은 사람들을 따라 플레이어에 300을 들이밀었다.

"플레이어 윈!"

이형천은 빠른 눈으로 딜러가 내주는 칩을 세었다. 커미션으로 나간 것을 빼고 나니 1억에서 40만 원이 비었다. 40만 원만 채우면 목표 1억이 달성된다. 찬스는 계속되고 있었다. 이번에는 뱅커 찬스였다. 이형천은 5퍼센트의 뱅커 커미션을 고려해 50만 원을 뱅커에 밀어 넣었다.

"플레이어 윈."

이제는 1억에서 90만 원이 비었으므로 이번에는 플레이어에 100만 원을 밀어 넣었다.

"뱅커 윈!"

이형천은 다시 200만 원을 뱅커에 밀어 넣었다. 이기면 커미션 5퍼센트를 제하고 꼭 190만 원이 채워진다. 이형천은 틀림없이 뱅커가 나올 걸로 믿었다. 그만큼 그는 보름간 게임을 거듭하며 자신감과 게임 감각을 키워온 것이었다.

"플레이어 윈!"

이형천은 자신도 모르게 500만 원을 들어 플레이어에 놓았다. 불행히도 이번에는 뱅커였다.

"뱅커 윈입니다. 죄송합니다."

딜러의 목소리가 허공에서 채 사라지기도 전에 이형천은 500만 원씩 두 뭉치를 들어 테이블에 놓았다.

"손님, 죄송하지만 500까지만 베팅하실 수 있습니다."

"아, 염려 마! 내가 손을 대줄 테니까."

누군가 이형천의 한 뭉치에 손을 대주었다. 강원랜드에서는 그걸로 인정이 되었다. 이 벳이 맞으면 목표는 완전히 달성되는 것이었다. 사람들은 벳을 하지 않은 채 이형천의 벳에 신경을 곤두세우고 있었다.

"죄송합니다. 플레이어 내추럴입니다."

병졸꾼 배팅

순식간에 2,000만 원을 잃은 이형천의 눈에 핏발이 섰다. 그는 자리에서 일어났다. 그의 발걸음은 자신도 모르는 힘에 이끌려 맥시멈이 훨씬 큰 메인 테이블로 향하고 있었다. 이형천은 방에 들어서자마자 2,000만 원을 들었다.

"이것 좀 놔주시죠."

이형천은 자리를 차지하고 앉아 있는 병장꾼에게 1,000만 원을 건넸다.

"네, 어디요?"

"뱅커에요."

두 사람의 벳 2,000만 원이 테이블에 올려지자 누군가가 반대편에 벳을 했다.

"플레이어 내추럴 나인! 뱅커 세븐. 플레이어 윈!"

이형천은 귀가 멍해졌다. 갑자기 눈앞에 아무것도 안 보이는 것 같았다. 이형천은 자신도 모르게 3,000만 원을 들었다.

"좀 놔주세요!"

"물론이죠. 어디요?"

"뱅커요!"

두 사람의 병장꾼이 이형천의 지시대로 뱅커에 칩을 놓았다. 이형천은 떨리는 손길로 1,000을 뱅커에 놓았다.

"플레이어 내추럴 나인. 뱅커 바카라. 플레이어 윈!"

딜러의 손이 사정없이 칩을 거둬 갔다. 이형천은 허리가 끊어지는 듯한 통증을 느꼈다.

"아아!"

사람들의 시선이 모두 그를 향했다. 이형천은 통증을 참고 고개를 들었다. 스코어 카드를 눈앞에 갖다 댔으나 아무것도 보이지 않았다. 그는 이번에 자신이 반드시 잃을 걸로 생각하고 있었다. 하지만 이미 마음은 열려버렸다. 그는 벳을 억제할 수 없었다.

이형천의 손은 저절로 칩을 향해 움직였다. 그는 3,000만 원을 들어 뱅커에 놓았다. 두 사람의 병장꾼이 손을 갖다 댔다. 주위의 사람들이 모두 일그러질 대로 일그러진 이형천의 얼굴을 측은한 표정으로 보고 있었다. 방 안의 모든 사람들은 이형천이 반드시 잃을 것을 알고 있었다. 더 이상 뱅커가 나오느냐 플레이어가 나오느냐의 문제가 아니었다. 이형천이 어느 쪽으로 가든 그 반대로 나온다는 것을 사람들은 경험으로 알고 있었다. 그러나 이 순간 사람들은 어느 누구도 입 하나 벙긋할 수 없었다. 딜러 역시 모든 걸 알고 있었다. 그의 손이 카드 통을 향해 천천히 움직였다.

"잠깐만!"

이형천의 목에서 침통한 목소리가 터져 나왔다. 이형천은 순간 엄청난 갈등에 휩싸였다. 벳을 빼고 싶었다. 어차피 1,200으로 시작한 게임이었다. 다시 마음을 추스르고 서후가 가르쳐준 대로 하면 딸 수 있는 금액이었다. 아니, 처음 시작할 때보다는 두 배 이상 불어난, 닷새 이상의 목표를 이미 이룬 금액이었다. 이형천의 손이 심하게 떨렸다. 그는 손을 뻗어 칩을 잡았다. 그러나 다음 순간 또 다른 생각이 머리 한편에서 치고 올라왔다.

'어떻게 다시 그 일을 해낼 수 있단 말인가? 이제껏 운이 좋아 이긴 것 아닌가? 그런 운이 다시 온다고 어떻게 장담할 것인가? 이번만 이기면 만회할 수 있지 않은가? 이번에 뱅커가 나오면 다음 그림도 뱅커가 틀림없을 것이다. 이번을 이기고 다음에 4,000을 한번에 지르면 모든 게 끝난다. 모든 게.'

"아니, 그대로 해!"

이번엔 목소리가 떨려 나왔다. 딜러의 손이 다시 카드 통을 향해 움직였다.

"플레이어 세븐, 뱅커 식스. 죄송합니다. 플레이어 윈입니다."

딜러의 목소리가 귓전을 때리는 순간 이형천은 온몸에서 힘이 다 빠져나가버렸다. 그는 의미를 알 수 없는 소리를 내며 그 자리에 쓰러져버렸다.

지는 게임

서후는 강원랜드의 호스트에게 전화를 걸어 이형천이 실패했다는 소식을 들었다.

"돈이 문제가 아니라 사람이 정신을 차리지 못하고 있어요. 혹시 아는 분이면 와서 수습 좀 해주세요. 그냥 두면 꼭 자살할 것만 같아요."

"알았어요. 가지요."

은교는 그 소식을 전해 듣고 흥분을 가라앉히지 못했다.

"어떻게 그럴 수 있어요? 아이하고 그렇게 약속을 하고. 그 마지막 순간에 말이에요?"

"아니, 지금은 그것보다 사람의 목숨이 위험해요."

"어머! 무슨 일이라도 있대요?"

"아직 그런 것 같진 않아요. 하지만 신병을 인수해 가라니까 좋지 않은 상태일 거예요."

"제가 운전할게요."

두 사람이 강원랜드에 도착했을 때 이형천은 이미 어디론가 사라지고 없었다. 카지노 인근을 샅샅이 뒤졌지만 어디에서도 이형천을 찾을 수 없었다.

"어디로 간 걸까요? 정말 자살을 할까요?"

"모를 일이지요."

서후와 은교가 이형천의 행방을 쫓아 호텔 로비에서 서성이고 있을 때 누군가 서후를 알아보고 인사를 건네왔다.

"어머나! 안녕하셨어요?"

혜기였다.

막 게임을 마치고 나오는 중인 모양이었다.

"네. 오랜만이군요."

"한국에 오셨네요. 게임은 하셨어요?"

"아니요. 다른 일 때문에 왔어요."

혜기는 이야기를 하면서 옆에 서 있는 은교를 의식하곤 눈인사를 했다.

"이쪽은 생명의 전화에서 일하는 김은교 씨예요."

은교도 가볍게 목례를 했다.

"그런데 또 한 분은 어디 있어요?"

한혁이 보이지 않자 서후가 물었다.

"그는 떠났어요."

"뭐라고요? 떠나요, 혼자?"

"네."

"우 학장이 그냥 놔뒀어요? 혼자 가게?"

"말릴 수 없었어요."

"저런!"

서후의 놀라는 모습을 본 혜기가 오히려 이상하다는 듯이 물었다.

"왜 그렇게 놀라세요?"

"그러면 안 되는데."

"왜요?"

"안 돼요. 우 학장이 어째서 그를 보냈을까?"

"학장님은 극구 말렸지만 가버렸어요."

"좋지 않군요. 우 학장은 지금 어디 있나요?"

"밖에서 저를 기다리실 거예요."

"잠깐 볼 수 있을까요?"

"학장님을요?"

"예."

"……기다려보세요. 여쭤볼게요."

혜기는 호텔 밖으로 걸어 나갔다.

"누구예요?"

혜기의 뒷모습을 바라보며 은교가 물었다.

"도박사예요."

"네? 도박사라고요? 저 얌전해 보이는 어린 처녀가?"

"네. 마왕의 조종을 받지요."

"그게 무슨 말이에요?"

"한때 대단했던 도박사가 자신의 한계를 절감하고 어린 사람들을 도박사로 키워냈다는 얘기예요."

"어머!"

"비록 나이는 어려도 대단한 도박사예요."

"놀랍네요."

"한 번의 게임을 더 해야 한다고 했던 게 바로 저 아가씨를 위한 게임이에요."

"왜요? 왜 저 아가씨와 게임을 하지요?"

"아니, 저 아가씨와 하는 게 아니고 저 아가씨를 위해 게임을 해야겠다고 생각했어요. 그냥 두면 이형천 씨 못지않은 불행을 맞을 거예요."

"대단한 도박사라면서요? 도박사로 성공하게 돕는다는 건가요?"

"출발부터 잘못돼서 그래요. 그대로 두면 위험해요."

둘이 이야기를 나누고 있는데 우 학장이 저편에서 혜기와 함께 걸어왔다.

"반갑소."

우 학장이 손을 내밀어 둘은 악수를 나누었다.

"나를 만나자고 했다면서요?"

"너무나 큰 실수를 하신 것 같은데요."

우 학장은 무슨 말인지 몰라 눈을 크게 뜨고 혜기를 바라보았다.

"뭐 잘못한 일 있니?"

"아니, 한혁이 얘기예요."

우 학장이 서후를 바라봤다.

"무슨 소리요?"

"그 친구가 혼자 떠나도록 한 걸 두고 말씀드리는 겁니다."

"한혁이는 강한 아이요."

"그래서 문제라는 겁니다. 선생은 이 젊은이들에게 이기는 법을 가르쳤는지 몰라도 지는 법을 가르치지는 못했어요."

"그게 무슨 소리요?"

"아시다시피 카지노 게임은 질 때가 아주 중요해요. 하지만 지는 건 학습으로 배워지지 않아요. 오랜 시간에 걸쳐 체험을 통해 깨닫게 되지요. 지금 두 젊은이는 균형감이 없다는 말입니다."

"이들은 계속 이기고 있소."

"그렇겠지요. 그렇기 때문에 더욱 위험합니다. 이 아가씨는 몰라도 한혁 군은 진다는 사실을 견뎌내지 못할 거예요."

"그는 지면 돌아오기로 했소."

서후는 고개를 저었다.

"돌아올 수 없어요. 그는 졌을 때 어떻게 해야 하는지를 몰라요. 내 생각에 그는 아주 위험할 수 있어요. 가서 한혁을 데리고 오세요. 먼저 지는 것을 가르치고 나서 보내도 보내세요."

우 학장이 피식 웃었다.

"후후, 자네가 무슨 신이나 되는 줄 알고 내 앞에서 설교를 하고 있는 건가?"

"선생은 아직도 카지노 게임에 대한 환상에서 벗어나지 못하고 있어요. 이 두 사람을 이용해 자신의 꿈을 이루려 하지만 카지노 게임은 그런 게 아니에요."

우 학장은 험악한 표정으로 서후를 노려보았다.

"이 맑고 순진한 아가씨의 앞날에 대해 생각해보셨어요?"

"물론."

"어떤 미래가 기다리고 있을 것 같아요?"

"혜기는 나와 함께 인생의 꿈을 이뤄낼 거야."

"천만의 말씀. 나는 이 아가씨의 미래가 너무 선명하게 보여서 괴로울 정도예요. 어서 당신의 욕망으로부터 이 아가씨를 풀어줘요."

"당신 지금 무슨 소릴 하는 거야!"

"선생은 환상에서 깨어나지 못하고 있기 때문에 반드시 실패해요. 카지노 게임은 그렇게 파고드는 게 아니에요."

"자네가 얼마나 특출한 능력이 있는지는 모르겠지만 지금까지의 말은 이 친구들에 대한 진심 어린 조언으로 받아들이지. 그러나 그런 충고는 이번 한 번으로 족해. 더 이상 애들 일에 이래라저래라 나서지 마시오. 가자, 혜기야."

"네."

두 사람은 걸어 나가는 우 학장과 혜기의 모습을 지켜보았다.

"참 순수해 보이는 아가씨네요."

"바로 그 순수한 마음으로 이기는 거예요. 하지만 시간이 조금 지나면 그게 다 깨져요. 그 다음 삶은 생각만 해도 아찔해요."

"그런데 저 아가씨를 위한 게임이라는 건 이해하지 못하겠는데요, 뭘 말하는지."

"카지노 게임에 대해 깊이 생각하는 시간을 주려고 해요. 그래서 끊으면 제일 좋겠지만 그렇지 않다 하더라도 카지노 게임의 본질에 진지하게 접근해보는 시간을 갖게 될 거예요."

"그게 가능할까요?"

"그럴 수 있을 거예요."

불패의 도박사

서울로 돌아온 우 학장은 바로 여행사에 전화를 걸어 마카오로 가는 비행기 편을 알아보았다.

"가자, 혜기야."

"네? 어디를요?"

"한혁이를 데리고 와야겠다."

"한혁이가 어디에 있는 줄 알고요?"

"라스베이거스보다는 마카오에 있을 거다. 한혁이는 지금 공격적인 게임을 하고 싶을 거다. 그런 면에선 절제된 라스베이거스보다는 혼란스런 마카오가 맞을 거야."

"오려고 할까요?"

"설득해봐야지."

"왜 갑자기 그렇게 다급해지셨어요?"

"아까 그 친구의 말에 맞는 부분이 있다. 한혁이는 너무 강하다. 그래서 꺾이면 애가 어떻게 될지 모른다. 그걸 알기 때문에 떠나지 말라고 말렸던 것인데 한혁인 떠났고, 오늘 그 친구 이야길 듣고 보니 내가 좀 방심한 게 아닌가 싶은 생각이 드는구나."

"한혁이는 누구보다 인내심이 강한 친군데 설마 그렇게 자기 조절을 못할까요? 저도 가끔 크게 졌지만 그 다음에는 다시 이기곤 했잖아요. 갬블이란 게 어차피 이겼다 졌다 하는 거잖아요."

"너는 내가 한계를 정해주니 그럴 수 있었지만 지금 한혁이는 그런 한계가 없다는 게 문제다. 한혁이는 내 영역에서 벗어나 있고 거기에는 상상도 할 수 없는 마가 공존하고 있다. 시간이 없다. 어서 가자!"

"네."

비행기가 마카오 국제공항에 도착하자 두 사람은 택시를 잡아타고 리스보아 카지노로 향했다.

"한혁? 아, 그 한국인 말이군요."

사람들은 한혁을 알고 있었다.

"대단한 친구였어요. 100만 원을 들고 와서 일주일 만에 48억 5,000을 때렸어요."

"지금 어디 있어요?"

"어딘가 있을 거예요. 어쩌면 자고 있을지도 몰라요. 요즘 술을 많이 마시는 것 같았거든요."

"고맙소."

두 사람은 안도의 한숨을 내쉬었다. 다행히 한혁은 지지 않고 있었다.

"과연 녀석은 대단한 놈이야. 그 친구 때문에 우리가 괜한 걱정을 했구나. 한혁이는 세계 제일이다. 하하하."

혜기 역시 크게 고무되었다.

"괜히 서후 씨의 말에 겁냈잖아요."

"그 친구는 너무 소심해. 카지노 게임을 지나치게 비관적으로 보는 거지. 우리는 늘 이겨왔고 지금 한혁이는 100만 원으로 48억 5,000을 이겼어. 한혁인 그 친구와 달리 실력으로 보여주고 있는 거야. 하하하."

호텔에 짐을 푼 우 학장은 왕우에게 전화를 걸었다. 그라면 한혁의 행방을 알 수 있을 것 같아서였다. 우 학장의 예감은 빗나가지 않았다.

"우 대가! 마카오에 오셨군요. 어디 계십니까?"

"리스보아에 있소."

"하하, 우 대가의 제자가 온 마카오를 흔들어버렸어요."

"그래요?"

우 학장은 차분하게 응대했다.

"마침 전화 잘하셨어요. 한혁이는 지금 옆에 있어요. 바꿔드릴게요. 아니, 한혁이가 지금 바로 리스보아로 가겠다는군요. 어디 계시죠?"

"신관 913호요."

"알겠습니다."

한혁은 문을 열고 들어오자마자 우 학장 앞에 엎드렸다.

"스승님!"

"오오, 한혁아!"

"스승님, 이 못난 놈을 용서해주십시오."

"그게 무슨 소리냐? 얘기 다 들었다."

"그깟 돈이 무슨 의미가 있겠습니까? 스승님의 말씀을 거역하고 길을 벗어난 게 후회스럽기만 했습니다."

"아니다. 넌 훌륭한 일을 해냈어."

"오늘의 제가 있는 건 전적으로 스승님 덕분입니다."

"너는 나보다 월등히 나은 도박사다. 정말 고생했다."

우 학장은 그를 안았다. 우 학장의 품에서 벗어난 한혁이 옆에 있던 혜기의 두 손을 잡았다.

"보고 싶었어!"

"나도!"

"이길 때마다 네게 전화하고 싶은 걸 간신히 참았어."

"역시 너는 대단해. 한혁이 너는 정말 큰일을 해냈어."

"너는 어땠어?"

"나야 그냥, 강원랜드에서 찔끔찔끔 주워 담고 있었지, 뭐."

혜기가 웃으며 대답했다.

"그랬구나."

그때까지도 한혁은 혜기의 손을 놓지 못하고 있었다. 비록 큰 돈을 따긴 했어도 그가 상당히 외로웠겠다는 생각을 혜기는 잠깐 했다.

"자, 스승님 모시고 식사하러 가자. 여기는 해물 요리가 좋아."

우 학장은 제자가 대견스러웠다. 자신의 손으로 이런 제자를 키워냈다는 게 믿기지 않을 정도였다. 술이 몇 순배 돌자 한혁은 자신에 찬 목소리로 얘기를 꺼냈다.

"스승님, 이제 그자와 겨루어도 되겠습니까?"

"무슨 소리냐?"

"라스베이거스의 그자 말입니다."

"그는 결코 너를 이길 수 없다."

우 학장은 취기가 올랐는지 평소 근엄하던 모습이 아닌, 믿음직한 제자에 대한 자부심으로 스스럼없이 말했다.

"그러니 그자가 제안한 내용대로 겨루면 되지 않겠습니까?"

"지는 쪽이 3년간 게임을 접기로 하자던 것 말이냐?"

"네."

우 학장은 잠시 생각하고 대답했다.

"그것은 안 된다."

"어째서 그렇습니까?"

"그자는 장난 같은 플레이를 할 뿐이다. 이제 우리에게 그 내기는 균형이 맞지 않아. 특히 네게는."

"하지만 스승님."

"말해라."

"지금도 그렇지만 그자를 꺾지 않으면 아무리 이겨도 크게 기쁘지가 않을 것 같습니다."

"녀석은 묘한 제안을 해왔을 뿐이다. 우리는 그자의 가벼운 제안에 흔들릴 필요가 없어. 그냥 잊으려무나."

"저도 알고 있습니다. 하지만 그렇게 되면 결국 우리는 그자의 제안을 받아들일 용기가 없는 게 아닙니까. 그때나 지금이나요. 저는 마음속으로 몇 번이나 시시껄렁한 제안이라며 무시도 해보았습니다. 그러나 역시 승부를 피하고 있는 건 우리라는 걸 부정할 수 없습니다."

"으음!"

"스승님도 그게 승부라고 하시지 않았습니까? 우리가 그 승부에 졌다고도 하셨고요. 아직도 우리는 그자와의 승부에서 질 수밖에 없는 겁니까?"

한혁은 서후를 잊기는커녕 더욱 집착하고 있었다. 그것은 돈과는 별개의 문제이며 한혁의 가슴 깊숙이 자리 잡고 있는 존재의 문제라는 것을 우 학장은 알 수 있었다.

"도박은 결국 돈을 이기는 것이다. 너는 남들이 감히 꿈도 못

꿀 일을 해냈어. 당연히 그 친구도 상상 못할 일이지. 따라서 네가 승부에서 이긴 것이다."

가만히 듣고 있던 혜기가 말했다.

"그래, 한혁아. 이제 그 사람은 잊어. 사실은 여기 오기 전에 그 사람 만났어."

"그래? 어디서?"

"강원랜드에서."

"게임을 하러 왔었나?"

"그랬겠지. 하지만 직접 보지는 못했어. 그런데 그 사람은 네가 지금쯤 지고서 힘들어 하고 있을 거라고 했어. 스승님과 나는 사실 네가 잘못됐을까 봐 걱정하면서 이리로 왔어."

"뭐? 내가 져서 힘들어 하고 있을 거라고? 하하하하! 하하하하!"

한혁은 통쾌하게 웃었다. 갑자기 마음의 부담이 확 줄어드는 모양이었다.

"알겠습니다. 스승님, 잊어버리겠습니다. 스승님 말씀대로 제가 너무 예민했던 모양입니다. 하하하, 별 미친놈 하나 때문에 제가 과민했던 것 같습니다. 혜기야, 내가 지고 힘들어 하고 있을 거라구? 하하하! 나는 지지 않아. 혜기야, 나는 세상에서 제일가는 불패의 도박사야. 너도 알지? 하하하!"

혜기는 갑자기 한혁이 이전과는 많이 달라졌다는 생각이 들었다. 예전의 한혁은 무엇보다도 말이 없었다. 그러나 지금 그는 굳이 하지 않아도 될 말들을 거침없이 쏟아내고 있었다. 물론 그럴 만도 하다는 생각이 들었다. 전승, 그것도 100만 원으로 시작해 48억 5,000을 손에 넣은 한혁으로서는 거리낄 게 없을 거라는 생각도 들었다. 그들은 다시 웃고 떠들며 술을 마셨다.

그러나 자리에서 일어날 무렵 취한 한혁은 또 그 이야기를 꺼냈다.

"스승님, 그자와의 대결을 피했다는 사실이 여전히 마음에 걸립니다."

"잊으라니까!"

"그자가 평범한 사람이 아니라는 것은 분명합니다."

혜기는 한혁이 내면적으로 어떤 환영에 시달리고 있을지도 모른다는 생각이 들었다.

"그자는 유 회장님의 제안을 정면으로 거부했습니다. 아무 부담 없이 몇 십만 달러를 벌 수 있는, 세상의 어떤 바보라도 응할 수밖에 없는 그런 제안을 한마디로 거부했단 말입니다. 보통 사람은 그런 제안을 거부하지 않습니다. 아니, 못합니다."

"글쎄, 잊어!"

"어쩌면 그자는 저 못지않은, 아니 저보다 강한 자일지도 모릅니다."

"너는 아무도 못 이룰 일을 해냈어. 누구도 따라오지 못할 승수를 쌓았단 말이다."

"아니, 어쩌면 도박의 본질은 다른 데 있는지도 모릅니다. 돈을 따고 잃는 것과는 상관없는 그런 곳에 말입니다."

우 학장은 다시금 걱정스러워지기 시작했다. 한혁의 머리가 너무 복잡해져 있었다. 서후라는 친구가 보통이 아닌 것은 분명했다. 가볍게 한마디 한 것 같은데 그게 끊임없이 최고의 도박사라고 할 수 있는 한혁의 머리를 지배하고 있는 것이었다.

"스승님, 아무래도 그자와 승부를 해야겠어요."

"……."

"지는 쪽이 3년간 카지노 출입을 그만둔다는 그 웃기는 내기를 해야 되겠다고요."

"하나 마나 네가 이긴다."

"그렇겠지요. 당연히 제가 이깁니다. 그러니까 승부를 해서 결정을 지어야겠습니다."

"……."

가위바위보

"강원랜드에 갔었다고? 그 도박하는 놈과 함께?"

송병준의 잘생긴 얼굴이 일그러져 있었다. 평소의 자신만만한 모습과는 너무도 다른 모습이었다.

"세상이 점점 미쳐가는군. 은교 네가 강원랜드엘 다 가고. 그런 썩어빠진 놈과 함께 말이야."

"함부로 말하지 말아요."

"좋아, 도박으로 죽여주지."

"무슨 소리예요?"

"넌 분명 내게 왔었어. 나와 결혼할 생각이었지. 그런데 갑자기 미국으로 그놈을 찾아갔어. 거기서 뭘 했는지, 어떤 일이 있었는지 묻지 않겠어. 하지만 분명한 건 그놈이 없어져야 네가 흔들리지 않으리라는 거야."

"당신에 대한 내 마음은 그 사람과는 상관이 없어요. 나는 당신이 세상을 살아가는 방식이 싫어요."

"무슨 소리야?"

"이런 일을 하는 게 싫다고요."

"뭐야, 돈을 버는 게 싫다는 얘기야?"

"그런 식으로 돈을 버는 건 찬성할 수 없어요."

"그런 식이라구? 돈을 버는 데도 방법이 있어야 하나? 그래?"

"하여튼 그런 방법은 싫어요."

"교양 있는 여성이라 돈도 고상한 방법으로 버는 사람을 만나고 싶다 그 말이군. 그래, 도박으로 버는 돈이 내가 버는 돈보다 고상하다 그 말이야?"

"닥쳐요!"

"너야말로 입 닥쳐! 분명히 얘기하는데, 널 다시 내 품으로 기어 들어오게 만들고 말겠어. 나는 마음만 먹으면 뭐든지 할 수 있는 사람이야. 알겠어? 네가 더러워하는 그 돈으로 그놈을 죽여버리고 말 거야."

"그 사람은 아무 상관없어요. 그리고 나는 절대로 당신과 결혼하지 않아요. 그러니 다시는 찾아오지 마세요!"

"흐흐흐, 그래. 그 도박하는 놈에게 미쳐도 단단히 미쳤군. 미국에서는 어디까지 갔어? 어디까지 갔길래 한국에 돌아와서도 카지노나 다니고 그러는 거야?"

"사람을 시켜 뒤나 캐는 그런 짓 집어치워요. 하류배들이나 하는 그런 짓을 하면서 수억 원짜리 보석을 사주는 당신이 가증스럽군요."

은교는 싸 가지고 온 반지와 목걸이를 테이블 위에 놓았다.

"넣어둬."

"싫어요."

"넣어두라고 했어. 아직 게임은 끝나지 않았어. 그놈이 물러나면 그때는 다시 차고 싶어질 테니까."

"오늘은 이거 전해주려고 나온 거예요. 이제 다시 볼 일이 없었으면 좋겠어요."

은교는 자리에서 일어났다.

"그래, 내가 보여주지. 나란 사람이 어떤 사람인가를. 그놈이 하는 도박이 바카라랬지. 그게 뭔지 나도 알아보았어. 무척 웃기는 거더군. 그런 동전 던지기 같은 것에 인생을 걸고 있는 놈이 얼마나 한심하던지 웃음밖에 안 나오더군. 하지만 이제 기다려. 내가 그걸로 놈을 폐인으로 만들어주지. 놈이 전문이라는 그 동전 던지기로 말이야."

은교는 몸을 돌려 걸어 나갔다. 그녀의 등에 대고 병준이 말했다.

"그놈에게 전해. 강원랜드에서 만나자고 말이야. 아니, 내가 직접 전화를 걸 거야. 내 여자에게 찝쩍대려면 적어도 어느 정도 수준이 되어야 하는지를 알려줄 참이야."

"그 사람 전화번호는 어떻게 알았죠?"

"후후, 이 송병준이 알려고만 하면 못 알아낼 게 뭐가 있겠어?"

"비열한 인간!"

그날 밤 서후를 만난 은교가 걱정스런 얼굴로 말했다.

"그는 자기밖에 모르는 사람이에요. 지금 복수심에 사로잡혀 있어요."

"그런데 왜 나와 바카라를 하겠다는 거죠? 바카라란 각자 카지노를 상대로 하는 게임인데 어떻게 나를 죽인다는 걸까요?"

"모르겠어요. 보나 마나 자신의 돈을 과시하려는 거겠죠."

"카지노 게임에서 돈이 많다 어쩐다 하는 것은 너무나 우스운 생각이에요. 그가 얼마를 가지고 있는지는 모르겠지만 돈의 액수는 아무 의미가 없어요. 마음의 평화만 가지면 작은 돈으로도 얼마든지 큰돈을 만들 수 있고, 항심을 잃으면 밑 빠진 독에 물 붓기 같은 거지요."

"아무튼 그 사람이 서후 씨를 다치게 할까 봐 염려돼요."

"내 걱정은 마세요. 다만 은교 씨를 위해 이번만은 게임에 응하긴 해야겠군요."

"죄송해요. 괜히 저 때문에……."

다음날 서후는 송병준으로부터 전화 한 통을 받았다.

"송병준이야. 은교의 남편 될 사람이지."

송병준은 처음부터 하대를 하고 들었다.

"그런데?"

"강원랜드에서 같이 게임을 한판 했으면 해서 전화를 걸었어. 내일 아침 열 시에 거기서 만나. 미리 예약을 해둘 테니까."

송병준은 전화를 끊으며 회심의 미소를 지었다. 서후에게, 아니 은교에게 돈의 위력을 보여줄 참이었다. 돈 버는 방법이 싫어서 내가 싫다고? 송병준은 싸늘하게 웃으며 전화기를 들었다.

"10억을 준비해. 1억짜리 수표로."

그런 다음 병준은 여비서를 불렀다.

"부르셨습니까?"

"그래, 거기 앉아."

여비서는 다소곳한 자세로 소파에 앉았다. 병준은 여비서의 앞자리로 가서 앉았다.

"가위바위보를 열 번 해보자."

"네?"

"가위바위보를 하잔 말이야."

"아, 네."

여비서는 영문을 모르고 가위바위보를 시작했다.

"결과를 적어. 한 판 끝날 때마다."

"네."

"자, 가위바위보!"

첫 판은 병준이 이겼다. 다음 판은 여비서, 다음 판도 또 여비서, 그 다음은 병준. 이런 식으로 열 번을 하고 나자 모두 다섯 판씩을 이기고 졌다.

"자, 다시 열 판."

역시 비슷한 결과였다. 그렇게 50판을 하고 나서 병준은 여비서를 내보냈다.

"웃기는 놈들 같으니라구!"

병준은 웃음이 나서 견딜 수 없었다. 이런 걸 도박이라고 하는 것도 우습거니와 그런 걸로 도박사라는 직업을 가지고 있는 놈도 우스웠다. 바카라란 너무도 간단한 게임이었다. 그리고 병준은 확신이 있었다. 동전을 던져 앞면이 나올 확률은 반. 다음은 반의반. 그 다음은 반의반의 반. 도박장에서든 어디서든 이런 수학의 확률 법칙이 무너질 수는 없는 일이었다.

망나니의 돈

다음날 아침 서후는 시간에 맞추어 약속 장소인 강원랜드 호텔 로비에 모습을 드러냈다. 거의 동시에 송병준이 나타났다.

"이서후요."

"송병준이다."

송병준은 서후가 내미는 손을 힘주어 잡았다. 우호의 몸짓이라기보다는 결의의 표시였다.

"게임을 어떻게 할 거야?"

송병준이 거만한 태도로 물었다.

"뭘 어떻게 하겠어? 각자의 게임을 할 뿐이지."

"이게 포커처럼 상대와 일대일로 붙지 못하는 게 아쉽긴 하지만, 한 사람이 다른 사람의 반대로 가면 결과는 마찬가지니까 서로 반대로 가기로 하자."

송병준이 제안했다.

"이건 그렇게 하는 게임이 아니야. 자기 소신대로 하는 거지. 그래도 잃는 사람은 잃고 따는 사람은 따니까."

"아니, 내게는 이 정도의 돈은 있으나 마나 별 의미도 없어. 얼마나 빨리 당신 돈을 말려버리느냐가 유일한 관심사지."

"하하, 그런 마음으로 게임을 하면 전부 잃어. 그냥 차분히 게임을 해요."

"말귀를 못 알아듣는군. 아무튼 나는 당신과 반대로만 갈 참이야."

"좋을 대로."

두 사람은 송병준이 예약해둔 방에 앉았다. 이 방은 2억 이상의 게임을 하는 사람에게만 허용되는 방이었다. 딜러가 셔플을 끝내고 버닝 카드를 뽑았다.

"프리 핸드 세 번을 해요."

서후는 패의 흐름을 보기 위해 세 번의 프리 핸드를 주문했다.

"뭐야, 그건? 난 그런 것 필요 없어."

병준은 1억을 뱅커에 툭 갖다 댔다.

"바꿔드려요?"

"아니, 벳을 한 거야."

"손님, 죄송합니다. 여기는 최고 벳이 1,000만 원입니다."

"무슨 소리야?"

"1,000만 원 이상 벳은 안 됩니다."

"뭐라고?"

"규정입니다."

"웃기는군."

"5,000까지는 옆 사람들이 대신 쳐줄 수 있습니다. 그러려면 옆에 네 사람이 있어야 합니다."

"그거 귀찮은데……."

병준은 서후가 가진 칩에 시선을 돌렸다.

"우습군! 고작 1,000만 원이야? 그걸 가지고 게임을 하려고 오셨나?"

서후는 미소를 지었다.

"초장부터 김이 새는군. 좋아, 해봐. 그래도 왔으니 해봐야지."

병준은 1,000만 원을 플레이어에 툭 갖다 댔다. 서후는 벳을 하지 않았다. 플레이어였다. 병준은 다시 딜러가 내준 1,000만 원을 들어 뱅커에 툭 갖다 댔다. 서후는 이번에도 벳을 하지 않았다. 뱅커였다.

"시시하군."

병준은 돈을 일일이 집어오기도 귀찮다는 듯 칩을 테이블 한가운데 그냥 두었다.

"칩을 가져가셔야 되는데요."

"너희들이 옮겨."

"네, 알겠습니다."

딜러가 병준의 칩을 옮겼다.

"벳 하십시오."

"뭐야, 플레이어, 뱅커였잖아. 그럼 다시 플레이어겠지. 플레이어에 1,000 쏴."

"손님, 벳은 직접 하셔야 합니다."

"너희가 해."

"안 됩니다. 규정이라서요."

"쳇, 귀찮은 놈들이군."

병준은 칩을 들어 플레이어에 놓았다. 서후는 이번에도 벳을 하지 않았다. 플레이어가 나왔다.

"하하, 이거 원."

병준은 웃음이 나오는 걸 참지 못하고 서후에게 한마디 던졌다.

"이봐, 도박사 양반! 아, 갖다 대면 돈이 쏟아지는데 뭘 그리 꼬리를 사리고 있어? 다음은 보나 마나 뱅커야. 그리 쏘시지."

서후는 웃었다. 그리고는 10만 원짜리 다섯 개를 들어 뱅커에 놓았다. 병준도 역시 1,000만 원을 뱅커에 놓았다.

"아! 아니야, 아니야."

병준은 얼른 1,000만 원을 집어 플레이어로 옮겼다.

"참, 내 정신 좀 봐. 난 반대로만 가기로 했잖아."

"사장님, 그대로 벳 하시겠습니까?"

딜러가 물었다.

"물론!"

딜러는 느린 동작으로 카드 박스에서 카드를 뽑았다.

"플레이어 파이브, 뱅커 내추럴 나인, 뱅커 윈!"

"좆같은 경우군!"

병준의 입에서 욕지거리가 튀어나왔다.

시간이 차츰 흐르면서 병준은 조금씩 잃기 시작했다. 그러자 그는 방에서 나가 구경꾼들 가운데서 한 사람을 데리고 들어왔다. 그곳에는 돈을 받고 대신 베팅을 해주는 병장꾼이라는 것이 있다는 것을 이미 알아둔 것이다. 송병준이 그에게 명령조로 말했다.

"네 사람만 모아 와요. 수고비는 두둑이 줄 테니까."

병준은 기를 쓰고 서후의 반대로만 벳을 했다. 한번에 5,000만 원씩 질러대니 한 번 오르면 삽시간에 몇 억씩 올랐다가 안 맞으면 갑자기 몇 억씩 떨어지기도 했다.

"후후, 당신 별것도 아니군, 뭘."

서후는 병준의 어떤 말에도 전혀 동요하지 않았다. 오히려 병준이 먼저 벳을 하면 가끔 그를 따라가기도 했다.

"따라 하지 말라니까!"

그럴 때면 병준은 자신의 벳을 반대로 옮겼다.

"당신은 도박사가 아냐. 이제부터는 내가 도박사야."

병준은 서후의 신경을 건드리는 말들을 쉴 새 없이 뱉어냈다.

"이놈의 게임 지루해서 못하겠군. 무슨 도박이 이래? 재미도 없고 그냥 아무 데나 갖다 대기만 하면 이기거나 지는데. 그냥 본전 10억 다 잃고 일어나는 게 편하겠다."

하지만 말과는 달리 병준은 게임에 매우 집착하고 있었다. 마지막 1억을 남겼을 때 말과는 달리 그의 손은 가늘게 떨렸고 얼굴은 몹시 상기되어 있었다.

"에이 씨팔!"

마지막 벳이 졌을 때 그의 입에서는 더욱 심한 말이 튀어나왔다.

"이런 좆같은 새끼들, 생겨 처먹은 거하고는. 카드를 이따위로밖에 못 줘! 엉!"

그는 마지막으로 펼쳐본 카드 한 장을 두 손으로 발기발기 찢어버리고는 욕설을 퍼부으며 자리에서 일어났다. 그는 두 배 이상 불어난 서후의 칩에 잠시 눈길을 두더니 흥분된 목소리로 내뱉었다.

"너! 반드시 폐인을 만들어버리겠어. 얼마를 쓰든 말이야! 더 이상 이런 장난은 치지 않겠어. 진짜 돈의 힘을 보여주고야 말 테다. 이 송병준의 힘을 말이야!"

격돌 전야

우 학장과 혜기는 한혁을 데리고 한국으로 돌아왔다. 다시 한혁과 게임을 하게 된 혜기는 잔뜩 고무되어 있었지만 우 학장의 생각은 달랐다. 서후에 대한 한혁의 집착이 생각보다 훨씬 심각했기 때문이었다. 한국으로 돌아와서는 일단 게임에 나가지 않고 둘을 함께 쉬게 했다. 한혁의 문제는 어떤 식으로든 해결을 보고 넘어가야 했다. 고민하고 있는 우 학장에게 유 회장으로부터 만나자는 전화가 걸려 왔다.

"우 프로! 좀 만납시다. 소개할 사람이 있소."

유 회장의 전화를 받고 나간 자리에는 한 젊은 사업가가 나와 있었다. 자신만만한 표정의 그는 우 학장을 보자 오만한 태도로 대뜸 손을 내밀었다. 우 학장은 불쾌했지만 내색하지는 않았다.

"내가 잘 아는 분의 자제분인데 금융업을 크게 하는 분이오."

"송병준입니다."

"우필백입니다."

"송 사장이 우 프로를 꼭 만나고 싶어 해서."

"단도직입적으로 말하겠습니다. 그놈과 승부를 해주십시오."

"무슨 얘깁니까?"

"유 회장님으로부터 얘기를 들었습니다. 한혁이란 제자가 그렇게 바카라를 잘한다면서요? 그런데 그 이서후란 놈이 내기를 걸어 왔다면서요?"

"그런데 왜 그러시오?"

"사실 저는 그놈과 게임을 해줄 사람을 찾고 있었는데 유 회장님의 말씀을 듣고 오히려 더 잘된 것 같아 만나자고 했습니다. 게임을 해주시면 10억. 그놈을 이기면 10억을 더 드리겠습니다."

"그 일에 집착하는 이유라도 있습니까?"

우 학장이 의아해 하며 묻자 송병준이 차갑게 말했다.

"내 아내를 빼앗아 간 놈입니다. 도박만 아니면 어디 발붙일데도 없는 하찮은 인간이……. 도박을 못하면 바로 폐인이 될 놈입니다. 아니, 나는 철저히 그놈을 폐인으로 만들 겁니다."

"아내를 빼앗아 갔다고요? 그럴 사람은 아닌데."

우 학장이 말끝을 흐렸다.

"선생이 잘 몰라서 그렇지, 원래 그런 놈입니다. 나는 기필코 복수를 합니다."

우 학장은 별로 유쾌한 기분은 아니었으나 한혁과 서후의 대결은 피할 수 없는 숙명과도 같은 예감이 들었다.

다음날 우 학장이 한혁에게 말했다.

"그래, 하자! 하지만 절대로 만만한 놈은 아니야."

"저도 잘 알고 있습니다."

한혁 역시 잔뜩 긴장하고 있었다. 같이 게임을 한 적도 없고 그의 실력을 제대로 볼 기회도 없었지만 결코 간단히 볼 상대가 아닌 것만은 분명했다.

우 학장은 혜기가 전번에 강원랜드에서 받아두었다는 서후의 휴대폰 번호를 눌렀다.

"이서후 씨, 나 우 프로요."

"네, 안녕하셨습니까."

"지난번에는 실례했소."

"무슨 말씀을요. 그런데 그 젊은 친구는 돌아왔습니까?"

"그래요. 지금 나와 함께 있소. 선생의 생각이 얼마나 기우였던지, 한혁이는 거기에서 카지노 역사상 유례가 없는 전무후무한 기록을 세우고 있었소."

"잘되었군요."

"그래서 하는 말인데, 일전에 얘기했던 승부 말이오."

"네?"

"우리와 하려고 했던 승부 말이오."

"네, 기억하고 있습니다."

"그걸 해야겠소."

"……."

"왜 대답이 없소?"

"좀 생각을 해보겠습니다."

"무슨 소리요? 그때는 언제든 하겠다고 하지 않았소?"

"그랬지요. 하지만 그때와 지금은 상황이 다른 것 같은데요."

"우리는 지금 아주 진지하게 그 문제를 받아들이고 있소."

"한혁이라는 친구가 과민하게 받아들이고 있는 모양이군요."

서후는 보지 않고도 상황을 짐작하는 듯했다. 그리고 잠시 생각하더니 선선히 대답했다.

"하지요."

서후의 대답에 우 학장은 가슴이 철렁했다. 사실 우 학장은 이 게임을 피할 수 있다면 절대적으로 피하고 싶었다. 그러나 자신이 반대한다고 될 일이 아니라서 마지막 희망을 서후에게 걸었던 것이다. 서후가 안 하겠다고 하면 모든 게 그대로 끝날 수 있었다. 한혁의 마카오에서의 활약을 이야기하면 두려워서라도 꼬리를 내릴 줄 알았는데, 상대는 그런 것엔 전혀 아랑곳없이 너무도 쉽게 게임에 응해 왔던 것이다.

"그런데 우 학장님께서 먼저 반드시 그 약속을 지키겠다고 대답해주셔야겠습니다."

"무슨 소리요?"

"그들도 그들이지만 만약 진다면 우 학장님이 그들에게 게임을 시키지 않겠다고 약속해주셔야겠다는 겁니다."

"그거야 당연한 일이 아닙니까. 약속하지요."

"그렇다면 좋습니다. 언제 어디로 가면 되겠습니까?"

우 학장은 퍼뜩 정신이 들었다. 이제는 정말 피할 수 없는 승부가 되고 말았던 것이다. 한혁이 옆에서 눈을 빛내며 바라보고 있었다.

"그러면 게임 조건과 장소는 그때 결정한 대로 합시다. 다음주 월요일 오후 MGM에서 만나기로 하지요."

우 학장은 약속 장소를 미국으로 하면 상대가 망설이지는 않을까 하는 마지막 기대를 가지고 제안했지만 그는 모든 것을 흔쾌히 오케이 했다.

"그럼 그때 뵙겠습니다."

도대체 짐작조차 할 수 없는 사내의 속내에 우 학장은 묘한 기분을 느끼며 전화를 끊었다.

서후의 통화 내용을 듣고 있던 은교가 걱정스러운 얼굴로 물었다.

"라스베이거스로 간다고요? 그 게임을 하러?"

"은교 씨도 같이 갔으면 좋겠어요."

"그건 어려운 일이 아니지만……. 지면 어떻게 되는 거예요?"

"은교 씨 곁에 있으려면 어차피 난 카지노 게임을 하지 않아야 되잖아요?"

은교의 물음에 서후가 웃으며 대답했다.

"스스로 안 하는 것과 패배해서 못하는 것과는 다를 수 있죠."

"그러니까 이겨야지요."

"상대는 대단한 승부사라면서요. 그런 사람과 싸워서 어떻게 이겨요?"

"글쎄요."

서후는 뒤를 흐렸다.

도박사의 돈

은교는 서후를 믿기에 동행을 하긴 했지만 그래도 여전히 마음이 놓이지 않았다. 미국으로 가는 비행기 안에서 은교는 다시 한 번 서후에게 물었다.

"저쪽이야 도박사로서 자존심을 찾겠다는 이유라도 있겠지만 서후 씨가 그 사람과 승부를 하려는 이유를 저는 아무리 생각해도 이해할 수 없어요. 그 두 사람을 구하기 위해서라고 하지만 과연 그게 전부일까 하는 생각이 든단 말이에요. 혹시 서후 씨 자신이 승부사라서 그런 건 아닌가요?"

"무슨 뜻이지요?"

"혹시 서후 씨 역시 자신이 최고임을 확인하고 싶은 승부욕 때문은 아닌가 하는 생각이 들어서요."

서후는 웃었다.

"걱정 말아요. 나는 승부사가 아니에요. 설사 승부사라 하더라도 진정한 승부사는 그런 승부는 하지 않는 법이에요. 나는 정말 그들을 위해 이 게임을 하고 싶은 거예요."

"그러니까 그게 잘 이해가 안 된다는 거예요."

서후가 잠시 침묵하다가 입을 열었다.

"나는 지금까지 카지노 게임을 하면서 수없이 많은 사람들이 나락으로 떨어지는 걸 봐왔어요. 그중에 두고두고 마음에 걸리는 일이 있어요."

"……?"

"그분을 처음 만난 곳도 라스베이거스에서였어요. 첫눈에도 인품이 자애롭고 좋은 분이란 걸 알 수 있었지요. 어느 날 그분이 제게 와서 영어로 묻더군요. 한국 분이냐고. 당시 나는 카지노에서는 우리말을 쓰지 않았어요."

"왜요?"

"한국인들과 대화하는 게 게임에 별로 도움이 안 돼서 그랬을 거예요."

"그래서요?"

"몽골리언이라고 대답했어요."

"몽골리언? 몽고 사람?"

"네. 하지만 그는 웃더군요. 몽고 사람 중에 라스베이거스에 올 수 있는 사람이 없었기 때문이지요. 그는 내가 한국인인 줄 알고 있었던 거예요. 그리고 한참 후에 다시 만났는데……."

"그분도 게임을 좋아하셨던 모양이네요."

"네. 좋아하셨지요."

"그래서요?"

"'몽골리언, 오랜만이오' 하고 우리말로 아는 체를 해오더군요. 우리는 그 후 제법 친해졌지요. 그분은 종합병원을 운영하는 의사였어요. 그런데 그분이 어느 날…… 자살을 했어요. 자살하기 바로 전날 같은 테이블에서 게임을 했는데 다음날 아침 세상을 뜬 거지요."

"어머나!"

"나는 그때까지 그분이 그렇게까지 많이 잃고 힘들어하고 있는 줄 몰랐어요. 언제나 웃음을 띤 얼굴로 나를 대했으니까. 그런데 그분이 죽고 나서야 정말 어렵게 내게 도움을 요청했었다는 걸 깨닫게 된 거죠."

은교는 조심스레 서후의 표정을 살폈다.

"무슨 일이 있었나요?"

"죽기 얼마 전에 그분은 내게 아주 조심스럽게 제안을 하신 적이 있어요. 자신이 돈을 댈 테니 자기 대신 게임을 좀 해달라는 거였죠. 당연히 나는 거절했죠. 그때 나는 남의 일에는 상관 않는다는 원칙을 고수하고 있었으니까요. 만약 그때 내가 응했더라면, 아니 게임이 아니더라도 그분에게 조금만 더 관심을 가졌더라면 최악의 결과는 피할 수 있었을지도 몰라요. 그분이 자살했다는 소식을 듣고 많이 힘들었어요. 내 자신한테 화가 났어요. 아무리 도박을 하는 카지노라지만 명성이나 게임의 승률에만 전전긍긍하며 살고 있던 내 자신을 보게 된 거죠. 그때 처음으로 그런 생각을 했어요. 카지노 게임으로 파멸하는 사람을 도울 수 있으면 도와야 한다, 그게 진정한 도박사다 하고 말이에요."

"그래서 그들에게 관심을 가지게 되었다는 거군요?"

"딱히 그게 전부는 아니지만 아무튼 그래요."

"또 다른 이유가 있다는 건가요?"

"다음에 말할게요. 그럴 기회가 있을 거예요."

"좋아요. 그렇지만 그들은 지금까지 항상 이기다시피 하는 대단한 도박사들이잖아요. 그런데 왜 그들을 도와야 한다는 거죠?"

"게임을 약속할 당시 느낌은 그랬어요. 물론 지금도 그에 대한 내 생각은 변함이 없어요. 조금 시간이 늦추어졌을 뿐이죠. 그들이 폐인이 되는 건 시간문제예요. 저렇게 이기기만 해서는 졌을 때의 충격을 감당할 수 없으니까요. 더 늦기 전에 그들에게 어떤 계기를 마련해주려는 거예요."

"이제 어느 정도는 이해가 돼요. 그런데 그들이 지고서도 약속을 지키지 않으면요? 서후 씨가 그들을 감시하며 살 것도 아니잖아요."

서후는 웃었다.

"한혁은 자아가 아주 강한 청년이에요. 그래서 더욱더 지는 게 필요해요. 혜기는 너무 순수한 처녀고요. 우 학장도 그렇게 막돼

먹은 사람은 아니에요. 그들은 약속을 지킬 거예요. 어쩌면 카지노 게임을 끊을 수도 있고요."

"서후 씨가 질 수도 있잖아요. 서후 씨한테는 그게 상처가 안 될까요?"

"이 승부에 대해 생각해봤어요. 아주 어려운 승부라는 건 누구보다 내가 잘 알아요. 이길 확률이 반이 넘지 않아요. 하지만 나는 이번엔 지는 것도 이기는 거라 생각해요. 사람을 살리기 위해, 아니 내 자신이 옳다고 믿는 바를 실천하기 위해 이런 큰 내기를 걸었다는 것 자체가 나는 이기고 있는 거죠. 그렇게 생각하고 있어요."

"서후 씨는 꼭 철학자 같아요."

"맞아요. 도박사는 철학이 있어야 해요. 눈앞에 다가왔다가 멀어지는 돈을 무심히 볼 수 있어야 해요. 그게 돈에 대한 인간의 올바른 자세지요. 돈을 그렇게 많이 다루면서도 결코 돈에 중독되지 않아야 참된 삶을 볼 수 있어요. 나는 가난이 좋아요. 가난해야 눈에 보이는 게 있어요. 인류의 스승들은 모두 가난했어요. 아니, 가난을 자청했어요. 나는 어느 순간부터 평생 돈을 쫓으며 살지는 않겠다고 결심하고 살고 있어요."

"그 말을 들으니 부끄러워지네요."

"나도 늘 부끄러워요. 삶이란 게 원래 부끄러운 건가 봐요."

마지막 격돌

마침내 결전의 날 저녁, 호텔을 나서면서 우 학장은 한혁에게 짧은 조언을 했다.

"너는 이미 나보다 높은 경지에 있으니 달리 말은 않겠다. 다만 상대를 의식하지 말고 지금껏 네가 하던 그대로만 해라. 그러면 이긴다."

"네."

한혁은 목소리는 한껏 결의에 차 있었다. 그의 눈은 이제껏 그 어느 게임을 앞두고 있던 때보다 광채가 났다. 그런 한혁을 보면서 혜기는 한혁이 참으로 하고 싶은 게임을 하고 있다는 생각이 들었다.

"가자!"

"반갑군요."

먼저 와 있던 서후가 손을 내밀었다. 네 사람은 차례로 서후와 인사를 나누었다.

"상금은 30만 달러로 하지. 내가 걸겠소."

유 회장은 30만 달러짜리 수표를 내보였다.

"전에 말했던 대로 5,000달러로 먼저 20만 달러를 이기는 게임을 하는 걸로 할까?"

서후는 고개를 가로저었다.

"그렇게 하면 그 게임은 승자가 없을 수도 있어요. 그러니 열두 시간이 지났을 때, 그때까지 많은 돈을 가지고 있는 사람이 이기는 것으로 하면 어떨까요?"

우 학장과 혜기는 적절하다는 생각이 들었다. 그러나 한혁은 고개를 가로저었다.

"스물네 시간으로 하지요."

한혁은 아주 차분하게 플레이를 하려는 심산이었다.

"그럽시다."

서후가 시원스레 승낙했다. 이윽고 두 사람은 테이블에 앉았다. 공정한 심판을 자처한 유 회장이 이미 테이블을 예약해두어 다른 손님들은 그 테이블에 함께 앉을 수 없게 통제했다.

"반갑습니다. 또 뵙네요."

혜기가 은교를 보고 반갑게 인사를 했다.

"네. 얼굴이 아주 좋아 보이네요."

은교는 속으로 이렇게 해맑아 보이는 처녀가 왜 도박사가 되었을까 생각했다.

언제 소문이 났는지 카지노에는 아침부터 많은 구경꾼들이 모여들었다. 사람들은 자연스럽게 서후와 한혁의 편으로 나뉘었다.

“서후는 MGM 유일의 승자야. 이제까지 11년간의 기록이 카지노를 이기고 있단 말이야. 그렇다고 평균 벳이 그렇게 작은 것도 아니고, 게임의 횟수도 엄청나. 확실히 게임을 리드한단 얘기지. 쉽게 얘기하면 MGM 역사상 최고의 성적을 가진 사람이야. 질 리가 없어.”

“그러나 한혁은 전승이야. 서후처럼 졌다 이겼다 하는 사람이 아니란 말이야. 그의 플레이는 완벽해. 아무도 한혁처럼 할 수는 없어. 그는 패배를 모르는 자야.”

사람들의 예상도 둘로 나뉘었다.

딜러들이나 매니저들 역시 흥미진진한 눈길로 두 사람의 모습을 지켜보았다. 흥미로운 것은 두 사람의 복장이었다. 서후는 검은색 정장 차림이었다. 격식을 싫어하고 늘 편안한 복장을 선호하던 그가 이렇게 옷을 갖추어 입고 나온 것은 뜻밖이었다. 한혁은 늘 입던 그대로 편안한 진에 셔츠 차림이었다.

“프리 핸드를 세 번 해드릴까요?”

“아니, 괜찮아요.”

뜻밖에도 서후는 프리 핸드를 거부하고 200달러를 들어 플레이어에 놓았다.

프리 핸드란 한 슈를 시작할 때 벳을 하지 않은 상태에서 카드를 열어 보이는 것이다. 신중한 도박사들은 반드시 이 프리 핸드를 원한다. 세 번이 아닌 열 번 정도까지 초반의 흐름을 보는 게 신중한 도박사들의 일반적인 게임 방법이다. 그런데 서후는 처음부터 급하게 서둘렀다. 한혁은 벳을 하지 않고 지켜보았다.

"어어! 저게 웬일이야? 서후가 프리 핸드를 거부하다니."

평소 서후의 신중한 플레이를 봐왔던 사람들은 놀라지 않을 수 없었다. 서후는 한혁과 마찬가지로 불확실한 곳에서는 매우 신중했다. 가벼운 칩 하나라도 베팅하는 법이 없던 서후가 처음부터 200달러 벳을 했다는 사실은 서후를 응원하는 사람들에게 어딘지 모를 불안감을 가져다주었다.

"플레이어 세븐, 뱅커 식스. 플레이어 윈!"

서후는 이긴 칩을 같은 자리에 포개어 놓았다. 이번에도 한혁은 지켜보기만 했다.

"플레이어 내추럴 에잇, 뱅커 투. 플레이어 윈!"

다시 플레이어가 이기자 서후는 이번에는 칩을 포개어 뱅커로 옮겼다. 유 회장은 고개를 가로저었다. 이해할 수 없는 벳이었다. 플레이어가 강세인데 벳을 옮길 필요는 없었다. 한혁은 여전히 벳을 하지 않은 채 지켜보았다.

"뱅커 윈!"

뱅커가 나오자 서후는 같은 뱅커 자리에 다시 한 번 칩을 포갰다.

"플레이어 윈!"

맞았으면 3,200달러가 되었을 벳이 오히려 마이너스 200이 되었다. 그러자 갤러리들 사이에서 웅성거리는 소리가 들렸다.

"서후가 너무 서두르는 거 아냐?"

"아니, 왜 저래? 서후답지 않게!"

서후는 마치 화가 난 사람처럼 1,800달러를 들어 뱅커에 놓았다. 사람들은 서후가 처음부터 이런 강공을 펼칠 거라고는 생각하지 못한데다 지금의 1,800달러 벳은 위험하기 그지없었다. 불과 5분도 못 되어 가진 돈의 40퍼센트를 잃어버리게 되면 그 다음은 어떻게 해볼 수도 없게 되고 말 것이다. 한혁은 전혀 표정의 동요가 없이 손을 내린 채로 서후의 벳을 지켜보기만 했다.

"플레이어 윈! 죄송합니다."

딜러 역시 평소와 달리 너무 서두르는 서후를 보자 안타까운 모양이었다. 벳을 거두어 가는 딜러의 손이 약간 주춤하는 듯했다.

"역시 한혁이라는 존재가 주는 위압감이 너무 큰가 봐. 평소와는 너무도 달라. 서후는 흔들리고 있어."

"저건 평소 서후가 늘 꾸짖던 방법인데 오늘은 본인이 저런 벳을 하는군."

"이젠 어떻게 하려는 거지?"

갤러리들은 모두 불안감에서 한마디씩을 뱉어냈다.

"아니, 저런!"

다음 순간 서후가 벳을 하자 사람들은 모두 벌어진 입을 다물지 못했다. 서후가 남은 돈 3,000달러 모두를 뱅커에 밀어 넣었기 때문이다.

"뱅커 윈!"

서후를 응원하는 갤러리들은 안도의 한숨을 내쉬었다.

"그대로 끝날 뻔했잖아, 졌으면."

"그나저나 너무 서두른다. 승리를 그냥 갖다 바칠 뻔했잖아."

정말 그랬다. 이상하게도 서후는 서두르고 있었다.

"비록 지금 이기고는 있지만 저건 너무 불안해. 한혁을 봐, 너무도 침착하잖아. 태산같이 버티고 앉아 꿈쩍도 하지 않잖아."

서후의 위험한 플레이에 신뢰가 무너진 사람들은 차츰 한혁을 응원하는 쪽으로 바뀌어가고 있었다. 무엇보다도 그들은 서후가 평소에 자신들에게 하지 말라고 충고하던 그 위험한 플레이를 하는 데 대해 실망하고 있었다.

"또 무리야! 저 벳을 봐!"

서후는 다시 3,000달러를 플레이어에 밀었다. 한혁은 여전히 표정을 나타내지 않은 채 버티고 앉아 있었다. 그는 아직 한 번도 벳을 하지 않은 채였다.

"뱅커 윈!"

서후는 이번에는 벳을 하지 않았다. 그러자 한혁의 침착한 손길이 25달러 칩 하나를 들어 플레이어에 놓았다.

"플레이어 윈!"

갤러리들 사이에서 박수가 터져 나왔다. 사람들은 누가 진정한 황제인지 벌써부터 판가름을 하고 있었다. 서후가 너무 서두르고 있다는 것만으로도 그가 진 것이나 다름없었다.

"음."

우 학장은 의미를 알 수 없는 신음을 냈다. 혜기는 우 학장이 내심 기쁜 마음을 억누르고 있다고 생각했다.

"역시 한혁이네요."

그러자 우 학장은 혜기를 한 번 쳐다보고는 고개를 끄덕였다. 서후는 다시 3,000달러를 들어 뱅커에 놓았다.

"뱅컵니다."

딜러가 3,000달러를 지불하기 바쁘게 서후는 다시 6,000달러를 플레이어에 놓았다. 한혁은 벳을 하지 않은 채 서후의 벳을 지켜만 보았다.

"저렇게 날뛰다간 제풀에 올인이야."

진지하고 신중한 게임을 기대하던 갤러리들은 이제 서후에게 화가 나 있는 듯했다. 서후의 칩이 불어나 있는 게 문제가 아니었다. 저렇게 천방지축으로 날뛰다간 바로 끝나고 만다는 걸 갤러리들은 모두 경험으로 알고 있었다.

"플레이어 윈!"

서후는 눈으로 칩을 세었다. 대략 1만 2,000달러 정도였다. 사람들은 서후의 다음 벳에 시선을 집중했다.

"200달러야!"

서후는 갑자기 벳을 200달러로 줄였고, 한혁은 25달러 벳을 다시 시작했다. 그림이 나쁘지 않았기 때문에 두 사람은 대여섯 번을 연속으로 맞혔다. 한혁은 차분한 플레이를 벌여 나갔고, 서후는 게임의 속도를 늦춘 채 차분히 한혁의 벳을 일정한 비율로 따라만 갔다. 그 비율은 대략 세 배였다.

시간이 많이 흘렀지만 서후는 단 한 번도 초반 같은 거친 플레이를 하지 않았다. 다만 한혁이 가는 대로 두세 배를 따라갈 뿐이었다.

"어머!"

무심코 눈으로 칩을 세어보던 혜기는 갑자기 뭔가가 생각난 듯 소리를 질렀다.

"왜 그래?"

잔뜩 신경이 예민해져 있던 우 학장이 날카롭게 반응했다.

혜기의 얼굴이 하얗게 질렸다.

"이길 수 없어요!"

"뭐라구?"

"한혁이는 이길 수가 없어요."

"무슨 소릴 하는 거야?"

"저 사람은 계속 한혁이랑 똑같은 벳을 하고 있어요. 세 배로요. 그러면 한혁이는 절대 이길 수 없어요."

혜기의 말을 듣고 있던 우 학장의 얼굴 역시 붉게 물들어갔다.

"아!"

묘한 방법이었다. 초반에 공격적인 벳으로 자신의 판돈을 두 배 이상 만들어두고 이후부터는 한혁의 벳을 따라만 가니 한혁은 결코 이길 수 없었다.

"저자가 처음부터 그런 생각을 했을까?"

옆에서 듣고 있던 유 회장이 회의적인 표정을 지었다.

"했을 거요."

우 학장의 얼굴은 이제 사색이 되어 있었다.

"온순해 보여도 저자는 승부사요. 강인하고 냉철한 자지요. 이기는 길이라면 뭐든 할 겁니다."

"그러나 한혁이 먼저 벳을 할 필요는 없는 거 아니오? 벳을 했다가도 서후가 따라오면 옮겨도 되잖소?"

"그렇긴 하지만 저자는 조금이라도 불확실하다 싶으면 벳을 안 할 거예요. 반면 한혁은 저자가 같은 방향으로 벳을 안 할 때만이 따라잡을 기회이기 때문에 무리해서 나쁜 그림에 벳을 할 수밖에 없어요. 그것도 상당히 큰 액수를요. 저자는 교묘하게 한혁이를 위기로 몰아넣은 거요. 앞으로 한혁이의 플레이는 위험할 수밖에 없어요."

"아직 시간이 많이 있는데."

"두 사람 다 견딜 거요. 그동안 저자는 한혁이의 플레이와 균형만 잡으려 들 테고요. 지금 칩이 세 배나 차이 나기 때문에 한혁이는 도저히 못 이겨요."

"시합을 중단시켜야 해요!"

혜기는 이것저것 생각해보다가 절망적인 목소리로 우 학장에게 말했다.

우 학장은 어떻게 해야 할지 몰랐다. 상대가 어떤 방법을 쓰든 시합은 시합이었다. 설사 상대가 혜기의 말대로 한다 하더라도 이의를 제기할 정도의 반칙은 아니었다.

"뱅커입니다!"

딜러의 목소리가 이제는 칼이 되어 우 학장의 귀를 찔러왔다. 플레이는 혜기가 말한 그대로 진행되었다. 서후는 한혁이 벳을 하는 액수의 두 배나 세 배를 정확히 맞추어 벳을 했다. 간혹 반대로 가는 경우도 있었지만 거의 한혁과 같은 쪽으로 벳을 했다. 반대로 가는 경우라 해도 반드시 한혁이 이기는 것은 아니었다. 오히려 서후가 맞히는 확률이 더 높았다.

"그림을 보는 눈이 비슷한데다 상대는 여유가 있기 때문이에요. 상대는 천천히 편안하게 게임을 하는 반면, 한혁은 안간힘을 쓰지만 상대의 그물에서 빠져나올 수 없어요."

우 학장과 유 회장은 이제 혜기의 전망이 정확하게 맞아 들어가고 있는 것을 확인할 수 있었다.

"음, 함정에 빠졌어!"

"하지만 속임수는 아니잖소. 서후의 초반 벳이 안 맞았으면 그가 스스로 승리를 헌납한 꼴이 되었을 테니까."

유 회장이 심판으로서의 위치를 의식한 듯 자신의 견해를 밝혔다.

"그러니 문제지요."

"제가 부탁을 해볼게요. 시합을 중단하자고."

혜기의 절박한 목소리에 우 학장은 대답을 하지 않았다.

새로운 카드를 셔플하기 위해 잠시 게임이 중단되었다.

혜기는 조용히 서후를 찾아가 말했다.

"여기서 게임을 멈춰주세요."

"안 됩니다."

혜기의 부탁에 대한 서후의 대답은 냉정했다.

"도대체 이런 시합을 하는 이유가 뭐죠?"

"두 사람을 위해서예요."

"무슨 소리예요? 저는 도저히 납득할 수 없어요."

"생각해보면 알 거예요."

"직접 대답을 해주세요."

"두 사람의 미래를 생각해본 적이 있어요?"

"미래요?"

혜기는 서후의 입에서 나온 미래라는 단어가 무척 생소하게 들렸다. 도박을 하는 사람에게 미래란 단어가 합당키나 한 것일까.

"두 사람은 아직 너무도 젊어요. 아니, 어려요."

"무슨 얘기예요?"

"두 사람의 미래는 폐인 아니면 죽음이에요."

"우린 이렇게 게임을 잘하는데 왜 폐인이 된단 말이죠?"

"게임을 잘한다고요? 질 줄도 모르는데요."

"네? 질 줄 모른다는 건 모든 도박사들의 바람이 아닌가요?"

서후는 고개를 저었다.

"인간이란 바람 앞의 촛불과 같은 존재예요. 생각해보세요. 인간의 그 장대하고 파란만장한 운명을. 그 운명 앞에 인간이란 다만 겸허할 수밖에 없어요. 두 사람이 카지노 게임을 잘한다고요? 항상 딴다고요? 그러나 카지노 게임이란 그런 게 아니에요. 잃어야 해요. 잃으면서 슬픔과 고난을 겪는 겁니다. 그러면서 지혜를 터득하는 거지요. 하지만 두 사람은 기계처럼 돈이라는 목적을 위해 제조된 사람들이에요. 우 프로의 탐욕이 두 사람을 만들어낸 거지요."

"어쨌든 우리는 이겨요. 늘 이겨왔어요."

"카지노 게임이란 본래 지는 겁니다. 숱한 패배 속에 살아남는 지혜를 터득하고자 하는 인간의 몸부림이에요. 인간의 내면 깊숙이 자리 잡고 있는 도박이란 본능을 어떻게 처리하느냐가 인간의 숙제예요. 그러나 두 사람은 도박에 이기게끔만 설계되었어요. 많은 노름꾼들이 다 그렇지요. 이긴다는 환상에 사로잡혀 주변을 모두 황폐화시키고, 본인 역시 삶을 그르치고 말지요. 지금 두 사람에게 패배를 가르쳐주지 않으면 두 사람은 기계적으로 돈을 위해 일하게 되고, 결국 돈에 치여 삶을 망치고 맙니다. 나는 두 사람을 살리고 싶었고, 그래서 이 게임을 시작했습니다. 중단할 수 없어요."

혜기는 망치로 머리를 한 대 맞은 느낌이었다.

한혁은 안간힘을 쓰고 있었다. 그러나 일단 걸려든 이상 시간이 갈수록 서후의 그물 안에서 몸부림만 칠 뿐이었다. 한혁의 얼굴에 땀방울이 맺혔다. 그는 시간이 흐르면 자신이 이길 걸 믿어 의심치 않았다. 서후가 초반에 마구 쳐댈 때 속으로 자신이 이겼다고 생각했다. 그러나 언제부터인가 자신은 도저히 이길 수 없다는 생각이 들기 시작했다. 그 후로 테이블에서 일어나는 모든 동작은 그 생각을 확인하는 절차에 다름 아니었다.

한혁은 처음으로 마음이 급해지는 걸 느꼈다. 상대가 따라올 수 없는 상황에서 따라올 수 없는 벳을 해야 한다고 생각했다.

자신이 지금껏 해온 차분하고 안정된 벳으로는 상대의 마수를 벗어날 수 없었다. 이상한 일이었다. 가장 확실하고 안전한 방법이 오히려 패배할 수밖에 없는 길이라는 사실을 이해할 수 없었다. 한혁은 칩을 세어보았다. 자신은 4만 5,000달러, 상대는 12만 달러 정도 되었다.

상대는 항상 같은 방향으로 자신의 두 배를 베팅하기 때문에 어떤 벳을 해도 절대로 이길 수 없었다. 이겨도 같이 이기기 때문에 도저히 뒤집을 수 없었다. 게임은 이미 끝난 것이었다.

그러나 한혁은 이를 악물었다. 조급해지는 마음을 누르고 또 눌렀다.

기다리고 기다리다가 테이블 맥시멈인 1만 5,000달러를 딜러가 카드를 나누기 직전에 벳을 옮겼다. 상대가 따라올 수 없도록 하기 위해서였다. 물론 나쁜 그림에 벳을 하는 거라 극히 위험했다. 그러나 그것밖에는 방법이 없었다.

"뱅컵니다!"

염려했던 대로 잃고 말았다. 한혁은 다시 100달러, 200달러씩을 베팅하며 방법을 찾고 또 찾았지만 도저히 어떻게 할 수가 없었다. 이제 바랄 것은 요행뿐이었다. 생각지도 못한 기적이 일어나주어야만 했다. 그러나 요행이란 자신이 가장 싫어하는 것이었다. 한혁은 자신이 무너지고 있다는 것을 깨달았다. 자신은 요행을 바라는 노름꾼들을 얼마나 비웃었던가. 그러나 지금 이 순간 자신 또한 그들과 마찬가지로 오로지 요행에 기댈 수밖에 없었다.

한혁은 다시 한 번 1만 5,000달러를 들어 뱅커에 놓았다.

"플레이업니다."

다음 순간 한혁은 자신도 모르게 남은 1만 달러를 들어 플레이어에 찍었다.

"뱅커 윈!"

게임은 그렇게 끝났다.

그날 밤 한혁은 행방불명이 되고 말았다.

우 학장과 혜기는 온갖 불길한 생각을 다 하며 그를 찾아다녔지만 끝내 찾을 수가 없었다. 온갖 방법을 동원해 알아본 결과 한혁이 혼자 비행기를 타고 로스앤젤레스로 돌아간 흔적을 찾을 수 있었다. 로스앤젤레스에는 한국으로 가는 비행기가 있다는 사실에 그들은 일단 안심했다.

"자, 상금 여기 있소."

유 회장은 보관하고 있던 수표를 서후에게 내밀었다.

"받지 않겠습니다."

"무슨 소리요? 상금 때문에 시합을 했던 것 아니오? 프로는 프로답게 돈을 받아야지요."

그러나 서후는 완강히 거절했다.

"제가 받을 돈이 아닙니다."

유 회장은 서후의 고집을 꺾을 수 없었다.

"그런데 하나 물어봅시다. 왜 그런 위험한 플레이를 한 거요?"

"그게 가장 안전한 플레이입니다."

"아니, 한 번만 벳이 틀려도 지는 거였잖소?"

"게임이 비슷하게 나가면 아마 그가 나를 이길 겁니다. 목숨을 걸고 나왔을 테니까요. 한혁은 그런 집중력이 무섭지요. 나는 그가 힘을 쓰지 못하도록 해야 했고, 따라서 초반에 승부를 걸었던 겁니다. 한혁이 그게 승부란 걸 눈치채지도 못할 때 말입니다."

"대단하군. 그나저나 이거 기왕 내놓은 상금인데 어떻게 하지?"

"아무튼 전 받지 않겠습니다."

그렇게 말하고 은교와 함께 사라지는 서후의 뒷모습을 보며 유 회장은 고개를 절레절레 흔들었다.

그리운 앨런

라스베이거스를 떠나 로스앤젤레스 공항에 내린 서후는 은교를 데리고 입국심사대와 세관을 빠져나와 택시를 잡기 위해 정류장을 향해 걸었다.

"도대체 어딜 가는 건데요?"

은교가 물었다. 라스베이거스를 떠나면서 몇 번째 묻는 말이었다. 서후의 대답도 한결같았다.

"가서 이야기할게요. 사실은 은교 씨를 데리고 꼭 가봐야 할 곳이 있어서 이곳에서 게임하자는 제안을 거절하지 않고 온 거예요."

은교는 별수 없이 서후의 뒤를 따라야 했다.

"샌타모니카 묘지로 갑시다."

택시에 오른 서후가 기사에게 말했다.

"네? 그게 어디에 있어요?"

"샌타모니카 해변에서 말리부 쪽으로 가다 보면 바다 위 언덕에 작은 묘지가 있어요. 태평양이 한눈에 들어오는 양지바른 곳이지요."

"아, 그곳이요. 거기가 샌타모니카 묘지군요. 작지만 아주 아늑한 곳이지요."

공동묘지라는 말에 은교는 더 이상 말없이 차창 밖을 내다보며 생각에 잠겼다.

택시 기사 역시 장거리 손님의 기분을 생각해서인지 이내 침묵에 빠져들었다. 택시는 프리웨이를 달려 샌타모니카 인터체인지로 빠져나갔다. 그리고는 탁 트인 태평양을 눈 아래 바라보면서 언덕을 빙빙 돌아 마침내 서후와 은교를 묘지 입구에 내려주었다.

"이곳에 누가 있는 거예요?"

은교가 물었다.

"친구가 있어요."

"친구요?"

서후는 앞서서 말없이 걸었다. 그 뒤를 은교가 따랐다.

마침내 한 묘지 앞에 두 사람이 멈추었다. 서후는 묘지 앞에서 눈을 감고 섰다. 묘비에는 '우정을 위해 죽은 앨런, 여기에 눕히다'라고 적혀 있었다.

눈을 감고 선 서후에게로 젊은 시절의 앨런이 환한 미소를 띤 채 달려오고 있었다. 아, 앨런…….

"좋아했던 사람인가 봐요."

뒤편에 서 있던 은교가 물었다. 그제야 서후는 눈을 떴다.

"그래요. 세상에서 저를 유일하게 믿어주었던 친구예요."

"훌륭한 분이었던가 보네요."

"그래요. 인사시켜도 되겠죠? 내 친구 앨런이에요."

은교는 조금 전 서후가 했던 것처럼 묘지 앞에서 조용히 눈을 감고 서서 예를 갖췄다.

"우리 잠깐 앉을까요?"

둘은 묘지 앞에 앉았다.

"나는 아주 어릴 때 아버지를 따라 미국으로 건너왔는데, 흑인 거리에 있는 야채 가게에서 아르바이트를 하다가 앨런을 만나게 되었어요. 처음부터 동갑내기에 배포도 맞아서 우리는 쉽게 친해졌는데, 생긴 것도 비슷해서 사람들은 우릴 형제라고 부를 정도였어요. 서로 형이라고 싸우기도 많이 했죠. 그렇지, 앨런?"

서후는 묘지를 돌아보며 마치 살아 있는 사람에게 하듯 자연스럽게 말했다.

"흑인 강도나 불량배가 가게에 들어오면 우리는 목숨을 걸고 함께 싸우기도 했고, 많은 시간을 같이 웃고 울며 지냈어요. 그러다 앨런이 아버지를 따라 LA를 떠나게 되어 우리는 헤어지게 되었는데, 10년이 지나 우연히 다시 만나게 되었죠. 그는 젊은 나이에 크게 성공한 사업가로 변신해 있었어요."

"반가웠겠네요. 그런데 어디서 만났어요?"

"어느 날 내가 카지노에 테이블을 예약해서 혼자 게임을 하고 있는데 누군가 다가와서 물었어요. 같이 게임을 해도 되겠느냐고. 나는 돌아보지도 않고 안 된다고 대답했는데 어딘지 귀에 익은 목소리였어요. 고개를 돌려보니 거기 앨런이 서 있더군요. 우리는 그 자리에서 한 10분은 끌어안고 있었나 봐요. 그도 사업을 하면서 가끔씩 카지노에 오곤 했던 거죠. 우리는 그날 함께 게임을 했는데 이기고 지고를 떠나 정말 즐거웠어요. 물론 게임 결과도 좋았고요. 그리고는 밤새 술을 마셨어요. 우리는 헤어질 무렵 서로 명함을 교환했어요. 그런데 그때 내가 명함을 준 것이 문제였어요. 그걸 주지 말았어야 했는데."

"어떤 명함이었는데요?"

"앨런을 만나기 얼마 전부터 나는 스페셜리스트라는 명함을 사용하고 있었죠."

은교는 깜짝 놀랐다.

"그건 제게 준 그 명함이잖아요."

"그래요. 하나밖에 남지 않았던 명함이었죠."

"그런데 스페셜리스트가 무슨 뜻이죠?"

"알 만한 사람들에겐 '프로 도박사'로 통해요. 그때의 나는 카지노에서조차 꺼려할 정도로 잘 지지 않는 도박사였는데, 카지노 핏보스였던 사람 하나가 새겨준 명함이었죠. 앨런에게 나는 그 명함을 자랑스럽게 건넸어요. 그 사이 내가 대단한 갬블러가 되었다는 걸 자랑하고 싶은 기분이었죠. 그로부터 머지않아 앨런이 명함의 전화번호로 연락을 해왔어요. 그때부터 우리는 다시 자주 만나게 되었고 함께 게임을 하게 되었죠. 그런데 이상한 일이었어요. 나는 앨런을 만난 다음부터 계속해서 졌어요. 마치 주술에 걸린 것처럼 그때부터는 어떤 방식으로 게임을 해도 지기만 했던 거예요."

"아니, 서후 씨가 게임에서 진다는 게 잘 이해가 안 가요."

"그래요. 나도 그랬어요. 그 친구도 그랬고. 그렇지만 언젠가 내가 카투만두에서 말한 것처럼 언제든 질 수 있는 게 카지노 게임이에요. 누구도 영원히 이길 수는 없어요. 종국엔 지게 되어 있죠. 그때의 내가 그랬어요. 어느 순간부터 앨런이 돈을 대고 내가 게임을 했었는데, 정말 거짓말처럼 허무하게 지기만 하는 거였어요."

"어째서 그런 일이 일어날 수 있었을까요?"

"시간이 지나 돌이켜보니 이유는 간단했어요. 그때 나는 마음의 부담을 이겨내지 못했던 거예요. 카지노 게임은 처음부터 끝까지 마음의 게임인데, 나는 내가 얼마나 게임을 잘하는지 친구에게 자랑하고 싶었고, 거기다가 친구 돈으로 게임을 하다 보니 빨리 크게 이겨서 친구를 기쁘게 해주어야겠다는 생각에 평정심을 잃었던 거죠. 거기에 내가 질 리가 없다는 헛된 자만심까지 더해졌으니…… 나는 친구를 만나기 이전과 달리 승부를 좌우하는 미세한 감각들과 전혀 호흡을 맞추지 못했던 거예요."

"이제 이해가 가요."

"그때 내게 마가 끼었던 모양이에요. 나는 자꾸만 앨런에게 돈을 부탁했고, 앨런은 그럴 때마다 한마디 불평도 없이 돈을 가져다주었어요. 그러던 어느 날 앨런이 웃으면서 그러더군요. 이젠 돈이 없다고요. 그런데 앨런은 그렇게 말하면서 오히려 더 이상 나를 도와줄 수 없어서 미안하다는 거예요. 나는 그때서야 정신이 퍼뜩 들었지만 때는 이미 늦었던 거죠. 알고보니 그의 회사는 이미 남의 손에 넘어갔고 부채는 감당할 수 없을 만큼 늘어나 있었어요. 얼마 후 나는 앨런이 히말라야에 가서 자살한 것을 알았어요."

"어머! 그럼……?"

"그래요. 나는 한동안 카지노 게임을 끊고 방황하다가 죽은 앨런을 찾아 용서를 구하기 위해 카투만두에 갔던 거예요. 거기서 은교 씨를 만나게 된 거고요. 나는 그가 묵었던 방에 들었고……. 정말 묘한 일이었죠. 은교 씨가 죽을 방법을 알려달라던 그날 밤 꿈에 앨런이 나타났어요. 그전에는 꿈속에서 앨런은 늘 고개를 숙이고 있었는데 그날 밤에는 옛날의 그 밝은 모습으로 나와 함께 게임을 하자고 하더군요. 비록 꿈속이었지만 게임이 얼마나 즐거웠는지 몰라요. 우리가 10년 만에 다시 만나 했던 게임만큼이나 즐거웠죠. 그러다 깨어났어요. 그날 아침 나는 황급히 은교 씨를 찾아갔고, 은교 씨 이야기를 듣고는 함께 게임을 하게 되었던 거예요."

"그래서 저를 돕게 된 거군요?"

"아무튼 나는 히말라야 눈 속을 헤매며 앨런과 약속했어요. 앞으로도 계속해서 카지노 게임을 하겠지만 내 개인의 욕심을 채우는 도박이 아니라 세상의 누군가에게 도움이 될 수 있는 게임을 하겠다고요. 나는 라스베이거스로 돌아왔고, 그때부터 이전과는 다른 의미에서 도박사가 되었던 거예요."

"이제야 모든 게 이해돼요."

은교가 고개를 끄덕이자 서후는 다시 앨런 쪽을 돌아보며 말했다.

"앨런, 이제 나는 평생 남을 위한 게임을 하겠다는 너와의 약속도 지킬 수 없을 것 같다. 이제 더 이상 카지노 게임을 하지 않기로 여기 있는 은교 씨와 약속을 해버렸거든. 어제가 마지막 게임이었단다. 이제 내가 살아서 라스베이거스에 올 일은 없을 테니 이곳에 올 일도 없을 거야. 그래서 오늘 너를 데리러 왔어. 이제부터 너는 나랑 같이 가는 거야. 너는 언제나 내 가슴속에 살아 있으니까."

그렇게 말하는 서후의 눈에 어느새 눈물이 고였다.

묘지를 빠져나오면서 은교가 물었다.

"한혁이라는 친구와 혜기는 어떻게 될까요?"

"어제 우 학장이 전화를 했어요. 고맙다고 하더군요. 자기도 개인적인 감정에 빠져 평정심을 잃었었다고."

"그게 무슨 소리예요?"

"사실 한혁은 우 학장과 함께 도박을 하다 죽은 친구의 아들이었나 봐요. 고아원에서 자란 한혁이를 나중에 수소문해서 우 학장이 찾아내 보살펴왔던 모양이에요. 자식 같은 사람이니 한순간 냉정을 잃었던 거지요. 혜기도 비슷한 성장과정을 거친 불행한 친구였구요. 한혁이는 지금 마카오에서 철저히 깨지고 있는 모양이에요. 바닥을 보게 되겠죠. 며칠 내버려두었다가 우 학장이 데리러 갈 모양이에요. 연속되는 패배를 받아들이기가 쉽지 않겠지만 워낙 천성이 강한 친구니까 잘 이겨낼 거예요. 일단 약속대로 3년간 카지노 출입을 금지시키고 사회에 적응을 시켜볼 참이라고 했어요. 훗날 카지노 게임을 계속 하고 안 하고는 그들 마음이겠지만, 한다고 해도 분명히 이전과는 다른 도박사들이 되어 있을 거예요."

"그랬군요."

다시 서후가 말했다.

"은교 씨에게 말하지 않은 게 한 가지 더 있어요."

"뭔데요?"

"사실은 나 지금 책을 쓰고 있어요. 서울로 돌아가면 그것부터 끝낼 참이에요."

은교가 놀라서 물었다.

"책이요? 무슨 책이요?"

"카지노에 관한, 아니 도박에 대한 책이라고 해야 되나."

"……."

은교가 걸음을 멈췄다. 서후도 자연스럽게 걸음을 멈추고 은교를 돌아봤다. 은교의 얼굴이 상기되어 있었다.

"사실 서후 씨께 미안했어요. 카지노 게임도 못하게 하고……. 이제 서후 씨는 무엇을 하며 살 수 있을까 생각도 했는데…… 너무 고마워요."

서후가 천천히 은교를 끌어안았다. 둘의 가슴이 맞닿은 그 사이에서 앨런의 목소리가 들려왔다.

'잘했어. 아주 잘한 거야. 넌 역시 최고의 스페셜리스트야, 서후.'

샌타모니카 묘지 입구에서였다.

〈끝〉